Le Livre de Poche Jeunesse

Le roman des filles

Nathalie Somers

Après un début de vie professionnelle dans l'ingénierie, Nathalie Somers s'est reconvertie dans l'enseignement. Professeur des écoles à mi-temps, elle profite de son temps libre pour écrire des contes et des histoires pour la jeunesse.

Du même auteur

- Le roman des filles - Tome 1 - Confidences, SMS et prince charmant !
- Le roman des filles - Tome 2 - Amour, avalanches, et trahisons !
- Le malicieux journal des sœurs Mouche au collège de Castelroc - Tome 1 - L'arrivée
- Le malicieux journal des sœurs Mouche au collège de Castelroc - Tome 2 - Tous pour Mouche !

NATHALIE SOMERS

Le roman des filles

Amitié, Shakespeare et jalousie !

Tome 3

À Kathleen, mon autre (et si précieux)
numéro trois.

1

Happy new year !

Vendredi 31 décembre, 19 h 55

— Mon mascara ! Quelqu'un a vu mon mascara ?

— Non, Pauline ! Tu ne mettras pas de fond de teint !

— Je ferai comme je veux !

— *Please*, une bonne âme pour m'aider à enfiler ces fichus leggings ! Ils ne veulent pas passer par-dessus mon plâtre…

— J'ai perdu ma robe ! C'est incroyable tout de même : je l'ai sortie juste avant de prendre ma douche et je ne la retrouve plus.

— Mon mascara ! Quelqu'un a certainement vu mon mascara !

— Julie, sors de cette salle de bains et viens m'aider à enfiler ce truc, par pitié !

La vieille horloge comtoise qui ornait un coin du salon, tout à la fois superbe ouvrage en bois sculpté et remarquable mécanique de précision, choisit cet instant apocalyptique pour faire résonner un premier coup.

Indifférente au silence qui se fit soudain, elle en égrena nonchalamment sept autres.

— Quoi ? Ne me dites pas qu'il est déjà huit heures !

— OK, Mélisande, on ne te le dira pas. Je doute cependant que cela suffise à arrêter le temps qui passe…

— Maëlle ! C'était juste une expression !

— Ah ! Comme « parler pour ne rien dire » par exemple ?

Alors que Mélisande lançait un regard menaçant à la jeune fille blonde assise dans un confortable fauteuil, Lily, enroulée dans un immense drap de bain, s'interposa :

— Eh ! Les filles, vous ne croyez pas qu'il y a plus urgent que vous disputer ? Comme m'aider à retrouver ma robe ?

— Ou m'aider à enfiler ces leggings de malheur ?

— Ou m'aider à retrouver mon mascara ?

— Chiara, utilise un des miens, fit Mélisande tout en essayant de reprendre sa trousse de maquillage des mains de sa jeune sœur, tu as le choix : Dior, Chanel…

La jeune fille, élancée comme une liane et dont les longs cheveux bruns balayaient le dos, secoua la tête.

— Non merci ! refusa-t-elle en pinçant les lèvres, j'ai tout ce qu'il me faut… Enfin, dès que j'aurai remis la main sur mon tube. Et j'ai demandé de l'aide, pas l'aumône.

Alors que Mélisande levait les yeux au ciel, Julie sortit toute pimpante de la salle de bains.

— Alors, ça y est, vous êtes prêtes ? lança-t-elle gaiement.

— NOOOOON ! gémirent à l'unisson cinq voix féminines.

Tel un général inspectant un champ de bataille, Julie prit en une seconde la mesure de la situation :

Maëlle, en petite tenue, tentait désespérément de faire glisser son plâtre dans une jambe de leggings noirs, à paillettes dorées. Mélisande, bien que déjà maquillée et très élégante dans une robe de satin vert émeraude, avait encore sa chevelure de feu enroulée en turban dans une serviette éponge. Chiara, qui avait, elle, les cheveux lisses et brillants, n'avait toujours pas ôté le masque de beauté bleuâtre qui craquelait sur son visage. Pauline, en jean et sweat-shirt, était tout échevelée à force de tirer sur la trousse de sa sœur. Quant à Lily, sans maquillage, elle était encore enroulée dans un drap de bain, ses boucles courtes humides et dégoulinantes d'eau sur ses épaules.

— Yes ! s'écria soudain Pauline.

Profitant d'une seconde d'inattention de Mélisande, elle avait réussi l'exploit de lui arracher son vanity. Courant s'enfermer dans la salle de bains la plus proche, elle hurla :

— Moi, je m'en fiche, j'ai besoin de personne !

Comme Mélisande s'élançait pour aller tambouriner à la porte, Julie la retint par le bras.

— Laisse.

— Mais elle va se mettre n'importe quoi sur la figure ! Ce n'est qu'une gamine, elle n'y connaît rien !

Plutôt que d'argumenter, Julie remarqua posément :

— Plus que vingt-huit minutes avant l'arrivée des garçons.

Aussitôt les gémissements et le brouhaha reprirent de plus belle... Jusqu'à ce que Julie lance à la ronde :

— Est-ce que l'une de vous connaît la différence entre le paradis et l'enfer ?

Stupéfaites, les filles se tournèrent vers elle. Avec un sourire placide, Julie reprit la parole :

— Bon, comme on est un peu pressées par le temps, je vous donne la réponse : en enfer, on sert aux gens un succulent repas, mais on ne leur fournit que des fourchettes beaucoup trop longues pour qu'ils puissent les mettre dans la bouche ; au paradis, on leur sert un succulent repas avec des fourchettes beaucoup trop longues pour qu'ils puissent les mettre dans la bouche.

Quatre paires d'yeux fixèrent la jeune fille dont les formes généreuses étaient mises en valeur par une jolie tunique bigarrée. Maëlle, enfin, osa prendre la parole pour interroger sa cousine :

— Julie, tu sais que je t'aime beaucoup, mais comme tu l'as mentionné toi-même, le temps presse alors pardonne-moi d'être un peu brusque : es-tu soudainement devenue dingue ?

Julie se mit à rire.

— Allons, réfléchissez un peu, rien qu'un peu !

— J'ai trouvé ! s'exclama soudain Lily. Au paradis, les gens utilisent leur fourchette pour nourrir les autres, alors qu'en enfer chacun ne pense qu'à soi ! Julie veut dire qu'on ferait mieux de s'entraider au lieu de nous plaindre !

La cousine de Maëlle fit mine de toucher un chapeau imaginaire de la main pour saluer la découverte de la jeune fille.

— Lily, je t'adore ! C'est un plaisir de discuter avec toi.

Aussitôt, la dynamique changea.

Mélisande s'arc-bouta jusqu'à ce que le pied plâtré de Maëlle apparaisse enfin à l'autre extrémité du collant. Lily se mit à la recherche du tube de mascara de Chiara tandis que cette dernière venait prêter main-forte à Mélisande pour lever Maëlle.

— Oh ! s'exclama alors Chiara.

Puis, de sa voix rauque, elle ajouta :

— Lily, j'ai une bonne et une mauvaise nouvelle pour toi. Je commence par laquelle ?

Relevant le nez de dessous le canapé, son amie répondit :

— J'ai horreur de ce genre de phrase. Commence par ce que tu veux !

— La bonne alors : j'ai retrouvé ta robe !

Le cri de joie de Lily résonnait encore dans la pièce quand Chiara ramassa sur le coussin du fauteuil une boule de tissu noir qui s'apparentait plus à un chiffon qu'à une robe de soirée.

— La mauvaise, c'est que les fesses de Maëlle l'ont repassée d'une manière un peu particulière…

En voyant l'état de sa tenue, Lily ouvrit la bouche mais n'émit pas un son. Maëlle, très embarrassée, balbutia :

— Quelle nouille je fais, je suis affreusement désolée. Je me suis laissée tomber dans le fauteuil sans rien regarder…

— Vingt heures dix ! Les *mea culpa* seront pour plus tard, intervint Julie. L'heure est à l'action, mesdemoiselles.

— Mais qu'est-ce que je vais mettre ? gémit Lily.

— Pas de panique ! N'oublie pas que je suis décoratrice d'intérieur… Je peux tout à partir de tout ! Va t'habiller et finir de te préparer, je te rejoins dès que j'ai sorti le plateau de petits fours du réfrigérateur.

Sans se faire prier, Lily s'élança dans les escaliers qui menaient aux chambres. Maëlle, toujours en appui sur ses amies, releva tout d'un coup la tête.

— Le réfrigérateur… Dis donc Chiara, la dernière fois que je t'ai vue avec ton tube de mascara, tu te dirigeais justement vers la cuisine. Est-ce que par hasard…

— Qui a piqué une miniquiche au thon ? l'interrompit Julie d'une voix exaspérée. Toute ma super-présentation est fichue maintenant !

Un bras mince et long se glissa alors devant la jeune fille qui contemplait avec frustration son plateau dépareillé tout en tenant la porte du réfrigérateur ouverte. Une seconde plus tard, une main récupérait un petit tube noir planté au beau milieu d'une coupelle de tomates cerises.

— Alors là, je ne vois pas du tout, fit la voix de sa propriétaire d'un grain encore plus rauque que d'habitude.

— Chiara ! rugit Julie, disparais de ma vue avant que je ne te torde le cou pour remplacer la quiche manquante par un pâté de ma composition !

En riant, Chiara prit la poudre d'escampette.

— Vingt heures quinze ! soupira Julie en jetant un coup d'œil à la placide horloge.

Levant un sourcil, elle demanda :

— Plus de problèmes à régler ? Bon, très bien ! Je vous laisse, alors. Moi, le devoir m'appelle…

La petite aiguille délicatement ouvragée avait parcouru bien du chemin depuis que les huit coups avaient retenti. À l'arrivée des garçons, le temps, qui s'envolait déjà, avait encore accéléré sa fuite. Entre rires, cocktails fruités et amuse-gueules, les heures passaient vite, trop vite.

Lily rayonnait. C'était le plus beau réveillon de sa vie, même si sa tenue ne ressemblait guère à ce qu'elle était initialement. Mais Julie pouvait être fière de son travail ! Drapant une écharpe en dentelle noire sur le bustier de la robe et accentuant encore l'aspect froissé du taffetas pour faire croire que l'effet était voulu, elle avait ensuite relevé la jupe sur un côté avec une épingle à nourrice dissimulée dans les plis. Adrien n'y avait vu que du feu, ce qui, pour elle, était tout ce qui comptait… En se trouvant de nouveau face à lui, elle avait tout oublié : l'air abasourdi de ses amies qui l'avait fait douter de la réalité de ce qui s'était passé la veille, son petit pincement au cœur de voir le regard de Florian posé si fréquemment sur elle et jusqu'à ses propres inquiétudes quant à sa capacité à retenir un garçon comme Adrien. Même sa jambe emprisonnée dans une attelle pour maintenir son genou donnait au garçon un petit côté « blessé de guerre » qu'elle trouvait absolument irrésistible. Elle en profitait pour le materner, ce qu'il semblait apprécier, et, si elle avait vaguement conscience d'être le centre de l'attention de tous, pour la première fois de sa vie, elle n'en avait cure. En vérité, seule Pauline, peinturlurée comme un Indien sur le sentier de la guerre, avait totalement ignoré le couple qu'elle formait avec Adrien. La jeune sœur de Mélisande, excitée comme une puce, était bien trop occupée à imiter les pas *mickaeljacksonesques* que Farouk s'ingéniait à inventer pour se soucier des histoires d'amour d'autrui.

Chiara sourit en la voyant se déhancher avec excès. Contrairement à Pauline, la jeune fille, fidèle à son habitude, passait plus de temps près du buffet regorgeant de mets appétissants que sur la piste de danse aménagée dans le salon du chalet. Cette position lui convenait parfaitement. De là, elle pouvait observer tout ce qui se passait autour d'elle (ce qui était parfois aussi passionnant qu'une pièce de théâtre !) tout en avalant quantité de toasts et de mignardises. Elle se poussa sur le côté pour permettre à Maxime de remplir une assiette pour sa « chère et tendre ». Assis sur l'accoudoir de son fauteuil, il n'avait presque pas quitté Maëlle de la soirée. Aux petits soins, il s'employait à satisfaire le moindre de ses désirs. Même la belle Mélisande n'avait pu le convaincre de danser plus de cinq minutes d'affilée. Il faut dire qu'elle-même n'avait aucun scrupule à abandonner ses cavaliers toutes les fois qu'elle croyait entendre son téléphone sonner.

Mais la plus infatigable demeurait bien Julie : elle ne quittait la piste de danse que pour faire surgir de la cuisine de nouveaux plateaux de douceurs, des bouteilles de soda et des jus de fruits. Oui, la fête aurait pu ne jamais finir si l'intransigeante horloge n'en avait pas décidé autrement. Estimant qu'on l'avait suffisamment ignorée, elle fit retentir le petit carillon qui annonçait l'égrenage des coups. Plusieurs fois déjà, au cours de la soirée, elle avait ainsi tenté d'attirer l'attention. En vain. Cette fois, cependant, elle obtint gain de cause.

— Chuuuuut ! fit Julie en se précipitant sur la chaîne hi-fi pour baisser le volume. C'est le moment, les jeunes !

— Minuit ! Déjà ! s'exclama Pauline, les joues rouges et le souffle court.

DING !

« Minuit ! Enfin ! » pensa Lily dont le cœur débordant d'émotion se mit à battre de manière désordonnée. Cette fois, elle l'espérait, Adrien l'embrasserait vraiment. Lors de son arrivée au chalet, certainement embarrassé par les nombreuses paires d'yeux qui les observaient plus ou moins discrètement, il s'était contenté de déposer un léger baiser sur ses lèvres…

DING !

« Ça y est ! souffla tout bas Chiara avec une pointe de soulagement, l'année est finie ! » Ces douze derniers mois avaient été un peu trop riches en rebondissements à son goût. Certes, elle aimait le drame, mais une petite pause serait quand même la bienvenue. Surtout qu'à l'avenir elle allait avoir besoin de toute son énergie pour atteindre son but : devenir une actrice reconnue. Oui, en cet instant elle se le promettait : l'an prochain, à la même heure, elle aurait franchi des étapes décisives sur le chemin qui menait à la réalisation de son rêve.

DING !

« Mais pourquoi n'appelle-t-il pas ? s'interrogea Mélisande, stressée. Il avait pourtant bien dit qu'il appellerait… » Son téléphone portable à la main, elle souriait cependant à la ronde, sans laisser transparaître de quelque façon que ce soit la question qui lui emplissait la tête.

DING !

« Que Lily est jolie ce soir ! soupira Florian. L'aurait-elle été autant si j'avais osé le premier ? Non, certainement pas… D'abord, qu'est-ce qui me fait croire qu'elle aurait pu s'intéresser à un garçon aussi insignifiant que moi ? C'est sûr, elle aurait refusé… Mais qu'elle est jolie ce soir… Elle rayonne… »

DING !

« Oh ! Maxime, tu te souviens ? Notre premier baiser, il y a tout juste un an ! Moi, jamais je n'oublierai… » Maëlle aurait voulu pouvoir se retrouver seule loin du brouhaha pour chuchoter ces mots à l'oreille du jeune homme qui se tenait penché vers elle. Seule, et moins pudique dans l'expression de ses sentiments. Que c'était donc difficile d'avouer tout ce que l'on avait sur le cœur…

DING !

« Maëlle, te rappelles-tu ? Nous étions dans la véranda de ta maison. Je tenais un bouquet de gui et je devais certainement avoir l'air idiot, mais tu m'as embrassé quand même. C'était… c'était… un peu comme ça ! » Maxime prit entre ses mains le visage de Maëlle, tout près du sien, plongea en avant… et cessa de penser !

DING !

« Super cool cette horloge ! se dit Farouk. Pour un peu on se croirait au bal de Cendrillon ! Mais c'est vrai que tout est extra cool ici. En fait ce serait vraiment un réveillon de rêve si la "duchesse" ne tenait pas son portable si serré… »

DING !

« Ce doit être le dix-septième… compta cyniquement Adrien, oui, c'est bien ça, c'est le dix-septième réveillon que je passe sans mes parents. Beau record quand on est à peine âgé de seize ans et demi. Et dire qu'après toutes ces années, j'ai été encore assez naïf pour croire que ma mère se déplacerait pour venir me voir à l'hôpital… » Croisant le regard tendre de Lily, le garçon sentit son cœur se gonfler d'émotion. « Au diable, mes parents ! Ce soir, je ne veux penser qu'à toi ! » Mais alors qu'il serrait la douce jeune fille contre lui pour l'embrasser à lui en faire perdre le souffle, il se demanda à nouveau avec inquiétude s'il était vraiment digne de son amour.

DING !

« Et voilà ! Encore deux qui s'embrassent ! pesta intérieurement Pauline. Ce qu'ils peuvent être fatigants avec leurs histoires d'amour ! Heureusement que Farouk n'est pas comme ça, lui. Ah ! Si seulement j'avais pu avoir un grand frère qui lui ressemble… »

DING !

« Ah ! Si seulement j'étais télépathe ! regretta Julie avec un demi-sourire alors que son regard faisait le tour de la pièce, je crois que j'en apprendrais des choses intéressantes… »

DING !

Des trilles joyeux s'élevèrent à la plus grande surprise de tous. Enfin presque de tous : Mélisande, elle, tressaillit de plaisir en voyant sur l'écran de son portable s'afficher le numéro tant espéré.

DING !

— Et de douze ! s'exclama Julie avant d'ajouter :

— Une fabuleuse et merveilleuse année à tous !

2

Retour sur Terre !

Dimanche 2 janvier, 17 h 30

Chiara régla le programmateur du lave-linge, versa une dose de lessive dans le réceptacle réservé à cette intention et appuya sur le bouton *On* de l'appareil. En entendant l'eau remplir la cuve, elle se dit avec satisfaction : « Voilà, c'est la dernière lessive. Après ça, je serai à jour. »

Elle sortait de la cuisine en refermant la porte derrière elle quand son père l'appela depuis le salon. Elle soupira car elle avait eu l'intention de se rendre dans sa chambre pour feuilleter quelques pages de son anthologie de théâtre préférée.

— Oui ? fit-elle en appuyant ses deux mains de part et d'autre du cadre de la porte.

— Viens une minute, je veux te poser quelques questions.

Remarquant soudain qu'il tenait un manuel de littérature française dans les mains et qu'un autre, d'anglais celui-ci, reposait sur ses genoux, elle devina ce qui allait suivre.

— Pourrais-tu me dire à quel courant littéraire appartiennent les *Essais* de Montaigne ?

Chiara fronça les sourcils. Elle se souvenait bien d'avoir lu quelque chose à ce sujet lorsqu'elle avait trouvé refuge au café des Trois Marmottes, mais étrangement, ce qui lui revenait surtout, c'était le goût de la fabuleuse tartelette aux myrtilles qui avait agrémenté ses heures d'études.

— Heu… celui des Lumières ? tenta-t-elle sans en être convaincue elle-même.

— Pas vraiment, lâcha son père en fronçant les sourcils. Il s'agit du courant humaniste… Essayons les poètes : dans quelle catégorie classerais-tu Lamartine ?

Chiara retint un soupir de soulagement. Ça, elle s'en souvenait. Il avait écrit « Le Lac », un poème superbe qui lui avait presque donné envie de pleurer tellement il était beau… et romantique !

— Il fait partie des romantiques, annonça-t-elle fièrement.

En son for intérieur, elle se félicita que, pour une fois, la littérature française ait choisi un terme évident et facilement compréhensible. Souvent, trop souvent même, les termes techniques employés par Mme Docile se mélangeaient désespérément dans sa tête : allitération, allégorie, métaphore, paronomase, métonymie… Elle en passait et des meilleurs. C'était d'un compliqué ! Et totalement inintéressant qui plus est !

Chiara entendit son père lâcher un soupir discret. À l'évidence, lui aussi était soulagé de cette bonne réponse.

Il se crispa cependant à nouveau au fur et à mesure qu'il poursuivait ses interrogations. Le genre et les registres, le classicisme et la Renaissance, elle rangeait tout au mauvais endroit dans sa cervelle. C'était à se demander à quoi avaient servi toutes ces heures sacrifiées à l'étude.

Le visage tendu de son père trahissait ses sentiments bien qu'il se contrôlât. Finalement, il referma le livre. Chiara se réjouissait déjà d'être enfin libre quand elle le vit saisir le manuel d'anglais. Elle ferma les yeux, se préparant psychologiquement pour cette seconde séance de torture. Sans lui prêter attention, M. Palermo dit d'un ton qu'il se força à garder neutre :

— *Good, let's speak English now…*

Dimanche 2 janvier, 17 h 50

Lily regardait la partition avec attention. Cela faisait déjà deux fois qu'elle manquait un départ et elle ne voulait pas que cela se reproduise. Au piano, Hugo finissait la phrase d'introduction. Dans une mesure, Thomas entrerait avec son saxo. Dès qu'il aurait fini, ce serait à elle de reprendre le thème. À ce moment précis, Lily, malgré son amour de la musique, regretta l'idée lancée par son père : pour l'anniversaire de mariage de leurs grands-parents, elle et ses frères prépareraient un miniconcert. Une pensée fort sympathique au demeurant, qui avait d'ailleurs reçu l'approbation de tous quelques semaines auparavant, mais qui pesait maintenant à Lily. Rentrée la veille de ces mémorables vacances de ski, elle n'avait eu qu'une hâte : s'isoler pour pouvoir revivre encore et encore ces moments féeriques... et téléphoner à Adrien, bien à l'abri dans le secret de sa chambre. Car la jeune fille n'avait parlé à personne de sa famille de la révolution qui s'était opérée dans sa vie. C'était encore trop nouveau ! Trop incroyable ! Trop... fragile ? À vrai dire, bien qu'il lui semblât vivre un rêve éveillé, elle craignait que ses parents et ses frères n'envisagent pas les choses sous le même angle. La réaction de ses amies, lorsqu'elle les avait mises au courant du dénouement de sa fuite éperdue à travers les pistes enneigées, l'avait déjà déçue. Oh ! bien sûr, elles s'étaient bien gardées cette fois-ci de lui dire quoi que ce soit de désagréable, mais elle avait bien senti leur manque d'enthousiasme. Alors, c'était au-dessus de ses forces de réitérer l'expérience. Elle ne voulait entendre personne lui prédire une fin prématurée du couple qu'elle formait avec Adrien et encore moins supporter les commentaires ironiques et désobligeants de ses frères. Oui, peut-être que c'était de la folie de croire à cet amour, mais, en attendant, qu'on lui prouve le contraire...

— Lily ! Tu es sourde ou quoi ? T'as pas entendu mon enchaînement d'accords ? *Do, ré, la*, s'exclama Hugo d'une voix de stentor en frappant de toutes ses forces sur le clavier les notes groupées. Je te rappelle que c'est censé te donner le signal du départ !

— Heu oui, oui, je sais, je suis désolée.

— Ouais, ben sois moins désolée et un peu plus concentrée, râla Thomas, je joue au Blue Note ce soir, j'ai pas de temps à perdre !

Lily fit un sourire radieux à ses deux frères. Ils la dévisagèrent comme si elle venait de descendre d'une soucoupe volante. Il est vrai qu'en temps normal, elle aurait réagi bien différemment à leur exaspération, mais depuis quelques jours, elle ne pouvait s'empêcher de sourire à tout propos à tout le monde. Ses lèvres s'étirèrent encore : ils avaient vraiment l'air trop drôle avec leurs yeux de merlan frit !

Charitable, elle mit rapidement fin à la situation en ajoutant :

— Promis, je vais faire attention. Hugo, est-ce qu'on pourrait reprendre juste au moment de l'enchaînement ?

Ainsi, se dit-elle, il y aurait moins de chance que ses pensées lui échappent à nouveau.

— Mouais, finit par accepter son frère cadet en maugréant.

Il lui jeta néanmoins un regard méfiant, comme s'il s'attendait à ce qu'elle se jette soudain sur lui pour le mordre.

Il devait certainement se demander si elle ne s'était pas, pendant cette semaine à la montagne, transformée en loup-garou ou en vampire pour avoir d'aussi étranges réactions…

Mélisande sortit de l'ascenseur lorsque les portes s'ouvrirent silencieusement. Enveloppée dans un manteau long et chaud, elle revenait d'une promenade dans les rues de la ville déserte. Après tant de jours passés à vivre au grand air à dévaler les pistes, elle s'était soudain sentie à l'étroit dans l'appartement, pourtant spacieux, qui dominait la ville de Lyon. Et puis, après une semaine de cohabitation mouvementée, elle trouvait désagréable le silence qui régnait chez elle. Ses parents absents, Pauline enfermée à faire elle ne savait quoi dans sa chambre, elle avait ressenti le besoin impérieux de sortir. Elle parcourut de sa démarche élégante le couloir. Des flocons légers, presque transparents, prisonniers de ses boucles de feu, finissaient de fondre à leur contact. Il s'était mis à neiger juste au moment où elle avait décidé de rentrer. Elle s'apprêtait à sortir ses clefs quand la porte devant laquelle elle se trouvait s'ouvrit.

— Maman ? Tu es rentrée ?

— Une minute, le temps de me changer. Il y a un cocktail au studio.

— Papa y va avec toi ?

— Il devait, mais non. Il avait un problème à régler à la banque avant l'ouverture de la bourse de Tokyo…

Mélisande se moquait bien de la bourse de Tokyo. Le désistement de son père cependant lui sembla une opportunité à saisir.

— Je peux venir à sa place ? Comme ça, on pourrait…

« … finir la conversation que l'on avait commencée au chalet », aurait terminé la jeune fille si sa mère ne l'avait pas interrompue avant avec un : « Oh ! C'est une excellente idée, seulement je suis déjà affreusement en retard et, regarde-toi, il faudrait te changer. »

— Mais, Maman, s'écria Mélisande alors que s'éloignait Camille de Saint-Sevrin dans le couloir, j'en ai pour une minute…

— Certainement chérie…

Les portes de l'ascenseur s'ouvrirent sans un bruit et sa mère se glissa à l'intérieur de la cabine aux parois d'acier poli.

— Mais il faut que tu comprennes, c'est une soirée *habillée*.

Ce furent ses derniers mots avant qu'elle ne disparaisse aux yeux de sa fille.

Mélisande resta immobile dans le couloir, le regard fixé sur la cabine d'ascenseur, jusqu'à ce qu'une voix moqueuse lui fasse faire demi-tour.

— Et toc !

Pauline, appuyée contre le chambranle de la porte de l'appartement, contemplait sa sœur aînée en hochant la tête. Puis, sur un ton empli de commisération, elle laissa tomber :

— Ma pauvre vieille, t'as vraiment rien compris…

Lundi 3 janvier, 19 h 00

Maëlle, la tête penchée sur son cahier, mordillait consciencieusement le bout de son crayon. Assise à l'immense bureau, blanc et fonctionnel, qui occupait une bonne partie du mur est de sa chambre, elle travaillait sur l'un des trois exercices que le professeur de maths leur avait donnés aujourd'hui pour le lendemain. L'enseignant avait dû passer ses vacances à préparer ses cours car, à peine le seuil de la classe franchi, il avait assailli ses élèves de travail, certainement pour se venger d'avoir face à lui de nombreux visages de « ratons laveurs », au bronzage couleur caramel à l'exception de deux larges ronds blancs autour des yeux. Parce que blanc, lui, il l'était assurément de la racine des cheveux jusqu'au bout des orteils. Maëlle soupira et changea de position pour soulager sa cheville plâtrée. La journée avait déjà été longue à clopiner d'une salle de cours à l'autre à l'aide de ses deux béquilles, et voilà que maintenant, au lieu de pouvoir chatter sur MSN ou téléphoner à Maxime, elle devait étudier des fonctions plus compliquées les unes que les autres… Parce que vraiment, et contrairement à ce que lui demandait le manuel de maths, elle n'arrivait pas à prouver que la fonction $f(x)$ avait une asymptote en $x = 2/3$!

Lassée de chercher vainement son erreur, elle se décida à appeler son père à la rescousse. Elle n'aimait pas ça et préférait généralement suer sang et eau sur un problème plutôt que d'aller chercher de l'aide, mais dans le cas présent, le temps lui manquait.

Boitillant jusqu'à la porte de sa chambre, elle l'ouvrit et cria :

— Papa, tu peux venir me donner un coup de main en maths ?

Si Maëlle avait en horreur tout aveu de faiblesse (qu'elle soit mathématique ou autre), le colonel, lui, adorait que sa fille fasse appel à lui. L'instant d'après, il gravissait les escaliers menant à l'étage. Il ne lui fallut que quelques minutes pour repérer l'erreur de signe. Sa fille le remerciait, tout en se traitant intérieurement d'idiote de ne pas l'avoir trouvée elle-même, quand il déclara :

— Tu sais que tu peux toujours compter sur moi pour ce genre de chose, dit-il avec une intense satisfaction, et pour d'autres aussi d'ailleurs. Tiens, pas plus tard qu'il y a cinq minutes, je t'ai encore rendu un fier service…

Maëlle le regarda d'un air perplexe. Sans attendre d'être sollicité, le colonel se rengorgea fièrement.

— Eh bien, j'ai fait comprendre clairement au jeune imbécile qui t'embêtait qu'il n'avait pas intérêt à remettre les pieds ici !

Interloquée, sa fille le considéra sans comprendre :

— Mais de quel imbécile tu parles ?

— De ce garçon, là, Maxence ou quelque chose comme ça, tu sais bien, celui qui s'était permis des blagues idiotes…

Ouvrant de grands yeux, Maëlle redouta de comprendre.

— Tu ne parles pas de Maxime tout de même ?

— Ah oui ! C'est ça !

— Mais Papa ! Je sors avec lui !

Ce fut au tour du colonel de marquer sa surprise. Sourcils froncés, il répliqua :

— La dernière fois que tu m'as parlé de lui, tu étais en pleurs…

— Oui, peut-être… Sauf que ça a changé depuis !

Maëlle se saisit de son portable et réalisa que celui-ci inscrivait plusieurs appels en absence. Malheur ! Elle l'avait laissé sur silencieux pour pouvoir mieux se concentrer sur sa maudite équation ! Quelle idiote elle faisait ! Revenant à la charge auprès de son père, elle apprit donc que Maxime était passé un quart d'heure plus tôt et qu'il s'était fait recevoir plus que fraîchement par le colonel. Elle se souvenait maintenant avoir entendu retentir la sonnerie de la porte d'entrée alors qu'elle travaillait. Cependant, elle avait imaginé qu'il s'agissait là de la venue d'un voisin. À l'exception de son apparition inattendue lors du réveillon de l'an passé, Maxime n'était jamais revenu chez elle !

Furieuse d'avoir manqué sa visite, elle n'épargna aucun reproche à son père, qui repartit en maugréant que sa fille était folle. Il n'avait pas disparu dans les escaliers qu'elle pianotait sur son portable pour appeler Maxime.

— Allô ?

— Maxime ? Mon père vient juste de me dire…

— Ouais, l'interrompit-il mécontent, eh bien, on ne m'y reprendra pas à venir te voir. J'ai couru comme un fou d'un bus à l'autre et à l'arrivée je me suis fait jeter !

— Je suis désolée, il ne savait pas qu'on était à nouveau ensemble. La prochaine fois…

— Ah non ! Il n'y aura pas de prochaine fois ! En tout cas pas chez toi !

— Mais ça va être difficile avec mon plâtre…

— Tant pis, on se débrouillera. Tout plutôt que me retrouver face à ton père !

Maëlle se mordit les lèvres pour ne pas laisser fuser une réponse désagréable. Mais quand quelques minutes plus tard elle raccrocha, elle ne put s'empêcher de soupirer :

— Ah, les hommes !

3

Un professeur de théâtre peut en cacher un autre

Mardi 4 janvier, 17 h 45

Si le café des Anges n'avait pas de tartelettes aux myrtilles au menu, ce que regrettait l'une de ses fidèles clientes, il présentait cependant l'avantage de se trouver suffisamment loin des pistes de ski pour que l'on ne risque pas d'être dérangé par l'annonce intempestive d'une avalanche.

— Je prendrai une crêpe chocolat chantilly avec mon chocolat, s'il vous plaît.

Or, Chiara avait horreur qu'on vienne lui gâter son plaisir lorsqu'elle était en pleine dégustation…

— Eh bien, tu attaques fort, toi, commenta Lily avec un regard mi-envieux, mi-affectueux.

Et surtout lorsqu'elle avait le moral dans les chaussettes.

— J'en ai bien besoin, soupira son amie. Après ce que mon père m'a dit dimanche dernier, il faut que je reprenne des forces !

— Pourquoi ? interrogea Mélisande, tu as bien bossé pourtant !

Sans se faire prier, Chiara expliqua ses déboires scolaires.

— Et non seulement il m'a plus ou moins annoncé un désastre pour le bac de français, déclara-t-elle fataliste, mais en plus il ne me prédit rien de meilleur pour l'an prochain : mon niveau d'anglais est, *dixit* mon père, « à faire se retourner ce pauvre Shakespeare dans sa tombe »…

Elle fit une grimace avant d'ajouter :

— Ce qui m'ennuie tout de même beaucoup vu que c'est mon dramaturge préféré !

Maëlle fit claquer sa langue et dit d'un air réprobateur :

— T'inquiète ! Les hommes en général et les pères en particulier ne comprennent rien !

Sa sortie excédée attira aussitôt le regard intrigué de ses amies sur elle. Cela fit rire la pétillante jeune fille, qui avoua :

— Oui, oui, j'ai des raisons personnelles d'en vouloir à la gent masculine !

À son tour, elle confia aux filles ce qui s'était passé la veille.

— Tu es bien ingrate, lui reprocha Lily. Imagine un peu ce qu'a dû ressentir ce pauvre Maxime. Il traverse toute la ville pour venir te voir et il tombe sur ton colonel de père prêt à faire barrage de son corps pour défendre sa fille chérie ! Franchement, connaissant ton père, je comprends qu'il ait pris ses jambes à son cou !

— Eh bien pas moi ! fit Maëlle sèchement. Inutile de prétendre qu'on va aller te décrocher les étoiles si au premier obstacle on tourne les talons !

Mélisande se mit à rire.

— Alors là, il ne te manque plus que la moustache et le képi et on se met toutes au garde-à-vous.

Maëlle, vexée, allait répliquer quand elle vit les autres approuver en pouffant. Elle s'abstint alors de tout commentaire et se demanda s'il n'y avait pas une once, oh juste une toute petite once, de vérité dans cette remarque. Diplomatique, elle choisit de changer de sujet et profita de la perche tendue un peu plus tôt par Chiara.

— De toute façon, ce n'est pas en restant sur les bancs de Balzac que tu feras des progrès en anglais. Si encore tu avais M. Wolf, cela pourrait te motiver, mais avec cette vieille chouette de Mme Marin, c'est fichu d'avance.

— Génial ! gémit Chiara en se prenant la tête dans les mains, alors tu me conseilles quoi ? Je plaque tout immédiatement ou je tente quand même le bac, histoire de me faire humilier jusqu'au bout ?

— Ni l'un ni l'autre ! Tout le monde sait bien que pour faire des progrès en langue, il faut partir à l'étranger ! Un séjour linguistique : voilà ce qu'il te faut !

— *Fabulous idea! I need one too!* s'exclama Mélisande. *I loooove to speak English!*

Chiara la regarda de travers : si elle avait été capable de prononcer ces deux petites phrases avec cet accent, elle n'aurait eu, elle, besoin de rien du tout ! Pourquoi fallait-il que tout soit aussi facile pour la *fabulous* Mélisande ?

Mais Lily, à son tour, renchérissait :

— C'est vrai, ce serait vraiment génial si on pouvait partir toutes les quatre ensemble en Angleterre !

— Mais pourquoi utilises-tu le conditionnel ? la reprit Maëlle. Bien sûr qu'on peut !

— Tu oublies quand même un petit détail, répliqua Chiara, ce genre de séjour coûte une fortune ! Et moi, j'ai tout dépensé pour le ski…

Mais son intervention ne suffit nullement à tarir l'enthousiasme de Maëlle qui, au fur et à mesure de la discussion, trouvait son idée impromptue de plus en plus géniale. Partir à l'étranger entre copines, faire du shopping à Covent Garden et dans Oxford Street, se régaler de cupcakes, visiter Buckingham Palace, flâner à Regent's Park, tout ça promettait de belles parties de rigolade et des souvenirs inoubliables !

D'un geste péremptoire de la main, elle balaya donc l'objection comme s'il s'agissait d'un détail sans importance et, le menton relevé, elle déclara :

— Je ne suis peut-être pas la première à le dire, mais j'y crois très fort : *Yes, we can!*

Mélisande et Lily applaudirent en riant.

Chiara, séduite par leur enthousiasme, n'insista pas. Et puis, pour l'instant, elle avait d'autres chats à fouetter…

Mercredi 5 janvier, 15 h 55

Le seul point positif de cette rentrée de janvier, pensait Chiara, était la reprise des cours de théâtre. En poussant la lourde porte de bois massif pour entrer dans l'appartement ancien où William, le jeune et séduisant professeur, enseignait, elle sentit l'impatience la gagner, comme chaque fois. Dès qu'elle avait un texte à interpréter ou une scène à jouer, elle se sentait infiniment plus vivante. Répéter pendant des heures ne lui faisait pas peur, bien au contraire, puisque c'était dans ces moments-là que la vie prenait tout son intérêt. Même si elle se sentait fatiguée quelques minutes avant, une énergie nouvelle l'envahissait dès qu'elle endossait un rôle. Oui, elle était faite ainsi.

Mais depuis que Mélisande avait eu l'idée farfelue de s'inscrire au même cours de théâtre qu'elle, les choses avaient changé. L'envie était toujours là, mais le sentiment d'épanouissement et de liberté qui avait été le sien auparavant s'était mué en une inhibition incompréhensible qui entravait toute sa liberté d'expression.

Chiara soupira et redressa les épaules. Il y avait une solution à ce problème, elle en était certaine. Il restait à trouver laquelle…

En entrant dans la salle, elle remarqua immédiatement Mélisande. Habillée comme à son habitude à la perfection, ses cheveux roux cascadant sur ses épaules, elle attirait inévitablement le regard. Aussi bien celui des filles que celui des garçons d'ailleurs. Les premières, généralement, l'admiraient ou la jalousaient. Quant aux seconds, ils étaient prêts à tout pour obtenir d'elle ne serait-ce qu'un sourire. Constater qu'elle subissait elle-même cette fascination agaça Chiara tout autant que de voir son amie monopoliser une fois de plus l'attention du séduisant William. Tournant la tête, elle aperçut alors Alexandre en grande conversation avec la fragile Émilie, qui avait cependant bien changé depuis le début de l'année. Au point d'ailleurs d'avoir ses joues, habituellement si pâles, teintées en cet instant d'un joli rose soutenu. Chiara réprima un sourire en se disant que le tête-à-tête avec le bel Alexandre y était certainement pour quelque chose. Comme s'il se sentait observé, ce dernier se retourna vers elle et lui fit un petit geste de la main pour la saluer. Elle y répondit et se demanda pour la centième fois pour quelle raison elle n'était pas tombée amoureuse de lui. Pourquoi donc fallait-il que tout soit compliqué pour elle ? Même la douce et timide Lily avait trouvé chaussure à son pied (et quelle chaussure, mes amis !) tandis que son cœur à elle ne s'accélérait jamais ailleurs que sur une scène de théâtre ! Peut-être était-ce cela son problème ? Peut-être…

— Bien, bonjour et bonne année à tous…

Laissant là ses pensées, Chiara se tourna vers William. Le cours allait commencer, et ça, c'était important !

Mercredi 5 janvier, 16 h 30

— Oui, c'est bien, Chiara… dit William avec un sourire. Tu as de l'aisance et on sent que tu veux bien faire. Mais on va reprendre en essayant de travailler plus dans la nuance, un peu comme ça…

Alors que William montrait des exemples de jeu dans l'exercice, Chiara se mordit les lèvres. William avait beau être très sympa, elle se rendait bien compte qu'elle jouait faux ! Et ces commentaires gentils, mais tièdes, n'étaient pas ce qu'elle avait espéré entendre lorsqu'elle avait commencé les cours.

Tandis que tout le monde riait de voir le jeune homme camper une petite vieille effarouchée, Chiara sentit peser sur elle un regard. Il lui suffit de tourner légèrement la tête pour cueillir le clin d'œil discret d'Alexandre. Elle se traita alors intérieurement d'idiote. Elle avait une chance unique de tenter une expérience nouvelle qui l'aiderait sûrement à progresser et elle ne la saisissait même pas. Dans l'instant, elle prit la décision de voir Alexandre en dehors des cours.

Une demi-heure plus tard, le cours toucha à sa fin. Le brouhaha marquant le départ des élèves naissait déjà quand William reprit la parole.

— Au fait, j'ai failli oublier, j'ai une grande nouvelle : je viens de décrocher le rôle de Léonid dans *La Cerisaie*, de Tchekhov, et la troupe part en tournée à travers toute la France à partir de fin février.

Les applaudissements crépitaient quand la voix de Mélisande s'éleva soudain :

— Mais alors, comment tu vas faire pour les cours ?

William sourit.

— C'est là que tout s'arrange à merveille : vous allez avoir la chance incroyable de poursuivre votre année avec André Béranger lui-même ! Et c'est lui également qui s'occupera de monter la pièce de théâtre dans laquelle vous participerez tous en fin d'année.

Devant l'air à la fois déçu et perplexe de ses troupes, William s'empressa d'ajouter :

— Ne faites pas cette tête-là ! Il s'agit de mon ancien professeur. Il m'a appris tout ce que je sais et il a beaucoup de relations. Si vous écoutez ses conseils, vous aurez toutes les chances de décrocher à votre tour un rôle important dans quelques années si vous faites du théâtre votre métier... Vous savez, c'est une faveur incroyable qu'il me fait en acceptant de me remplacer, car il a arrêté d'enseigner depuis un long moment déjà.

Ne sachant que penser, la plupart des élèves quittèrent le cours en se posant mutuellement des questions et en y cherchant des réponses.

Contrairement à eux, Chiara jubilait intérieurement. Elle songeait au vœu qu'elle avait fait lors du réveillon de la Saint-Sylvestre et était certaine d'y voir là son accomplissement. Ou tout du moins son début. Certes, elle aimait bien William, mais un professeur expérimenté comme cet André Béranger et qui avait, de plus, des relations, il y avait de quoi rêver ! Et en plus, ce serait lui qui distribuerait les rôles pour la pièce dans laquelle ils joueraient en juillet. Si jamais il la choisissait pour le premier rôle, tout changerait… Aux côtés de Mélisande qui marchait avec elle dans la rue, elle n'arrêtait pas de s'extasier sur cette chance sans remarquer que son amie l'écoutait sans rien dire, la mine contrariée. Jusqu'au moment où cette dernière explosa :

— Tu parles, il n'y a vraiment pas de quoi s'enthousiasmer ! On nous remplace un jeune premier beau comme un dieu par un vieux croûton ronchon et perclus de rhumatismes !

Chiara s'arrêta net : si elle n'avait pas été aussi outrée, elle aurait ri.

— Mais enfin, tu ne sais même pas son âge et tu ne l'as jamais vu ! Pfff… Tu crois vraiment tout savoir sur tout !

— Oh ! Pas besoin de s'appeler Mme Irma pour comprendre que s'il a été le prof de William il n'est plus très jeune… Tiens, je te parie que c'est un vieux d'au moins soixante ans… Quant à son caractère, s'il était plus sociable, il n'aurait pas arrêté de donner des cours !

— Tu es incroyable, toi ! s'échauffa Chiara, on t'offre une chance dingue et tu fais la fine bouche. Mais bon, entre nous, ce n'est pas la peine de chercher bien loin pour savoir que tu te fiches pas mal du théâtre et que tu ne viens que pour tourner autour de William.

Le rire cristallin de Mélisande retentit.

— Et c'est toi qui m'accuses de parler de choses que j'ignore ! Ma pauvre Chiara, tu es loin de tout savoir toi-même !

Elle rit à nouveau et, comme elles arrivaient à l'angle de deux rues, elle déposa une bise légère sur la joue de son amie avant de bifurquer à droite et de lancer un *Ciao, bella !* plein d'entrain.

Chiara, déroutée, la regarda un instant s'éloigner, se demandant bien ce qui, soudain, l'avait mise de si belle humeur…

4

Précieuse amitié

Vendredi 7 janvier, 14 h 10

D'habitude, Lily n'était déjà pas une sportive acharnée. Le bonheur évident que trouvait Maëlle à pousser toujours plus loin ses limites sur un terrain d'athlétisme, de basket ou même occasionnellement de foot restait pour son amie un mystère. En ce qui la concernait, elle, rien ne valait le plaisir de lire un bon roman, allongée sur son lit en se laissant bercer par les accords émouvants d'un concerto pour piano de Saint-Saëns. Quoique, à la réflexion, une chanson de Charlie Winston n'était pas mal non plus…

La jeune fille sourit en enfilant son survêtement. Ces derniers jours, il est vrai, les livres avaient cependant perdu un peu de leur intérêt. La réalité, la vraie, avait remplacé l'amour par procuration qu'elle vivait jusqu'alors. Depuis lundi dernier, Lily flottait sur un nuage rose et léger qu'elle partageait généreusement avec Adrien.

Adrien… Ce prénom remplissait d'un coup toute sa vie. Du matin au soir, ils étaient côte à côte sur les bancs du lycée et si elle était trop sérieuse pour aller jusqu'au bout de ses pensées, elle devait cependant reconnaître qu'il lui était parfois bien difficile d'écouter le cours plutôt que de céder à la tentation de prendre la main de son voisin qui cherchait la sienne. Chaque soir, la séparation lui semblait un déchirement et leurs baisers se succédaient jusqu'à ce que les portes du bus soient prêtes à se refermer sur elle. Pour la première fois de sa vie, elle regrettait cruellement de ne pas avoir de portable. Elle n'osait cependant pas aborder la question avec ses parents sachant bien qu'elle ne pourrait alors garder son secret… secret ! Même l'ordinateur familial planté dans un coin du salon ne permettait guère de chatter en toute discrétion. Il lui fallait ruser à chaque fois et, avec cinq personnes à la maison, cela n'était guère facile.

À l'aide de petites pinces et barrettes, Lily emprisonna ses boucles châtaines pour empêcher qu'elles ne tombent sur ses yeux. Le brouhaha des bavardages qui emplissait le vestiaire du gymnase ne la gênait en rien. Comme dans une bulle, elle laissait libre cours à ses réflexions. Avec un pincement de culpabilité, elle se rappela le moment passé avec ses trois amies au café des Anges. Bien que leur amitié lui soit toujours très précieuse, elle avait eu du mal à renoncer à sa demi-heure d'intimité passée avec Adrien en attendant l'arrivée de son bus, pour aller les retrouver. Bien sûr, elle n'en avait rien dit, d'autant plus qu'une fois en leur compagnie, elle avait été ravie de parler et de rire avec elles. Mais aujourd'hui, il y avait aussi ce cycle GRS réservé aux filles et qui la condamnait donc à deux heures de séparation avec Adrien ! Vraiment, le sport, quelle plaie !

— Alors, on se sent seule ? Ton petit Adrien chéri te manque ?

Surprise d'entendre une voix faire si bien écho à ses pensées, Lily se retourna. Face à elle, Sophie Ménard, la copine de cette peste de Wendy[1], se tenait les poings sur les hanches. Son visage mou semblait inhabituellement tendu. Lily pensa immédiatement qu'elle avait dû rendre compte à Wendy des derniers événements concernant Adrien. Peut-être même que depuis l'exclusion de cette dernière, Sophie avait gardé un œil sur le garçon que Wendy, depuis le collège, considérait comme sa chasse gardée. Nul doute que d'apprendre que celui-ci filait désormais le parfait amour avec Lily avait dû la rendre folle de colère ! La connaissant, il y avait fort à parier qu'elle avait missionné Sophie pour la venger.

Lily frissonna. Comme toujours dans ce genre de circonstances, elle se sentait dans la peau d'une souris qui aurait eu le malheur de tomber entre les pattes d'un chat de gouttière affamé. Elle s'en voulait, mais c'était plus fort qu'elle : elle était incapable de se

1. Voir tome 1, *Confidences, SMS et prince charmant !*

défendre. Sophie, bien que loin d'être aussi maligne que ne l'était Wendy, s'en rendit compte. Cela la réjouit au plus haut point. Elle se voyait déjà en train de raconter à sa copine comment elle avait humilié cette idiote de Lily. S'il le fallait, elle en rajouterait même un peu, histoire de l'impressionner. Ce serait vraiment génial de pouvoir, une fois au moins, être celle que l'on regarde avec admiration.

Elle se pourléchait déjà les babines à l'idée de ne faire qu'une bouchée de sa victime quand une voix tranquille s'éleva :

— Tu as un problème, Sophie ? Tu veux qu'on en discute ?

Les deux filles se retournèrent d'un bloc pour découvrir celle qui venait de parler. Lily eut alors une grande surprise en voyant l'une des élèves les plus effacées de la classe poser un regard énigmatique sur sa persécutrice en puissance. De taille moyenne, les cheveux fins retenus par un bandeau et une silhouette presque fragile à force de minceur, Bérénice Alois était le genre de fille que l'on ne remarquait jamais. Ses résultats scolaires étaient plutôt bons, si Lily se souvenait bien, mais comme elle ne participait jamais à l'oral, on avait très vite tendance à l'oublier. Ses tenues ternes qui semblaient se limiter à un ensemble jean-sweat-shirt – passé de mode – accentuaient encore son côté « je-me-fonds-dans-la-foule ».

Et pourtant en cet instant elle se tenait là. Son visage semblait dépourvu d'émotion. Il n'émanait rien de vraiment menaçant de sa personne, son gabarit ne lui permettant pas de toute manière d'impressionner physiquement Sophie (qui devait bien faire une bonne quinzaine de kilos de plus), mais son intervention était si inattendue que cette dernière en fut déstabilisée. Elle ouvrit la bouche, la referma, puis grommela quelques paroles incompréhensibles avant de tourner les talons et quitter le vestiaire.

Lily laissa alors échapper un soupir de soulagement.

— Merci, dit-elle, je te dois une fière chandelle ! Je ne sais pas ce qu'elle avait en tête, mais je me doute que cela n'avait rien d'agréable.

Un sourire étendit les lèvres fines de Bérénice.

— Il n'y a pas de quoi, j'étais juste au bon endroit au bon moment.

Mais Lily savait très bien que la plupart des gens préféraient détourner la tête dans ces situations, quand ils n'en profitaient pas pour rire de quelqu'un à peu de frais.

Bien que ce genre de comportement lui soit étranger, la jeune fille doutait cependant d'avoir le courage d'affronter Sophie, même pour sauver de ses griffes une innocente victime. Sa reconnaissance envers Bérénice fut d'autant plus grande qu'elle estimait ne pas avoir été toujours très gentille envers celle-ci. Elle se souvenait en effet d'avoir remarqué sa solitude en début d'année scolaire, mais, toute à ses propres préoccupations, elle n'avait pas cherché à lui parler. Offrant à Bérénice le plus chaleureux de ses sourires, elle lui répondit :

— Et j'en suis très heureuse.

Elle fit une pause avant de dire d'un air songeur :

— Finalement, je crois que je devrais aller remercier Sophie.

Bérénice lui lança un regard perplexe qui la fit rire. Passant son bras spontanément sous celui de la frêle adolescente pour l'entraîner joyeusement vers l'entrée de la salle de sport, elle expliqua :

— Après tout, n'est-ce pas grâce à elle que je me découvre une nouvelle copine ?

Le cœur de Lily se réjouit en voyant le regard de Bérénice s'éclairer. « Oui, songea-t-elle, vraiment, l'amitié est un trésor précieux. »

Jeudi 20 janvier, 12 h 15

Comme elle en avait désormais pris l'habitude, Maëlle ralentit en arrivant sur le sol carrelé du self. Florian, qui l'accompagnait, saisit deux plateaux sur la pile qui trônait à l'entrée du restaurant.

— Steak-frites ? demanda-t-il.

— Steak-frites, confirma la jeune fille appuyée sur ses béquilles, et pour l'entrée et le dessert, ce que tu veux, je m'en fiche…

Puis, sans s'engager dans la file d'attente, elle se mit en quête d'une table libre. Dans un coin à gauche, elle aperçut alors Farouk et Mélisande plongés dans une vive discussion. Il restait deux places libres à leur table et, ravie, elle se dirigea vers eux.

— Eh ! Salut, la flèche ! lança Farouk dès qu'il l'aperçut.

Pendant que Maëlle se laissait tomber sur une chaise, Mélisande lui fit un petit signe de la main mais poursuivit sa phrase :

— … de sa faute, il n'a qu'à se débrouiller tout seul !

— De quoi vous parlez ? interrogea Maëlle.

— D'un gars de la classe, répondit Farouk. Comme il a tendance à confondre les jours de la semaine, il manque un peu trop souvent, ce qui fait qu'il a quelques soucis avec les profs en ce moment. Il m'a demandé d'aller plaider sa cause mais Mélisande n'est pas d'accord…

— Il se fiche de nous, affirma cette dernière, ce n'est pas parce que nous sommes délégués qu'on est avocats !

— Moi je le trouve plutôt cool…

— Cool ? s'emporta la jolie rousse. Il m'a emprunté mes derniers cours de français, soi-disant pour rattraper, et il me les a rendus à moitié dévorés par son chien !

Farouk riait encore quand Florian arriva en portant les deux plateaux.

— Wahou, ça, c'est trop galant, mec ! fit son ami en secouant ses dreadlocks, mais je croyais que tu avais déjà un chevalier servant, ajouta-t-il en lançant un clin d'œil à Maëlle.

Alors que Florian piquait du nez, embarrassé, son amie répliqua :

— Fiche-lui la paix, sans lui je mourrais de faim. Quant à mes amours, elles vont bien, merci ! C'est juste un peu compliqué côté logistique. Comme

Maxime ne veut plus tomber nez à nez avec mon père, on ne se voit que le mercredi. Mais même là, ce n'est pas facile, il perd un temps fou avec les changements de bus…

— Et il perd aussi un entraînement.

Maëlle se redressa pour fixer Farouk.

— Qu'est-ce que tu dis ?

— Eh ! Il ne t'a pas dit qu'il prépare les championnats du Lyonnais ? Et que pour ça il lui fallait un entraînement supplémentaire le mercredi ?

— Heu non, je ne savais pas, fit Maëlle d'une voix hésitante.

— Flûte, il n'y a plus d'eau ! s'exclama alors Farouk en versant la dernière goutte dans son verre.

Tapant dans ses mains d'un air autoritaire, il s'écria en regardant Florian :

— Garçon, un pichet pour la une !

Mais comme son ami lui envoyait une œillade assassine, le grand garçon déplia sa longue silhouette et saisit la carafe d'eau en râlant :

— OK, ça va, j'ai compris, je n'ai pas suffisamment le look de la jeune damoiselle en détresse…

5

Il n'y a pas de problèmes, il n'y a que des solutions

Lundi 24 janvier, 20 h 05

— Allô ?

— …

— Ah, c'est toi ! Je…

Mélisande retint in extremis le « me demandais quand tu allais m'appeler » et poursuivit :

— … suis très occupée là, qu'est-ce que tu voulais ?

Elle avait à dessein employé un ton indifférent. En fait, elle était vexée. Voilà plusieurs jours qu'*il* ne lui avait pas téléphoné. Cela lui avait manqué et elle avait failli craquer. Mais non, elle s'était juré de ne pas l'appeler et elle avait tenu bon ! Pour l'instant, ce petit badinage téléphonique restait léger, divertissant mais sans engagement. Car *il* avait insisté pour garder leurs échanges secrets. Si, au départ, cela avait un peu surpris Mélisande, elle n'y avait finalement trouvé que des avantages : mystère, originalité et confidentialité, c'était nouveau et excitant. Sans compter que cela lui donnait une aura toute particulière auprès de ses amies ! Elle s'était cependant fixé des limites : tant qu'*il* ne se serait pas engagé davantage, elle ne bougerait pas d'un pouce.

— …

— Si tu le dis, laissa-t-elle tomber une fois qu'il eut terminé ses explications.

— …

Un éclat émeraude alluma soudain le regard de la jeune fille. Se mordant la lèvre pour ne pas répondre précipitamment, de peur de trahir un peu trop d'enthousiasme, elle laissa passer quelques secondes avant de susurrer d'une voix calme :

— Un ciné ? Pourquoi pas ?

— …

— Très bien, j'attends ton appel.

Mélisande raccrocha avec un sourire satisfait. Cette fois, elle le tenait !

Mardi 25 janvier, 18 h 20

Maëlle ouvrait et refermait nerveusement le clapet de son téléphone portable. Assise sur son lit, elle avait les traits tendus et les sourcils froncés, ce qui était chez elle le signe d'une intense réflexion. Finalement, elle se décida et finit par décrocher son téléphone.

— Maxime ? C'est Maëlle.

— …

— Oui, je sais, c'est long pour moi aussi. Mais malheureusement, je n'ai pas une bonne nouvelle : j'ai un devoir de maths à rendre pour jeudi et je dois finir une explication de texte. Autant te dire que je suis totalement débordée.

— …

— Eh bien, si, c'est exactement ça. Je ne crois pas que ce sera possible de se voir demain après-midi.

— …

— Tu plaisantes, avec toi à côté je ne risque pas de me concentrer. Je te connais !

— …

— Oui, on s'appelle et on essaie de se voir la semaine prochaine.

— …

Maëlle se mit à rire.

— Oui, moi aussi. Et c'est bien pour ça que je ne peux pas travailler quand tu es là !

Quelques secondes plus tard, elle refermait lentement le clapet de son téléphone. Voilà, elle l'avait libéré. Presque sans mentir en plus : elle avait bien un devoir de mathématiques et une étude de texte à rendre jeudi. Elle s'était juste abstenue de dire que le prof de maths avait donné le devoir depuis une semaine déjà et qu'elle l'avait terminé le week-end dernier. Quant au français, ce n'était de toute manière pas son fort. Comme d'habitude, elle s'en débarrasserait, au plus, en une heure. Mais en oubliant de préciser tout cela, elle permettait à Maxime de se rendre sans remords à son entraînement. Elle laissa échapper un soupir et se prit à rêver d'un monde où il ne faudrait pas toujours courir après le temps et les performances. Laissant libre cours à ses pensées un bref instant, elle se dit que ce serait merveilleux de partir en vacances avec Maxime, rien qu'eux deux, loin de la pression et des contraintes. Puis elle secoua la tête pour revenir à la réalité. Elle pouvait être fière d'elle, son plan avait vraiment bien fonctionné et elle en était très contente pour lui.

Elle gardait tout de même un regret : qu'il n'ait pas insisté davantage pour la voir malgré tout.

Jeudi 27 janvier, 9 h 58

Chiara traînait en rangeant ses affaires dans son sac. La classe s'était vidée et seule Mme Docile était encore à son bureau en train de noter quelque chose sur son cahier. Malgré une envie intense de prendre ses jambes à son cou, la jeune fille ralentit en arrivant vers elle. Lorsque cette dernière releva la tête, Chiara dut faire preuve une nouvelle fois de volonté pour ne pas s'enfuir. Les yeux bleu glacier la regardaient sans aménité, comme cela avait déjà été le cas un quart d'heure plus tôt. Incapable de répondre à une question qui semblait pourtant évidente à toute la classe, Chiara avait séché lamentablement… et s'était attiré les foudres de Mme Docile. Blessée, furieuse mais aussi désemparée, la jeune fille avait puisé dans ses dernières réserves de courage pour aller s'expliquer avec l'enseignante. Leur relation jusqu'alors bâtie sur la confiance et la compréhension lui était précieuse et elle ne voulait pas en rester là.

— Oui ?

— Je… je voulais vous parler.

— Bien. Je t'écoute.

La professeur posa son stylo et se carra sur sa chaise pendant que Chiara tortillait nerveusement la bride de son sac. Finalement, elle se lança, le regard baissé vers le sol :

— Tout à l'heure je n'ai pas su répondre, c'est vrai, mais ce n'était pas parce que je n'avais pas travaillé. J'ai passé une heure sur ce texte hier soir, mais dès que je ferme le livre, pftt, tout part. Je sais, je suis nulle et vous avez raison de penser que je suis la pire des idiotes, mais, pour une fois que j'étudie, je ne voulais pas que vous croyiez que je n'avais rien fait… D'ailleurs, c'est pour ça que j'en faisais le minimum avant. Je savais bien, moi, que ça ne servait à rien !

Lorsque Chiara osa relever les yeux, elle vit que le regard bleu glacier de Mme Docile avait gagné quelques degrés. Elle poussa un soupir intérieur de soulagement. Vive le réchauffement climatique ! Mme Docile la croyait.

— Tout d'abord, Chiara, je ne peux pas te laisser dire que je te crois idiote parce que c'est loin d'être le cas… et je te demande de m'excuser de t'avoir parlé aussi sèchement tout à l'heure. Mais si je te reprends si souvent c'est que je m'intéresse à toi. Je sais que tu rêves de théâtre, mais il faut que tu comprennes que les examens qui se profilent à l'horizon sont extrêmement importants. Je ne veux pas que tu échoues ! Par ailleurs, je ne crois pas non plus que tu ne travailles pas. Et tu ne souffres pas non plus d'un manque de mémoire sinon tu serais bien incapable de retenir tes textes de théâtre comme tu sais si bien le faire. Non, je pense plutôt que tu ne te souviens que des choses qui te passionnent. Ce qui ne semble pas être le cas pour la littérature française malheureusement ! conclut l'enseignante avec un demi-sourire.

Chiara fit une grimace et eut un petit geste d'assentiment. Croisant les mains, Mme Docile se pencha légèrement en avant et conclut :

— Il va falloir que tu trouves des moyens mnémotechniques pour te permettre de te souvenir des cours.

La sonnerie retentit, mettant fin à leur conversation. Chiara salua précipitamment l'enseignante et se mit à courir pour rejoindre la salle où avait lieu le cours suivant. Elle était soulagée d'avoir pu parler. Cependant, la solution que lui proposait Mme Docile la laissait dubitative et elle ne voyait guère comment elle pourrait améliorer ses notes à l'avenir.

Dans tous les cas, elles ne seraient jamais suffisantes pour que son père accepte de lui offrir un voyage en Angleterre ! songea-t-elle en repensant à la folle idée de Maëlle. Elle ralentit en arrivant à destination et pensa qu'elle était fatiguée de toujours devoir demander de l'argent. Quand donc serait-elle indépendante financièrement ?

Levant la main pour frapper à la porte car tous les autres élèves étaient déjà en classe, elle poussa un soupir : sa vie ressemblait parfois un peu trop à une course d'obstacles sans fin ! Mais alors qu'elle se sentait prête à se laisser envahir par le découragement, elle se souvint de la phrase que Maëlle répétait sans cesse : « Il n'y a pas de problèmes, il n'y a que des solutions ! » Forte de cette pensée, elle détendit ses épaules, toqua deux coups légers et pénétra dans la salle.

6

Rififi au café des Anges

Vendredi 28 janvier, 18 h 25

— Et tu sais, toi, pourquoi Lily tenait tant à nous voir ce soir ? demanda Maëlle à Chiara. J'espère que c'est important parce que j'ai un mal de chien à me déplacer avec ces fichues béquilles.

— Pas davantage que toi ! J'ai juste reçu le mail qu'elle nous a écrit hier à toutes les trois : « Les filles, rendez-vous vendredi à 18 h 30 au café des Anges. J'ai une surprise ! »

Désignant Mélisande du menton, Chiara ajouta :

— Mais c'est plutôt à mademoiselle que tu devrais le demander ! Après tout, c'est elle, la reine des cachotteries !

Mélisande leva les yeux au ciel et choisit de traiter cette pique par le mépris. Croisant ses mains sur la table, elle répondit avec détachement :

— Je n'en sais pas plus que vous. Je ne l'ai même pas croisée aujourd'hui. Et n'en déplaise à certaines, je m'occupe de mes secrets, certes, mais pas de ceux des autres !

Ce fut au tour de Chiara de lever les yeux au ciel. Heureusement, le serveur arriva sur ces entrefaites pour prendre la commande, ce qui empêcha cette dernière de répliquer. Dès qu'il eut le dos tourné, Maëlle en profita pour orienter la conversation dans une autre direction :

— J'espère en tout cas qu'elle n'a pas déjà des problèmes avec Adrien ! Parce que je ne sais pas ce que vous en pensez, mais moi, leur histoire ne me dit rien de bon.

— Je te comprends, fit Chiara, mais Lily a l'air d'y croire à fond. Peut-être faudrait-il lui laisser une chance.

— Moi, je suis de ton avis, Maëlle. C'est vrai que j'ai du mal à croire à sa sincérité. Ou plutôt à croire qu'elle va durer avec le temps. Le connaissant, son grand amour a infiniment plus de chances de finir en feu de paille qu'en flamme éternelle !

Mélisande avait fini sa phrase sur un ton solennel et dramatique qui agaça Chiara. Voilà qu'elle se mettait à présent à déclamer comme si elle était sur une scène de théâtre ! Jusqu'où irait-elle donc ?

— De toute façon, répliqua Chiara, il suffit que je dise blanc pour que tu dises noir ! Je me…

— Salut, les filles !

Chiara se retourna en entendant Lily, soulagée de son arrivée. Elle sentait bien qu'elle réagissait de manière exacerbée à tout ce que disait ou faisait Mélisande, mais elle ne pouvait pas s'en empêcher. Ce qui l'irritait bien sûr encore davantage.

Inconsciente des tensions qui agitaient ses amies, Lily se tenait tout sourire devant elles. À ses côtés, une adolescente frêle qui semblait noyée dans un pull trop grand les dévisageait d'un regard insondable.

Lily, pleine d'enthousiasme, poursuivit :

— Je vous présente Bérénice. Elle est dans ma classe depuis le début de l'année mais je dois reconnaître à ma grande honte que je n'ai vraiment appris à la connaître que ces derniers jours…

Elle eut un petit rire et ajouta :

— Cependant, je peux vous assurer qu'elle gagne à être connue et, du coup, j'ai eu envie de vous la présenter.

Le silence qui suivit sa phrase commença à devenir gênant au bout d'une dizaine de secondes et tout bonnement insupportable au bout de quinze.

Bérénice fut la première à craquer :

— J'avais déjà entendu parler de l'oxymore « un silence assourdissant », dit-elle d'une voix monocorde. Je ne la comprenais pas vraiment, merci de l'avoir si bien illustré pour moi.

Puis sans attendre davantage, elle tourna les talons et quitta le café des Anges d'un pas mesuré.

Le petit déclic que fit la porte en se refermant sur elle sembla tout d'un coup délier les langues.

— Mais qu'est-ce qui vous prend ? explosa Lily, vous vous rendez compte de ce que vous avez fait ?

Cet éclat lui ressemblait si peu que ses trois amies la regardèrent un instant, interloquées. Mais cela ne dura guère. Chiara, qui était déjà à cran, rétorqua sèchement :

— Excuse-nous, mais tu ne nous préviens pas et tu débarques soudain avec une fille que personne ne connaît. Les trois mousquetaires étaient quatre, pas cinq !

« Et manquerait plus que celle-ci se découvre aussi une soudaine passion pour le théâtre ! » songea-t-elle avec hargne.

— Je dois admettre que Chiara a raison, dit Mélisande les lèvres pincées.

Cette affirmation lui valut un coup d'œil surpris de son amie. Mélisande lui dédia en retour un demi-sourire avant de poursuivre :

— Et puis, je ne veux pas être médisante ni entrer dans les détails, mais franchement, elle ne m'inspire pas vraiment !

— Comment peux-tu dire ça ? s'exclama Lily avec les yeux un peu trop brillants, tu ne la connais même pas !

Mélisande haussa les épaules sans répondre. Comme elle l'avait déjà dit, elle préférait ne pas entrer dans les détails !

Maëlle, qui avait gardé le silence jusqu'alors, prit la parole :

— Écoute, dit-elle, moi je m'en fiche qu'elle soit habillée comme un plouc, mais ce qui me dérange en revanche, c'est que tu l'aies amenée ici, dans notre endroit à nous, où même nos copains ne sont pas autorisés.

Lily accusa le coup. Elle se sentait en proie à des sentiments contradictoires. Emportée par son enthousiasme habituel, elle avait certainement précipité les choses. Cependant la réaction de ses amies la décevait. Beaucoup. Mais il est vrai que depuis qu'elle sortait avec Adrien, une gêne diffuse s'était installée dans leurs relations et la scène qui venait de se jouer n'avait fait que la renforcer.

Le serveur, ignorant les états d'âme des unes et des autres, arriva soudain avec son plateau :

— Trois chocolats, trois ! fit-il en posant les tasses d'un geste preste devant les trois filles qui étaient assises.

Se tournant vers Lily, il demanda :

— Et pour vous, un Perrier, comme d'habitude ?

« Non, eut envie de répondre Lily, pas comme d'habitude. Les choses changent malheureusement. »

Mais pourtant, elle se contenta d'acquiescer lentement de la tête et de tirer une chaise pour s'asseoir auprès de ses amies. Même si les choses n'étaient plus tout à fait comme avant, elle ne voulait pas les perdre.

Soulagée qu'elle prenne finalement assez bien les choses, Maëlle relança la conversation avec une bonne humeur un peu forcée :

— En tout cas, c'est cool de se retrouver. Les vacances à l'Alpe-d'Huez me paraissent tellement loin déjà !

— Heureusement que tu en as rapporté un souvenir qui te suit partout, fit Chiara en désignant la cheville plâtrée du doigt.

— Très drôle ! C'est un « cadeau » dont je me serais bien passée. Maxime a beau me répéter que cela ne m'empêchera pas d'aller au championnat de France, moi, j'ai de sérieux doutes… Et puis je ne vous explique pas la galère toutes les fois que je dois me déplacer, c'est vraiment casse-pieds !

Voyant Mélisande se mettre à rire, elle s'offusqua :

— Eh bien ! Merci pour ta compassion !

Au lieu de s'excuser, son amie rit de plus belle avant de réussir à articuler :

— « Casse-pieds », c'est vraiment le cas de le dire !

Comprenant enfin son jeu de mots involontaire, Maëlle éclata de rire à son tour, bientôt imitée par Chiara et même Lily.

Quand elle reprit son souffle, Mélisande s'exclama :

— Ah, ça m'avait manqué ! Entre nous, le retour à Lyon a été un peu difficile pour moi. J'étais nostalgique… Je crois que ce sont les meilleures vacances de Noël de ma vie, même s'il est vrai qu'il y a eu quelques heures très agitées, dit-elle en fronçant le nez.

— Oh, pas tant que ça, grommela Maëlle en levant les yeux au ciel.

Sans tenir compte de son intervention ni des regards amusés qu'échangeaient ses amies, Mélisande poursuivit avec un sourire éclatant :

— D'ailleurs, plus j'y réfléchis, plus je trouve que l'idée de Maëlle est géniale : il faut absolument qu'on parte ensemble en Angleterre cet été !

À sa grande surprise, personne ne rebondit sur sa proposition. Certes, elle ne s'attendait pas à un enthousiasme délirant de la part de Lily après le malentendu de tout à l'heure, mais le mutisme de Chiara et plus encore celui de Maëlle la laissèrent perplexe.

En rentrant chez elle un peu plus tard ce soir-là, elle se traita d'idiote. À l'évidence Chiara avait envie et même besoin de partir. Au regard de ses moyennes du premier trimestre, elle avait intérêt à améliorer son anglais d'ici à l'année prochaine si elle voulait avoir une chance de décrocher le bac. Mais bien sûr, c'était à nouveau une question d'argent. Avant de rencontrer son amie, Mélisande n'avait jamais réalisé à quel point la vie devenait compliquée quand il fallait faire attention à chaque euro dépensé. À vrai dire elle trouvait ce genre de problèmes assommants et trouvait stupide de se priver de tant de choses alors qu'elle aurait pu facilement lui donner ou prêter une partie de la somme. Mais bon, elle avait quand même compris qu'il fallait désormais éviter ce genre de proposition.

Le cas de Maëlle cependant était différent. Ses parents étaient suffisamment aisés pour financer ce genre de voyage. Qu'est-ce qui l'empêchait de discuter du projet dont elle était elle-même à l'origine ?

Incapable d'imaginer une quelconque raison, Mélisande haussa les épaules et se dit que les choses étaient toujours plus complexes qu'elles ne semblaient l'être. Peut-être se serait-elle posé encore quelques questions si son portable ne s'était pas mis à sonner à ce moment-là. Oubliant alors ce qui la préoccupait, elle décrocha avec un sourire.

7

Attention, danger !

Mercredi 2 février, 15 h 45

Aussi loin que remontaient ses souvenirs, Maëlle avait toujours entendu sa mère se plaindre qu'elle ne tenait pas en place. Pour cette femme calme et posée, l'agitation permanente de sa fille avait été une surprise de taille et son éducation, qu'elle comptait mener dans les règles de l'art, un défi parfois compliqué à relever.

En son for intérieur, Maëlle reconnaissait qu'elle n'avait rien fait pour lui faciliter la tâche. Ne voyant pas l'intérêt de rester tranquillement à jouer avec des poupées inintéressantes alors qu'il y avait tant de choses passionnantes à explorer à l'extérieur, elle revenait régulièrement les cheveux en bataille, les genoux écorchés, le pantalon déchiré. Il est vrai que les efforts de sa mère auraient peut-être été davantage récompensés si la petite fille qu'elle était alors n'avait pas décelé dans les yeux de son père, dont la position officielle était cependant de soutenir sa femme, un éclat de fierté lorsqu'elle rentrait victorieuse d'une bagarre contre le petit voisin de l'époque, âgé d'un an de plus.

Les années passant, la persévérance de Mme Tadier avait quand même porté quelques fruits : Maëlle s'était policée. Du moins en apparence. À l'intérieur, elle était restée la même. S'emportant facilement et débordant d'énergie, la jeune fille avait besoin de se dépenser physiquement pour se sentir bien.

Autant dire que depuis qu'elle était clouée sur une chaise à longueur de journée, elle avait l'impression d'être dans un état proche de celui du Vésuve lors d'un certain mois d'août de l'an 79 après Jésus-Christ.

Tapotant nerveusement la pointe de son stylo sur le bureau, elle se dit qu'elle avait été folle de pousser Maxime à reprendre l'entraînement de natation. Aussitôt après, elle se morigénait en se traitant d'égoïste. Elle n'avait pas le droit de le priver de son sport ! Même si elle aurait préféré cent fois passer l'après-midi en sa compagnie plutôt que réviser un cours de sciences et vie de la Terre qu'elle connaissait déjà parfaitement. Saisissant soudain ses béquilles, elle se leva maladroitement et sortit de sa chambre. On lui avait enlevé son plâtre, mais sa cheville restait très douloureuse. Clopinant jusqu'au rez-de-chaussée, elle se laissa tomber sur le fauteuil qui faisait face à l'ordinateur et alluma celui-ci. Penser à

Maxime lui avait donné une idée amusante. Certes, elle était aussi un peu ridicule, mais ce n'était pas très grave. Ce qui comptait après tout, c'est que cela lui permettrait de tuer le temps de manière agréable.

Maëlle se connecta à Internet, cliqua sur l'icône du moteur de recherche et dans le petit rectangle blanc qui s'afficha, tapa « Maxime Trémazan ».

L'instant d'après la page de résultats apparut et elle commença à lire. L'adresse de son blog se trouvait en première ligne et elle alla y faire un tour. Elle jeta un coup d'œil aux dernières photos qu'il avait publiées, laissa un commentaire et retourna à la page de résultats de sa recherche. Elle vit alors que le lien suivant renvoyait vers le site de son club de natation. Sans hésiter, elle cliqua dessus.

Quand la page s'ouvrit, elle eut un haut-le-cœur. Sous le bandeau « AS-Lyon natation » se trouvait une grande photo sur laquelle elle reconnut immédiatement Maxime en maillot de bain (qu'il était beau !), enlacé (quelle horreur !) par une sirène aux yeux bleus et aux jambes sans fin. Presque aussi grande que lui, elle souriait de toutes ses dents blanches comme si elle avait posé pour une pub pour dentifrice. Maëlle laissa échapper un cri de rage.

— Chérie, ça va ? lança sa mère inquiète depuis la cuisine.

Maëlle se mordit la lèvre en la voyant apparaître sur le pas de la porte.

— C'est rien, finit par répondre la jeune fille entre ses dents, je me suis juste cogné la cheville…

— Fais attention tout de même, sinon tu ne guériras jamais !

— Merci pour tes encouragements, grogna Maëlle, c'est chouette de se sentir soutenue !

Sa mère soupira, leva les yeux au ciel et retourna à sa cuisine sans rien ajouter. Maëlle continuait de fixer l'écran. La fille de la photo était vraiment belle. Même avec ses cheveux mouillés et tirés en arrière, elle resplendissait. Elle avait de plus une silhouette parfaite. Un vrai top model ! Comme Maëlle, elle était blonde, comme Maëlle, elle avait les yeux bleus et, en y regardant de plus près, on aurait même pu dire qu'elle lui ressemblait un peu. Mais en mieux bien sûr.

Elle se mordit la lèvre et parvint à retenir le nouveau cri de rage qui menaçait d'exploser. Utilisant le curseur pour faire défiler la page, elle vit apparaître la légende : « *Nos deux nouveaux espoirs de la saison, en route pour la victoire !* » Suivait un article vantant les mérites des deux jeunes nageurs, leur pugnacité, leur énergie, etc., etc. Incapable de détacher les yeux de l'écran, Maëlle se sentait dévorée par la jalousie. Maxime ne lui avait jamais parlé de cette fille ! Il n'avait d'ailleurs pas vraiment l'air embarrassé de la pose et avait lui-même passé son bras droit autour de la taille fine de, de, de… Anaïs Gilbert, puisque tel était le nom de cette fille, cité dans l'article.

Son premier réflexe fut de saisir son portable et d'appeler Maxime pour lui demander des explications. Mais elle raccrocha avant que la première sonnerie ait retenti. Tout cela était un peu humiliant. Il faudrait qu'elle lui explique comment elle était tombée sur cette photo, ce qui montrerait à quel point elle était amoureuse de lui et ce serait le summum du ridicule si lui commençait à s'intéresser à cette autre fille. Et puis, on lui avait assez reproché son côté « bulldozer ». Foncer dans le tas n'était pas toujours la meilleure solution, elle l'avait appris à ses dépens par le passé. Cette fois elle allait temporiser, rester maîtresse d'elle-même… et garder l'œil ouvert !

Vendredi 4 février, 8 h 30

« *Question 1 : Pourquoi est-il nécessaire de faire des choix économiques ?*

Question 2 : Faites le schéma du circuit économique avec les 5 acteurs en indiquant un flux possible et sa contrepartie entre chaque agent.

Question 3 : Quelle est la fonction principale des acteurs économiques suivants : l'entreprise, les ménages, les administrations, les institutions financières ? »

— Non, mais vous avez vu ça ? Il est fou, Vermorel ! s'indigna Adrien, et tout ça à rendre la semaine prochaine… Il veut notre mort !

Lily se mit à rire et, se penchant par-dessus la table du CDI – leur professeur d'économie avait conseillé à ses élèves de s'y rendre pour commencer leurs recherches –, elle objecta :

— Franchement tu exagères un peu, on est à trois pour faire ce devoir d'économie, ça devrait donc aller trois fois plus vite !

— Il y a quand même pas mal de boulot, remarqua sobrement Bérénice, surtout si on veut respecter ses exigences.

Et elle lut à haute voix :

« *Vous illustrerez vos propos par de nombreux exemples concrets et vous veillerez à soigner la rédaction.* »

Lily lui sourit. Bien sûr, elle avait raison. M. Vermorel était réputé pour son amour de la précision et son caractère pointilleux, limite maniaque.

D'ailleurs, Bérénice avait toujours raison dès qu'on abordait le sujet des études. Travailleuse et consciencieuse, elle faisait toujours ses devoirs en avance et remettait aux enseignants des copies qui faisaient l'admiration de Lily et baver d'envie Adrien. Elle songea alors que c'était un vrai atout que de l'avoir dans leur groupe d'étude. Elle se réjouissait de ne plus être la seule à se soucier de rendre en temps et en heure les exposés demandés par les professeurs. Bien sûr cela ne changeait rien à son amour pour Adrien, mais cela lui pesait parfois de devoir le relancer encore et encore pour qu'il accepte de se mettre à travailler. Parfois, Lily pensait que cela aurait été plus facile de tout faire elle-même, mais elle savait aussi que cela ne lui aurait pas rendu service. Aussi immenses qu'étaient son désir de l'aider et son amour pour lui, elle ne pourrait pas passer le bac à sa place ! Alors elle s'accrochait à ce qui lui paraissait juste et, malgré les tentatives de diversion d'Adrien, insistait pour qu'il étudie aussi. Il n'empêche, un peu de renfort était drôlement appréciable.

En voyant Bérénice lui retourner son sourire, Lily se rendit compte à quel point leur relation avait évolué en quelques semaines. Cette jeune fille fluette faisait désormais partie intégrante de sa vie et s'asseyait maintenant à côté d'elle en classe (à gauche bien sûr, la place de droite étant réservée à Adrien). Le garçon avait un peu râlé au départ, mais il avait petit à petit accepté sa présence pour faire plaisir à Lily. Et puis Bérénice savait rester discrète et pleine de tact. À tel point d'ailleurs qu'elle refusait parfois de manger avec le jeune couple à midi, « pour les laisser tranquilles », comme elle disait. Peu rancunière, elle avait même à plusieurs reprises suggéré à Lily de rejoindre ses amies quand elle en avait l'occasion. La jeune fille cependant n'y tenait plus particulièrement. L'accueil qu'elles avaient réservé à Bérénice l'avait sérieusement échaudée et elle trouvait qu'elles se comportaient de manière très bizarre depuis qu'elle sortait avec Adrien. Ce dernier ne semblait pas s'en être rendu compte, mais à elle, leur attitude ne lui avait pas échappé ! Elle n'était plus aussi à l'aise qu'auparavant en leur compagnie et, plus ou moins consciemment, elle s'était mise à chercher des excuses pour ne plus déjeuner à leur table. Et quand elle avait aperçu Bérénice seule devant son plateau plusieurs jours d'affilée, l'excuse (charitable qui plus est !) s'était imposée d'elle-même.

— Je pense que si on se retrouvait demain aprèsmidi à la bibliothèque pour travailler là-dessus, on avancerait bien, proposa Lily.

— Demain après-midi ? répéta Adrien. Tu ne veux quand même pas parler de *ce* samedi après-midi ?

La jeune fille éclata de rire :

— Bien sûr que si ! Je ne vois pas d'autre après-midi que celui de samedi, demain !

— Et notre ciné ? Tu en fais quoi ?

Lily se mordit la lèvre. Elle avait complètement oublié cette sortie. Pour elle, ce qui comptait, c'était d'être avec Adrien. Que ce soit pour rédiger un devoir d'économie ou aller voir un film, cela lui était bien égal... Mais visiblement, cela ne semblait pas être le cas d'Adrien qui la regardait d'un air scandalisé.

— Je te rappelle que c'est quand même la première fois qu'on peut sortir ensemble depuis qu'on m'a enlevé cette fichue attelle !

La jeune fille se sentait terriblement embarrassée. Ce qu'il disait était vrai. Avec son genou blessé, ils n'avaient pas pu faire grand-chose et ils attendaient avec impatience cette première vraie sortie en amoureux. Pourtant, elle ne voyait pas comment ils pourraient terminer tout le travail qu'ils avaient à faire sans sacrifier leur sortie au cinéma. Son emploi du temps de la semaine prochaine était déjà plein à craquer. Partagée entre son désir de plaire à Adrien et sa conscience « professionnelle », elle ne savait plus que faire quand Bérénice déclara d'une voix posée :

— Eh bien, ce n'est pas si compliqué. Partageons-nous le travail. Cela sera plus facile de rédiger chacun de son côté et de mettre ensuite tout en commun.

Lily, tu peux faire la troisième question ? Je m'occupe de la deuxième si Adrien veut bien se charger de la première.

— Attends, tu veux dire qu'on va répondre à sa question tout seul ? s'exclama ce dernier en ouvrant de grands yeux. Eh, ce n'est pas ce qui était prévu…

Lily posa sa main sur celle du garçon et le rassura :

— Allons, la première question concerne surtout le cours. Tu vas y répondre en deux minutes chrono !

Tout en parlant, elle fit un clin d'œil de connivence à Bérénice pour la remercier d'avoir attribué d'office à Adrien le plus facile des énoncés.

— Pense que cela nous permettra d'aller voir ce super-film dont j'ai oublié le titre demain après-midi !

Sous le charme du regard malicieux de Lily, Adrien commença :

— Ce n'est pas le f…

Il s'interrompit brusquement, gêné par la présence de Bérénice. Il haussa les épaules et finit par décocher à Lily un sourire un coin. Il attendrait d'être seul avec elle pour lui avouer que ce n'était pas le film qui l'intéressait le plus dans cette histoire de cinéma !

8

Cache-cache

Samedi 5 février, 15 h 50

Mélisande se l'était juré : elle ne se laisserait pas embrasser lors du premier rendez-vous ! Certes, *il* avait eu l'art et la manière de s'y prendre pour éveiller son intérêt, mais ce n'était pas pour autant qu'elle allait lui tomber facilement dans les bras ! S'*il* voulait la séduire, il faudrait qu'il se donne encore un peu de mal.

Bien sûr, quand *il* lui avait décoché un sourire éblouissant en la voyant arriver, elle avait légèrement flanché. Sans compter qu'*il* l'avait accueillie sans un reproche alors qu'*il* avait pourtant dû l'attendre un bon quart d'heure debout dans le froid devant l'entrée du cinéma. Cela aussi faisait partie de sa stratégie. Une manière efficace de tester, et le caractère, et l'attachement du soupirant. Et elle avait encore faibli un peu davantage quand elle avait remarqué – au premier coup d'œil – la marque de son jean et celle de son blouson en cuir. Parfaitement coupé, chic mais avec ce qu'il fallait de décontraction, l'ensemble lui allait parfaitement bien. En connaisseuse, elle n'avait pu qu'apprécier. Enfin, elle n'avait pas été insensible non plus au baisemain dont *il* l'avait gratifiée en riant tout en la complimentant sur sa tenue.

Mais quand, sans avoir l'air de rien, *il* avait approché son visage du sien, elle avait incliné la tête au dernier moment pour lui présenter la joue. Sa bouche s'était donc posée sur la pommette de Mélisande au lieu de rencontrer ses lèvres rosées par le gloss. *Il* n'avait pas commenté, se contentant de sourire, et là aussi, Mélisande avait apprécié.

Installée dans un siège confortable devant un immense écran blanc, la jeune fille laissa échapper un petit soupir de contentement. Son compagnon venait de l'abandonner quelques minutes afin d'aller lui chercher le paquet de pop-corn dont elle avait eu une envie soudaine. *Il* n'avait ni râlé ni mimé l'incompréhension lorsqu'elle avait exprimé son désir à voix haute. Encore un bon point pour lui ! « Oui, pensa-t-elle, satisfaite, ce premier rendez-vous promettait donc d'être une réussite. » Un sourire au coin des lèvres, elle laissa son esprit vagabonder sur ce qui allait se passer…

— Salut, Mel !

Le sourire rêveur qui flottait sur les lèvres de Mélisande s'effaça brusquement et elle sentit une sueur froide se propager le long de son échine. Non, ce ne pouvait pas être…

Se retournant vivement, elle se retrouva nez à nez avec Adrien, debout derrière elle. Soulagée sans savoir vraiment pourquoi, elle répliqua d'un ton pincé :

— Je m'appelle Mélisande.

Adrien se mit à rire.

— Oh, je sais, c'est à force d'entendre Farouk…

— Lui, c'est un cas désespéré. J'ai abandonné… Ce n'est cependant pas une raison pour l'imiter !

— T'inquiète, je ne le referai plus, fit Adrien avec un air qui voulait dire exactement le contraire.

Exaspérée, Mélisande pinça à nouveau les lèvres. Soudain, elle réalisa que c'était tout de même un drôle de hasard qu'ils se retrouvent justement à la même heure au même endroit tous les deux. Prise d'un doute, elle demanda :

— Qu'est-ce que tu fais là ?

Piqué par son ton soupçonneux, le garçon riposta :

— Eh, doucement ! Ne va pas croire que je te suis ! C'est fini et bien fini le temps où je m'intéressais à toi…

Fixant ostensiblement le siège vide à ses côtés, il ajouta :

— Ce que tu regrettes peut-être, mais de toute façon, c'est trop tard.

Outrée, Mélisande allait répliquer vertement quand une voix dans son dos s'exclama :

— Mélisande ? Ça alors !

Lily, une glace dans chaque main, venait d'arriver à son tour.

— Il me semblait bien que j'avais reconnu la couleur de tes cheveux, continuait son amie, mais je trouvais tellement bizarre l'idée que tu sois allée au cinéma toute seule que je pensais m'être trompée !

Se raidissant imperceptiblement, Mélisande reprit instinctivement son masque distant pour rétorquer :

— Et pourquoi donc ? Tout le monde dit que c'est un super-film...

Elle rejeta ses boucles en arrière et ajouta :

— De plus, je t'informe que je n'ai besoin de personne pour me sortir !

Surprise par son agressivité et par l'œillade assassine que Mélisande décocha à Adrien en prononçant ces paroles, Lily bafouilla :

— B... Bien sûr, je... je disais ça juste... comme ça...

Mélisande aurait souhaité préciser plein de choses encore, mais les secondes passaient et la situation devenait de plus en plus dangereuse. *Il* risquait de revenir d'une minute à l'autre et, s'il y avait bien une chose qu'elle redoutait entre toutes, c'était de devoir le présenter à Lily et à Adrien !

Elle voulait garder son secret intact !

Rengainant les remarques aigres-douces qu'elle s'apprêtait à lancer, elle afficha soudain un sourire éblouissant.

— Tu as raison, tout ceci n'a pas d'importance.

Avec un sourire, Lily proposa aussitôt :

— Viens t'asseoir avec nous, ce sera plus sympa ! Adrien, ajouta-t-elle en se tournant vers le garçon, où peut-on s'asseoir ?

En le voyant indiquer avec une mauvaise volonté évidente l'une des rangées du côté gauche, Mélisande eut presque envie d'accepter. Cela lui aurait fait les pieds à cet affreux macho qui se faisait servir sa glace à domicile ! Mais, pressée par le temps, elle ne put s'offrir ce plaisir. Tout en jetant un coup d'œil inquiet vers la double porte permettant d'accéder à la salle, elle lança :

— Oui, cela aurait été divinement sympa, mais je sais que les amoureux ne sont jamais aussi heureux que lorsqu'ils sont seuls !

Elle se leva d'un bond de son siège qui se trouvait en bordure de couloir et lissa sa jupe de la main. Attrapant son manteau qui reposait sur l'accoudoir, elle le plia soigneusement en deux sur son avant-bras et fit face à ses deux amis qui la regardaient faire sans rien dire.

— Lily, ces glaces m'ont l'air tout à fait délicieuses, s'extasia Mélisande. Je crois que je vais de ce pas aller m'en chercher une !

Elle fit nonchalamment glisser sur l'épaule la lanière de son petit sac en cuir, puis, s'adressant exclusivement à son amie, elle déclara :

— Bien sûr, en d'autres temps, j'aurais demandé à Adrien d'y aller pour moi, mais l'ère de la galanterie semble désormais révolue puisque c'est toi qui t'y colles pendant que Monsieur va tranquillement s'asseoir dans la salle !

Adrien resta de marbre mais Lily eut une velléité de protestation que Mélisande arrêta d'un geste.

— Non, tu vas dire que ça ne me regarde pas et qu'au nom de l'égalité des sexes peu importe qui offre les glaces ! Je n'insiste pas, bien que je ne sois pas vraiment d'accord avec ce genre de discours. Mais tu auras entièrement raison de me rappeler une fois de plus que je ferais bien de me mêler de mes affaires. Tiens, je m'excuse déjà de ce que je viens de dire et de tout ce que j'aurais encore à dire mais que je ne dirai pas !

Sur ce, elle leur adressa un sourire forcé, pivota des talons et s'éloigna.

Lily laissa échapper un soupir. Elle qui avait pensé qu'en aimant et en étant aimée la vie serait facile ! Mais celle-ci était de plus en plus compliquée et Lily le découvrait au fur et à mesure que les semaines passaient. Ses amies étaient si bizarres ces derniers temps. En tout cas, elles n'étaient plus comme avant. Cette situation la mettait mal à l'aise et malgré son bonheur tout neuf, elle se sentait un peu perdue. Elle voyait bien que les trois filles n'approuvaient pas sa relation avec Adrien, incapables d'imaginer qu'il puisse être sincère. Car Mélisande s'était totalement trompée : ce n'était tout de même pas la faute d'Adrien si elle avait voulu passer aux toilettes avant d'entrer dans la salle, et tout à son honneur de l'avoir laissée choisir les parfums de glace qu'elle désirait. Quant au reste…

— Tiens, fit Lily en tendant un Magnum à la vanille à Adrien.

Elle plongea sa main libre dans sa poche. Devinant son intention, celui-ci l'arrêta :

— Je t'en prie, garde la monnaie. Je suis sûr que ta copine trouverait ça insupportable de ma part d'oser en plus l'accepter !

Mélisande tomba sur *lui* alors qu'*il* s'apprêtait à franchir la dernière des doubles portes. Le trop-plein du pop-corn se déversa sur le sol à la suite du geste brusque qu'*il* eut sous l'effet de la surprise. Alors que le battant se refermait, les plongeant un instant dans l'obscurité, *il* s'excusa :

— Je sais, j'ai été un peu long. Je suis désolé mais j'ai reçu un appel urgent que…

La jeune fille l'attrapa par le bras et, profitant qu'une personne vienne de tirer la première porte, lui fit faire demi-tour pour l'entraîner vers la sortie. Un peu plus de pop-corn s'éparpilla sur le sol dans leur sillage.

— Heu… Je suis vraiment désolé, j'ai dit… Cela n'arrivera plus !

Dans le hall, Mélisande lui décocha un sourire radieux.

— Ne t'inquiète pas, je ne quitte pas la salle parce que je suis en colère… J'ai juste changé d'avis sur le film. Je me suis soudain rappelé avoir entendu des critiques très moyennes à son sujet.

L'entraînant vers la porte d'à côté, elle ajouta :

— Et si on allait plutôt voir…

Elle leva la tête pour lire le titre affiché sur le panneau lumineux placé au-dessus de l'entrée.

— *La Revanche des morts-vivants* ?

Elle regretta sa proposition à peine les mots sortis. Ce genre de films n'était pas franchement sa tasse de thé.

— Heu… Tu es sûre ? fit son compagnon un peu dérouté, c'est un film d'horreur, je crois… Je pensais plutôt à autre chose quand…

— Très bien, je n'insiste pas, l'interrompit-elle, soulagée, je ne voudrais pas imposer mes goûts dès la première sortie. Que proposes-tu alors ?

Il eut un court instant de réflexion, puis avec un sourire, il s'inclina.

— Non, à toi l'honneur. Je veux que ce premier rendez-vous soit parfait en tout point ! Et puis, tu vas rire, je dois t'avouer que j'avais vraiment envie de voir ce film, sauf que je n'avais pas osé te le proposer. Je ne pensais pas que ce serait ton style !

Sans plus attendre, *il* la prit galamment par le bras et, d'un geste décidé, poussa la porte.

Avec un sourire crispé, Mélisande le suivit sans protester.

Alors que les lumières baissaient dans la salle, elle s'accrocha un peu plus qu'elle ne l'aurait voulu à la main qu'il lui avait laissée. Et quand un quart d'heure plus tard la musique augmenta son tempo jusqu'à atteindre un seuil tout bonnement insupportable, Mélisande ferma les yeux et se demanda ce que son voisin attendait pour faire quelque chose. Soulevant une paupière, elle le vit fixer l'écran, apparemment fasciné par les litres d'hémoglobine qui se répandaient dans un cimetière perdu au bout du monde où des étudiants en mal de sensations fortes avaient décidé de passer la nuit. Décidant de prendre les choses en main, elle se pencha vers lui et posa ses lèvres sur les siennes. Heureusement, cela suffit à lui faire oublier les morts-vivants qui continuaient à massacrer gaiement le groupe d'étudiants. Mélisande poussa un soupir. Elle avait bafoué elle-même la promesse qu'elle s'était faite et s'en voulait *à mort*.

Fallait-il qu'elle ait horreur des films d'horreur pour en arriver là…

9

Le vent se lève

Dimanche 6 février, 16 h 30

« *Lelio : Le temps est sombre aujourd'hui.*

Arlequin : Ma foi, oui, il est aussi mélancolique que nous.

Lelio : Oh ! On n'est pas toujours dans la même disposition ; l'esprit, aussi bien que le temps, est sujet à des nuages.

Arlequin : Mais je trouve toujours le temps vilain, quand je suis triste. »

Chiara se prit la tête à deux mains. Le texte, extrait de *La Surprise de l'amour*, de Marivaux, était pourtant léger et plein de charme… quand il s'agissait de le jouer…

« *Pourquoi peut-on parler de scène d'exposition ? Analysez les indices de l'énonciation et les niveaux de langage* », lut à haute voix Chiara. Fermant les yeux, elle se demanda pour la énième fois pourquoi les rédacteurs de manuels scolaires faisaient preuve de tant de cruauté. Il aurait été tellement plus drôle et intéressant de demander aux élèves quelles étaient les différentes façons d'interpréter cette scène ! Son esprit s'engouffra dans la brèche ouverte par cette réflexion. Elle imaginait déjà le décor (la campagne, au printemps, la meilleure saison qui soit pour l'éveil des sentiments), les costumes (d'époque car elle aimait ça, mais sans tomber dans le cliché de l'Arlequin multicolore bien évidemment), la mise en scène (le maître et son valet seraient assis sur la margelle d'un puits côte à côte)… Et voilà, elle était maintenant Arlequin, torturé sans vouloir l'admettre par sa décision de renoncer aux choses de l'amour. Lelio lui donnait la réplique sur le même ton quand… quand… quand rien du tout !

Chiara reprit pied dans la réalité lorsqu'elle réalisa qu'elle ne connaissait même pas la suite du texte, l'extrait proposé par le manuel n'allant pas au-delà d'une misérable page et demie. Avec un soupir de désespoir, elle referma brusquement son livre. Il y avait là juste assez pour la mettre en appétit mais pas de quoi la rassasier.

Elle tourna la tête pour jeter un coup d'œil au réveil posé sur sa table de nuit. Seize heures quarante-cinq ! Dire qu'elle n'avait pas écrit une ligne depuis qu'elle travaillait sur cette étude de texte. « C'est chaque fois la même chose », pensa Chiara. Tous ces termes techniques visant à analyser froidement un ensemble de mots pour en retirer la substantifique moelle la paralysaient totalement. C'était un peu comme si elle devait soudain enfiler la blouse d'un médecin légiste en vue d'une dissection plutôt que celle d'un sculpteur passionné dont le rêve secret serait de donner vie à son œuvre.

Elle frissonna à cette pensée lugubre et se dit qu'elle avait perdu assez de temps comme cela. De toute façon, tout cela ne lui servait pas à grand-chose, si ce n'était à la déprimer un peu plus. Elle n'était pas faite pour les études, un point c'est tout. Et il était bien regrettable que son entourage ne se fasse pas à cette idée. Si cela n'avait tenu qu'à elle, elle aurait tout arrêté dès ses seize ans et, comme Molière, serait partie sur les routes avec une troupe de théâtre ambulant. Certes, elle était née quelques siècles trop tard pour ce genre d'aventure. De nos jours, on ne voyait guère de saltimbanques sillonner la France en roulotte en comptant sur leur bonne étoile et leur talent pour se faire offrir gîte et couvert chaque soir. C'était cependant bien dommage…

Sentant son moral chuter dangereusement, elle se leva pour se rendre dans la cuisine. Ouvrant le placard en Formica blanc, elle fut terriblement dépitée en découvrant qu'il était vide ! Où étaient passées les tablettes de chocolat ? Elle était pourtant bien certaine que… Elle se frappa le front. Valérie, accompagnée de son fils Nolan, était venue déjeuner et après le repas, alors qu'elle débarrassait la table, elle se souvenait d'avoir surpris l'affreux chenapan en train de fureter dans la cuisine. C'était lui, le coupable ! Il faut dire que ce sale gosse n'avait presque pas touché à son assiette, rien ne semblant convenir à ses papilles ô combien exigeantes ! Il avait dû se servir son repas tout seul une fois sorti de table. Chiara étouffa un juron. Il avait de la chance d'être reparti avec Valérie et son père, mais il ne perdait rien pour attendre ! Elle lui ferait payer ce vol ! À cause de sa sournoiserie, elle se retrouvait coincée un dimanche après-midi sans ration de survie alors même qu'elle venait de s'épuiser au travail ! Elle fit claquer la porte du placard, furieuse.

Il ne lui restait maintenant plus qu'un dernier recours pour surmonter cet accès de déprime.

Elle se dirigea vers le téléphone et composa un numéro qui la transporta instantanément sous le ciel bleu de la Provence. La sonnerie retentit cinq fois, six fois, sept fois… À la dixième, alors que Chiara allait raccrocher, on répondit enfin.

— Allô !

— Papé ?

Chiara était stupéfaite. C'était la première fois que sa grand-mère ne décrochait pas. Bavarde comme une pie et toujours curieuse d'avoir des nouvelles de chacun, elle régnait sans partage sur le téléphone. Elle consentait parfois à passer le récepteur à son mari, mais jamais elle ne le laissait répondre. C'était son petit privilège et son époux, qui détestait presque autant parler qu'elle aimait ça, ne le lui contestait aucunement.

— Ah ! C'est toi, petite, comment vas-tu ?

Sans même prendre le temps de répondre à sa question, Chiara s'exclama :

— Mais où est Mamée ? Elle est malade ?

À l'autre bout du fil, son grand-père soupira :

— Mais non, elle n'est pas malade, elle fait la sieste.

— À cinq heures de l'après-midi ?

— Eh oui, qu'est-ce que tu veux, on ne rajeunit pas ! Et c'est qu'on se fatigue plus vite avec l'âge. Tu verras quand ce sera ton tour…

— Vieux, vous ? Certainement pas ! Je n'ai jamais vu des gens aussi en forme et qui travaillent autant !

Son grand-père eut un petit rire :

— Justement. Il serait peut-être temps que les jeunes prennent la relève. On a eu beau essayer de dresser les cigales, rien à faire, elles préfèrent continuer à chanter plutôt qu'à travailler.

Chiara eut un sourire. C'est vrai qu'elle se sentait elle-même plus l'âme d'une cigale que d'une fourmi.

— À part ça, tout va bien dans le Nord ? poursuivit le vieux monsieur. Vous n'avez pas trop froid ?

Chiara rit à son tour. Tout ce qui se situait au nord de la latitude de la ville de Nîmes paraissait subir les rigueurs du climat du Groenland quand on entendait parler les gens du Sud.

— Ne t'inquiète pas. On n'a pas encore sorti les raquettes ni les chiens de traîneau.

Elle bavarda de tout et de rien pendant encore quelques minutes mais ne confia pas à son grand-père ses soucis scolaires. Sa grand-mère, elle, aurait bien deviné que ce coup de téléphone cachait quelque chose et, à force d'insister et de poser des questions, aurait bien réussi à la faire parler, mais son Papé, lui, ne se douta de rien.

Quand Chiara raccrocha, elle se sentait encore plus mal à l'aise qu'avant. Loin d'avoir allégé le poids qui lui pesait sur le cœur, cette conversation lui avait laissé un arrière-goût d'inquiétude. Heureusement, les vacances de février approchaient et elle pourrait se rendre compte de la situation. Oui, dans moins de deux semaines elle partirait voir ses grands-parents, comme à son habitude. Sauf que cette fois-ci les choses seraient différentes. Ou du moins, elle, Chiara, serait différente. Car d'ici à ces fameuses vacances, elle serait sortie avec Alexandre et… et qui sait ce qui allait bien pouvoir se passer ?

Repensant à la récente conversation qu'elle avait eue avec le garçon au téléphone, elle fronça les sourcils et secoua la tête. Là encore, la situation était loin d'être simple.

Une envie irrépressible de chocolat la saisit à nouveau.

Pestant furieusement contre Nolan, elle parvint à se calmer en imaginant toutes les tortures raffinées qu'elle se promettait de lui faire subir dès qu'il tomberait entre ses mains.

Comme par exemple celle de déguster sous ses yeux, et sans lui en offrir la moindre bouchée, une ÉNORME glace à la vanille et au caramel parsemée d'amandes finement grillées.

Les yeux de la jeune fille se rétrécirent.

Ou plutôt si. Elle lui en abandonnerait une cuillerée, mais une seule : juste assez pour qu'il se souvienne qu'il s'agissait là de son dessert préféré…

Dimanche 6 février, 17 h 00

— Fous n'troufez pafkifait unchapfeur aquever ihi ? lança Adrien tout en faisant passer son pull pardessus la tête.

— Qu'est-ce que tu dis ? demanda sèchement Maëlle pendant que Lily et Farouk riaient à gorge déployée. On ne comprend rien à ce que tu racontes.

Les cheveux tout ébouriffés, Adrien répéta obligeamment :

— Vous ne trouvez pas qu'il fait une chaleur à crever ici ?

— Encore heureux ! riposta la jeune fille, tu ne voudrais quand même pas qu'ils fassent leur compétition par moins dix !

— Eh ! Cool ! s'exclama le garçon. Pas la peine de prendre ce ton-là !

— Bah, intervint Farouk toujours en train de rire, faut pas en vouloir à notre championne, elle doit être tellement frustrée de ne pas être sur les plots de départ elle-même qu'elle est un peu à cran.

— Certainement pas ! s'indigna celle-ci.

— Allez, je te connais, dès qu'il y a une médaille en jeu, tu ne tiens pas en place !

Maëlle retint la réplique qui lui montait aux lèvres. Sur ce coup-là, Farouk était aux antipodes de la vérité. Certes, quand il s'agissait de courir sur la terre ferme, il n'avait pas complètement tort, mais là, il s'agissait de tout autre chose. Elle n'avait cependant aucunement l'intention de le lui expliquer.

Elle haussa les épaules avec dédain et se contenta de lancer impatiemment :

— Chuuut ! Ils vont annoncer qui commence !

Comme les deux garçons continuaient à pouffer, elle leur lança un regard sévère mais cela n'eut guère d'effet. Elle se dit alors qu'elle aurait mieux fait de venir seule assister à la première compétition de natation de Maxime. Visiblement, ces deux-là ne prenaient rien au sérieux et Florian n'avait pas décroché deux mots depuis qu'ils s'étaient retrouvés devant la piscine. Elle ne savait pas ce qu'il avait ces derniers temps, mais il n'était pas vraiment de bonne compagnie !

— Allez, détends-toi, je suis sûre qu'il va gagner, lui souffla Lily à l'oreille.

Maëlle se tourna légèrement vers elle et lui sourit. Heureusement qu'elle avait accepté de venir ! Quand Farouk lui avait annoncé qu'il viendrait aussi voir Maxime avec des renforts pour l'encourager, elle avait supplié Lily de venir également, craignant qu'en telle compagnie, l'après-midi tourne à la partie de rigolade. Or, dans son esprit de sportive, les compétitions étaient des choses sérieuses avec lesquelles il ne fallait pas plaisanter. Enfin, pas trop ! Bien que très prise, son amie avait accepté d'être présente, et ceci d'autant plus qu'Adrien devait faire partie du « gang des supporters », nom que Farouk avait donné à leur petit groupe. Ce dont Lily ne se doutait pas cependant, c'était que son amie avait, en plus du stress inhérent à la compétition, une inquiétude sourde dont elle espérait bien se débarrasser cet après-midi-là.

La voix qui résonnait dans les haut-parleurs, annonçant la première course, interrompit le cours de ses pensées. Il s'agissait du 200 mètres nage libre féminin. Maëlle plissa les yeux et se tendit quand elle reconnut le nom d'Anaïs Gilbert parmi ceux des nageuses appelées pour prendre le départ.

Dimanche 6 février, 17 h 15

— Allez, Maxime ! Vas-y à fond ! hurla Maëlle.

— Allez, Max ! T'es le plus fort ! s'époumonèrent Lily et Adrien en chœur.

— Allez, Maxou, t'es le plus beau ! claironna Farouk.

— Pourquoi tu dis ça ? s'étonna Adrien. On s'en fiche qu'il soit beau !

— Ben moi, j'aime quand on me dit que je suis beau ! Ça me donne une pêche d'enfer…

Un signal sonore donna le départ. La cacophonie la plus totale régnait désormais dans les gradins. De toutes parts les spectateurs vociféraient, indifférents au fait que les nageurs, tête immergée la plupart du temps, ne pouvaient distinguer quelque encouragement que ce soit.

Maxime remporta de haute lutte l'épreuve. Il lança son poing vers le ciel en signe de victoire et se hissa sur le bord du bassin. Il venait à peine de se redresser qu'une jeune fille à la silhouette de naïade et aux longs cheveux blonds se jeta dans ses bras et l'embrassa sur la joue.

Maëlle qui était encore debout à applaudir furieusement se figea brutalement. Cependant, elle n'avait pas été la seule à avoir remarqué la nouvelle venue.

— Eh ! Vous avez vu ça ? Elle est super canon cette fille ! Quel veinard, ce Maxime !

Farouk donna une claque dans le dos d'Adrien en riant :

— Rêve pas, mon gars, les entraînements, c'est trop fatigant pour toi.

Mais ils étaient les seuls à rire de la plaisanterie. Les deux filles et Florian les fixaient d'un air choqué. Maëlle fut la première à s'exprimer :

— T'es vraiment trop nul comme mec, tu sais !

— Maëlle ! s'insurgea Lily. Là, tu exagères.

Bien que blessée par la remarque d'Adrien, la jeune fille n'en trouvait pas moins inacceptable le jugement à l'emporte-pièce de son amie. Mais cette dernière était bien trop ulcérée pour s'en soucier.

D'un mouvement de tête impérial, elle releva le menton et, après un dernier regard assassin en direction du garçon, elle tourna les talons et s'éloigna en boitillant en direction des escaliers.

— Wahou, y a pas à dire, j'ai la cote avec tes copines ! s'exclama Adrien.

— Faut dire que ce n'était peut-être pas la chose la plus intelligente à dire, laissa alors tomber Florian.

— Ah non ! Tu ne vas pas t'y mettre, grommela son copain, je fais rien de mal, ce n'est quand même pas ma faute si j'ai des yeux pour voir !

Son ami le dévisagea de manière étrange et marmonna :

— On ne voit pas qu'avec les yeux.

Mais ses paroles se noyèrent dans le brouhaha qui montait autour d'eux.

— Qu'est-ce que tu dis ? J'ai rien compris !

— Rien, je n'ai rien dit.

Adrien haussa les épaules et, comme Farouk s'en allait déjà, il prit Lily par la main pour l'aider à se lever. Florian regarda un instant le couple s'éloigner, puis il murmura :

— Rien en tout cas que tu puisses comprendre.

Enfin, à son tour, il se leva du banc en plastique rouge pour aller rejoindre ses amis.

10

Avis de tempête

Mardi 8 février, 18 h 30

— Bon, je sais qu'on est très occupées, et je vous remercie d'avoir toutes réussi à vous libérer malgré un emploi du temps chargé, mais je crois qu'une réunion s'imposait vraiment.

Les trois filles qui avaient déjà le regard braqué sur Maëlle redoublèrent d'attention en écoutant cette entrée en matière si solennelle. Leurs rendez-vous au café des Anges commençaient rarement sur une telle note !

— Il me semble que lorsqu'on est amies, il faut se parler à cœur ouvert. Or, depuis quelque temps, il y a quelque chose qui me turlupine et un événement récent m'a convaincue que nous devions en discuter.

Maëlle se troubla un instant en croisant le regard inquiet de Lily. Elle hésita encore, puis, se rappelant que les non-dits lui avaient posé suffisamment de problèmes dans le passé, elle se jeta à l'eau.

— Lily, je crois que tu devrais te méfier d'Adrien. Son attitude à la piscine dimanche dernier prouve bien qu'il ne changera jamais. Tu ne peux pas le laisser te traiter ainsi.

« Ainsi c'était de ça qu'il s'agissait », pensa Lily. Mais elle n'eut pas le temps de méditer la remarque de Maëlle car aussitôt Chiara renchérit :

— Oui, elle a raison. C'est inadmissible de dire de telles choses devant la fille avec qui on sort.

Lily comprit que Maëlle avait tout raconté aux deux autres. Quand ? Comment ? Elle ne le savait pas, mais, en tout cas, Maëlle l'avait fait *avant* ce rendez-vous puisque Lily était arrivée au café en même temps qu'elle. Elle imagina alors que cela s'était passé par téléphone ou, pire encore, par MSN. Et tout ça derrière son dos !

— C'est vrai, Lily, tu ne peux pas le laisser te traiter ainsi, répéta Mélisande.

Bien qu'elle ait employé un ton moins dramatique que ses amies, elle aggrava encore la situation en ajoutant :

— C'est comme ce qui s'est passé au cinéma. Il ne faut pas accepter des choses pareilles sinon il va jouer avec toi.

— Et bien sûr, c'est là un conseil d'experte ?

Mélisande resta bouche bée. Elle n'avait jamais entendu Lily employer ce ton ironique.

Il y eut un petit silence. Quand Lily reprit la parole, elle avait les yeux brillants de larmes contenues et sa voix tremblait un peu, mais la jeune fille semblait inébranlable. Se tournant vers Maëlle, elle déclara :

— Toi, tu ferais mieux de t'occuper de *ton* copain plutôt que de celui des autres. Je te rappelle que c'est à son cou que s'est jetée une fille superbe devant des centaines de personnes.

Elle remercia silencieusement Bérénice de lui avoir soufflé cette remarque la veille lorsqu'elle lui avait raconté les événements du week-end. Puis, alors que Maëlle ouvrait de grands yeux à cette attaque inattendue, elle s'adressa à Chiara :

— Et toi, je ne vois vraiment pas ce que tu peux comprendre à ce que je vis vu que tu n'as jamais eu de copain.

Et pivotant à nouveau vers Mélisande qui semblait maintenant presque amusée par ce revirement inattendu, Lily dit encore :

— Quant à toi, si tu n'es même pas capable de vivre ton histoire d'amour au grand jour, c'est que tu dois vraiment avoir honte de ton copain ! Je n'ose pas imaginer ce qu'on trouverait comme défauts à ton amoureux mystérieux si on arrivait enfin à le rencontrer.

Elle fit bruyamment racler la chaise sur le sol en la reculant, ce qui attira l'attention des autres clients, retenant les autres filles de répliquer. Lily se leva, indifférente aux têtes tournées vers elles, et repoussa brutalement le siège à sa place. Les deux mains appuyées sur le dossier, elle sembla soudain perdre un peu de son étonnante assurance et finit par balbutier :

— Je... je... enfin ce que je trouve trop... trop dommage, c'est que vous ne soyez même pas capables de vous réjouir du bonheur des autres. Heureusement... heureusement que tout le monde n'est pas comme vous.

— Lily ! fit Maëlle alors que la jeune fille s'en allait. Lily, attends ! Ne pars pas comme ça !

Lily se retourna, mais au lieu de revenir vers ses amies, elle lança de là où elle se trouvait :

— En tout cas, pour les vacances d'été, inutile de compter sur moi. Je passerai les miennes avec Adrien !

Et elle s'en alla sans qu'aucune fille ne fasse mine de la retenir.

Quelques secondes plus tard, le brouhaha avait repris dans le café et les regards inquisiteurs du serveur et de la clientèle s'étaient détournés de la table où les trois jeunes filles étaient restées assises, médusées.

— Pfff ! souffla alors Chiara. Si je m'attendais...

— Ouais, comme tu dis ! Où est donc passée notre douce Lily ?

— Dites, quand elle a dit que tout le monde n'était pas comme nous, vous croyez qu'elle pensait à quelqu'un en particulier ?

— Tu parles ! C'est évident. Elle faisait allusion à cette Bérénice de malheur.

— Pourquoi tu dis « de malheur » ?

— Parce que je suis sûre qu'elle y est pour quelque chose dans ces changements, affirma Mélisande.

— Bof, moi je pense qu'Adrien peut bien être responsable aussi.

— Et moi je te dis que c'est Bérénice. Elle a une tête qui ne me revient pas, cette fille.

— N'empêche, que ce soit à cause d'elle ou pas, je trouve que Lily a vraiment exagéré. On voulait juste la mettre en garde. Ce n'était pas la peine de nous rembarrer comme ça !

Chiara, le coude posé sur la table et le menton sur sa paume, remarqua alors :

— Ce qui est un peu vrai quand même, Mélisande, c'est qu'on voudrait bien le rencontrer, ton soupirant. Pourquoi tu ne nous le présentes pas ? Il ressemble à Quasimodo ou tu as peur qu'on te le pique ?

Mélisande eut un rire léger.

— Ni l'un ni l'autre. Mais la seule chose que je peux vous dire, c'est qu'il embrasse divinement bien !

Ce dont elle avait été la première surprise. Mais ça, elle n'en dirait rien à personne.

Samedi 12 février, 15 h 15

Chiara, debout devant les grilles ouvragées de la belle maison en pierre des parents d'Alexandre, se remémorait la première visite qu'elle avait faite au garçon. Comme alors, tout était parfait. Même en plein mois de février le jardin arboré dégageait un charme certain. Il semblait assoupi pour un temps, mais la taille soignée des arbres et les voiles d'hivernage protégeant les plantes les plus fragiles assureraient un retour de la végétation dès la hausse des températures.

La jeune fille posa le doigt sur la sonnette, mais n'appuya pas immédiatement. Elle savait que, cette fois, il n'y aurait pas de dérobade possible. C'était elle qui avait pris l'initiative, elle ne pourrait plus prétendre être prise au dépourvu. Même le jour n'avait pas été choisi au hasard : elle avait sciemment profité que Valérie ait entraîné son père pour visiter les caves du Beaujolais toute la journée pour fixer son rendez-vous. Alexandre avait été d'accord immédiatement. Ses parents, lui avait-il dit, sortaient toujours le samedi après-midi pour aller faire des courses. Ils ne seraient donc pas dérangés. Cela cependant n'avait en rien rassuré Chiara. Si la petite phrase que Lily lui avait décochée n'avait pas tournoyé dans sa tête depuis le mardi précédent, il n'est pas certain qu'elle aurait trouvé le courage d'enfoncer le petit bouton rond placé à côté de l'interphone.

Alexandre ne semblait pas partager cette hésitation car il répondit sans tarder lorsqu'elle se décida enfin à sonner. Il déclencha l'ouverture du portillon et une minute plus tard Chiara se retrouva face à lui.

— Salut !

— Salut, répondit Chiara.

Il ne tenta même pas de lui faire la bise et s'effaça pour la laisser passer.

— C'était drôle mercredi, dit la jeune fille en faisant allusion à leur cours de théâtre.

Alexandre eut un sourire.

— Oui, c'était drôle, mais ce n'est pas ce que tu voulais ?

— Heu, si bien sûr. Ça ne t'ennuie pas, n'est-ce pas ? Tu comprends, je connais Mélisande. Il a suffi que je m'inscrive au théâtre pour qu'elle fasse pareil…

— Et tu as peur qu'elle s'intéresse à moi si elle sait que l'on se voit ?

— Non, non…

Coupant court à ses dénégations peu convaincues, il éclata de rire :

— Merci, c'est plutôt flatteur pour moi de croire que je pourrais retenir l'attention de la fabuleuse Mélisande, même si c'est seulement pour te rendre jalouse !

Et tout en la conduisant au salon, il poursuivit :

— Mais ne t'inquiète pas, elle n'est pas du tout mon genre. Trop sûre d'elle, de son charme, de son style, d'un peu tout d'ailleurs. Tu vois, dans de telles circonstances, je doute qu'elle ait rougi, elle. Et moi j'adore les filles qui rougissent.

Chiara sentit son visage déjà empourpré virer au cramoisi et pensa que c'était une chance d'être tombée sur un garçon qui aimait les joues en feu !

— Super, marmonna-t-elle tout en se disant qu'elle trouvait ça plutôt affreux.

— Et pour répondre à ta première question, non, cela ne m'ennuie pas de rester discret. Au contraire, je trouve cela plutôt amusant : c'est un peu comme si on faisait du théâtre pendant le cours de théâtre…

Si avec de telles acrobaties on n'arrive pas à être les meilleurs !

Chiara se détendit un peu en l'entendant présenter les choses ainsi. C'est vrai que la situation était cocasse et Marivaux lui-même en aurait certainement tiré une pièce ! Et puis, il avait raison : jouer à faire « comme si de rien n'était » serait un excellent exercice.

Il alla lui chercher un jus de fruits et, quand il revint, lui proposa de s'asseoir. Cette fois, il n'y avait pas moyen d'échapper au canapé ! Rejetant les épaules en arrière en espérant ainsi afficher un air dégagé, Chiara obtempéra. Tout en continuant à bavarder, Alexandre s'assit à ses côtés et posa son bras sur le dossier derrière elle. Chiara avait beau suivre la conversation, elle avait intensément conscience que la main d'Alexandre jouait maintenant avec une de ses longues mèches brunes. Elle frissonna quand elle sentit ses doigts glisser dans ses cheveux. Alexandre le prit pour un encouragement et, tout en continuant à parler, se rapprocha dangereusement. À ce stade, Chiara ne l'écoutait plus. Embarrassée par le verre qu'elle avait dans les mains, elle en but le contenu d'un seul trait en se félicitant de ne pas avoir choisi du Coca-Cola, ce qui aurait rendu la chose périlleuse. Nerveusement, elle posa le verre sur la table basse et se força à reprendre sa position. Elle avait la même boule au ventre que lorsque, petite, le maître-nageur lui imposait de sauter du plongeoir des 5 mètres. Les yeux fixés sur la bouche du garçon, elle la vit gagner de la distance. Quand elle ne fut plus qu'à quelques centimètres de la sienne, elle se décida à fermer les yeux par crainte de se mettre à loucher. Luttant pour ne pas prendre ses jambes à son cou, elle attendit le moment de l'impact. Quand enfin leurs lèvres se rencontrèrent, elle fut horrifiée de voir que le déclic qu'elle avait espéré depuis le moment où elle avait pris sa décision ne se produisait pas. Au lieu d'être emportée par la vague d'émotion et d'exaltation que décrivaient tous les livres et dont tout le monde lui rebattait les oreilles, elle ne ressentait rien ! Son cerveau, par contre, analysait froidement toutes les étapes de « l'expérience » comme si elle avait été elle-même le cobaye de son propre laboratoire.

C'était un comble. Elle, l'artiste par excellence, qui avait en permanence ses émotions à fleur de peau, se transformait soudain en scientifique méthodique prête à faire son rapport.

Rapport qui, au final (et ceci malgré l'application d'Alexandre), ne présenterait un bilan guère favorable.

11

À la maison

Lundi 14 février, 16 h 25

Il était extrêmement rare que Lily rentre si tôt chez elle en semaine. D'habitude, quand elle descendait du bus, il faisait déjà nuit et elle devait toujours se dépêcher car entre les devoirs et la musique, les soirées semblaient toujours trop courtes pour avoir le temps de tout faire. L'absence de son professeur de sport, dont l'annonce avait été saluée par les cris de joie de la classe de 1re SES 2, l'avait donc tout autant réjouie que les autres, même si elle n'avait pu s'empêcher de s'en sentir un peu honteuse (le surveillant leur avait appris que l'enseignant s'était fait un claquage au cours précédent en voulant assurer en personne une démonstration de saut carpé). Mais bon, ce n'était tout de même pas sa faute si M. Dufresne, la cinquantaine bien sonnée, avait tendance à oublier qu'il n'avait plus la souplesse de ses vingt ans…

Elle inspira à fond en arrivant devant le petit pavillon de ses parents. C'était une journée d'hiver comme elle les aimait. Le froid était encore vif, mais le soleil brillait et le temps était clair. Un oiseau posé sur une des branches du cerisier s'envola quand elle poussa le portillon et elle se dit une fois de plus qu'elle ne regrettait pas d'être un peu loin de la ville. Même si c'était parfois moins pratique quand on voulait sortir, la vie en banlieue lui convenait bien. À cette heure-ci de la journée, en fermant les yeux, on aurait presque pu croire que l'on était à la campagne. C'était si calme, si paisible…

À ce moment-là, des aboiements intempestifs vinrent briser la tranquillité ambiante.

— Eh ! Saxo ! Doucement ! Tu me casses les oreilles…

Sans prêter attention aux paroles de sa maîtresse, le labrador se précipita vers elle en continuant d'aboyer. Comme il lui tournait autour avec des yeux quémandeurs, elle le repoussa en riant.

— Non, pas de promenade tout de suite. J'ai besoin de me reposer un peu. La vie est compliquée, tu sais, quand on est un être humain.

Le chien gémit puis aboya de nouveau mais Lily ne céda pas et il n'eut d'autre choix que de la regarder, les oreilles basses, entrer dans la maison.

— Coucou ! lança Lily une fois qu'elle fut à l'intérieur.

Sa mère passa la tête par l'ouverture de la porte de la cuisine.

— Bonjour, ma chérie. Déjà rentrée ?

— Oui, un prof qui était absent.

— Eh bien tu arrives pile à temps pour le thé, je venais juste de m'autoriser à faire une petite pause. Cela te dit de te joindre à moi ?

Lily accepta d'un sourire et remercia silencieusement le malheureux M. Dufresne de lui offrir ce moment privilégié avec sa mère. C'était exactement ce dont elle avait besoin en ce moment !

Elle se débarrassa de son manteau et de son sac, alla se laver les mains et s'assit avec un plaisir certain sur une des chaises de la cuisine. Pendant que l'eau bouillait, elle écouta Mme Berry se plaindre du nouveau type de papier à dessin qu'elle avait récemment acheté et qui ne lui convenait pas du tout. À cause de sa mauvaise qualité, elle avait dû recommencer plusieurs fois les illustrations qu'on lui avait commandées et, par conséquent, avait pris un retard fou sur son planning. Mais lorsqu'elle eut fini de préparer le thé à la mode irlandaise, elle s'assit en face de Lily et déclara gentiment :

— Bon, j'ai assez meublé le silence maintenant. À ton tour de parler !

Lily ouvrit grand les yeux. Sa mère se mit à rire et avant qu'elle n'ait eu le temps de dire un mot, elle expliqua :

— D'habitude, quand tu reviens du lycée et que tes frères sont là, tu as toujours mille choses à partager, or aujourd'hui, alors qu'il n'y a personne d'autre pour te faire concurrence, tu me laisses discourir pendant de longues minutes sur cet ennuyeux problème de papier sans même faire un commentaire. Permets-moi donc de trouver ça suspect !

Lily détourna le regard, gênée par la perspicacité maternelle.

— Bon, si tu préfères ne rien dire, ça me va aussi. On peut très bien parler d'autre chose. Tiens, de cette gouache magnifique qui a permis de sauver ma journée par ex…

— Non, non ! l'interrompit sa fille, mi-embarrassée, mi-amusée. Je me rends, tu as gagné !

Sa mère lui caressa la joue d'un geste affectueux qui finit de la décider. En fait, elle n'en pouvait plus de tout garder pour elle, et si elle avait un peu plus tôt refusé la proposition d'Adrien d'aller se promener avec lui, c'était bien dans l'espoir que ce genre de situation se produirait.

Baissant les yeux, elle se mit à tout raconter depuis le début. Le pari stupide et dégradant d'Adrien à son encontre, la descente de ski, sa déclaration dans la neige, la réaction décevante de ses amies et la confusion de sentiments dans lesquels elle se débattait actuellement.

— Tu vois, conclut-elle en rougissant, je suis sûre d'Adrien, mais j'ai toujours eu le soutien de mes amies dans tout ce que je faisais et du coup je ne sais plus où j'en suis.

Mme Berry pencha la tête sur le côté et observa sa fille unique. Son visage bouleversé, sur lequel elle pouvait lire comme à livre ouvert, avait changé ces derniers temps. Les derniers traits de l'enfance s'estompaient et une Lily nouvelle apparaissait. Cette transformation cependant se faisait rarement sans souffrance.

— Je me doutais bien qu'il y avait anguille sous roche depuis quelque temps, avoua-t-elle. Tu ne réagissais même plus quand Hugo te cherchait des noises et tu paraissais rayonner de bonheur… sauf ces derniers jours bien sûr.

— Je ne voulais pas en parler, j'avais peur que Thomas et Hugo se moquent de moi.

— Mais ce n'était pas un reproche, ma chérie ! Tu as tout à fait le droit d'avoir un jardin secret.

Mme Berry se leva et versa le thé fumant.

— Cependant, il m'est difficile de te conseiller sans connaître ce jeune homme. Tes amies, elles, ont l'avantage d'en savoir bien plus long sur lui que moi. Pourquoi ne l'inviterais-tu pas à la maison pour qu'on puisse le rencontrer ?

— L'inviter ? Tu crois ? Ça ne va pas faire trop officiel ?

Sa mère se mit à rire.

— Ne t'inquiète pas ! Je ne sortirai pas l'argenterie et il n'aura pas à faire de demande en mariage ! Enfin… pas tout de suite en tout cas.

— Maman !

Sans lui prêter attention, Mme Berry poursuivit en prenant un air concerné :

— Mais, en ce qui concerne ton père, je ne réponds de rien !

Alors que Lily s'apprêtait à protester, elle lui fit un clin d'œil appuyé et, sourire aux lèvres, avala avec délectation une gorgée de thé parfaitement infusé.

Mercredi 16 février, 18 h 45

— Houhou ! Pauline ? Tu es là ?

Mélisande laissa tomber les trois sacs griffés au nom des marques de mode les plus tendance sur la moquette immaculée et, percevant le battement sourd d'un rythme de rock, renouvela son appel en criant plus fort.

— Pauline ! Viens voir ce que ta généreuse grande sœur t'a rapporté !

Fouillant dans un des sacs qui gisaient maintenant à moitié ouverts sur le sol, elle en ressortit un superbe béret en alpaga de la nuance exacte des yeux pers de sa cadette. Depuis le traumatisme que cette dernière avait vécu lors des dernières vacances de Noël, Mélisande essayait de temps en temps de lui montrer qu'elle l'aimait bien, malgré son sale caractère, et trouvant qu'elle manquait singulièrement d'intérêt pour les accessoires féminins, lui offrait régulièrement de petites choses visant à la mettre en valeur. C'était d'ailleurs pour elle principalement qu'elle était entrée dans cette adorable petite boutique qui se trouvait sur le chemin du retour lorsqu'elle rentrait du cours de théâtre. Bien sûr, elle n'avait pas résisté longtemps quand la vendeuse lui avait présenté cette jupe plissée rose corail mais, quand même, elle n'était pas repartie sans avoir trouvé ce « petit quelque chose » qui transformerait son androgyne de sœur en une séduisante demoiselle.

N'obtenant toujours pas de réponse, la jeune fille s'engagea dans le couloir qui menait à la chambre. La musique étant plus forte au fur et à mesure qu'elle avançait, elle reconnut l'air du célébrissime « We Will Rock You » de Queen. La passion soudaine de sa jeune sœur pour tous ces vieux tubes des années soixante-dix et quatre-vingt avait fleuri à son retour de vacances, aussi ce déferlement de décibels ne la surprit pas outre mesure. Elle était sur le point d'abaisser la poignée de la porte de la chambre de Pauline quand, le moment du refrain étant arrivé, elle entendit « *We will, we will rock you!* » scandé par toute la force de deux voix vigoureuses, et dont l'une à l'évidence était masculine.

Ce qui, là, en revanche, la surprit beaucoup.

Le battant de la porte voltigea sous l'impulsion dynamique que lui transmit Mélisande.

— Farouk ? Mais enfin qu'est-ce que tu fais là ?

À genoux sur la moquette aux côtés de Pauline, le grand garçon s'appliquait à placer une pièce d'un puzzle représentant Mick Jagger en plein déhanchement.

— Ben, ça se voit, non ? Je fais un puzzle.

Il avait dû hurler pour se faire entendre. Le son sortant des baffles étant suffisamment fort pour faire passer le décollement d'un Boeing pour le doux murmure d'un ruisseau.

D'un pas martial, Mélisande traversa la pièce pour éteindre la chaîne hi-fi. Aussitôt, Pauline se redressa sur ses genoux pour protester :

— Eh ! Je t'en prie, fais comme chez toi ! Quand je pense que je suis censée frapper avant d'entrer dans ta chambre !

— Tu vas être sourde avant d'atteindre mon âge si tu continues d'écouter ta musique aussi fort ! Et toi…

— Salut Mel, l'interrompit tranquillement son camarade de classe, ravi de te voir.

— Et toi, reprit Mélisande, fulminante, sourd tu l'es déjà ! Combien de fois faudra-t-il que je te dise de ne plus m'appeler ainsi !

Farouk ouvrit de grands yeux, mimant l'étonnement à la perfection.

Mélisande tapa du pied en laissant échapper un soupir de frustration.

— C'est bon, Mary Poppins ? lança alors Pauline. Tu nous as suffisamment cassé les pieds ? Dans ce cas-là, la porte est ouverte, on ne te retient pas !

Et appuyant sur un bouton de la télécommande, elle permit à Freddie Mercury de reprendre ses vocalises de plus belle. Alors que Farouk, hilare, était aux anges, Mélisande se baissa et tira sur la prise de la chaîne hi-fi, condamnant définitivement le chanteur au silence. Le cri perçant de Pauline lui fit penser une seconde que ses tympans ne résisteraient guère plus longtemps à de telles agressions.

Mais avant que sa cadette ne se précipite sur elle, elle retraversa la pièce et prit les deux mains de

Farouk pour le forcer à se relever. Toujours riant, ce dernier se laissa entraîner hors de la chambre. Comme Pauline s'époumonait en protestations furieuses, il se tourna vers elle et lui dit tranquillement :

— Laisse Popo, c'est juste l'affaire d'une minute. Tiens, fit-il encore en lui lançant une pièce de puzzle, je suis sûr que c'est un morceau de son micro.

Mélisande fut sidérée d'entendre sa sœur obtempérer sans se remettre à hurler.

— OK, fit cette dernière en rattrapant d'une main la pièce que Farouk venait de lui envoyer, mais dépêche-toi, sinon on ne finira jamais…

Tirant la porte derrière elle, Mélisande réitéra sa question :

— Tu peux me dire ce que tu fais ici ? Et sérieusement cette fois-ci ! Cela t'est possible ?

— *No problem*, tout est possible avec moi !

— Alors ?

— Ben alors je suis passé pour t'apporter des documents concernant les modalités du déroulement des oraux du bac de français. Les délégués des classes de première doivent les lire et faire remonter des remarques s'ils ne sont pas clairs. Tu es partie tellement vite ce matin à midi que le prof m'a donné les deux exemplaires en me demandant de te faire passer le tien. D'où ma visite au palais, mais manque de bol, la grande-duchesse n'était pas là. Heureusement…

— Heureusement la petite y était, elle, et tu n'as rien trouvé de mieux…

— Ce n'est pas une duchesse, elle. C'est simplement une fille normale et naturelle.

Mélisande ouvrit la bouche pour répliquer, mais finalement aucun son ne sortit de sa gorge. « Naturelle », avait-il dit, était-ce en opposition à « artificielle » ? Elle referma la bouche. Elle préférait ne pas le savoir.

— Bon, alors, c'est fini vos discussions ? grogna Pauline en rouvrant la porte de sa chambre.

La question était accompagnée d'un flot de musique tonitruante. « *We are the champions, my friiiiiennd, we'll keep on fighting…* », chantait maintenant Freddie, sa voix montant dans les aigus avec une facilité déconcertante. Mélisande, cette fois, n'eut pas le temps de demander à sa cadette de baisser le son : la porte d'entrée venait de claquer et une voix grave s'en chargea.

— Ça ne va pas, non ? On ne peut pas être tranquille quand on rentre chez soi ?

Si Farouk ne réagit guère, les deux filles, elles, restèrent ébahies.

— Papa ? s'exclama Pauline.

— Ta musique ! lui rappela sa sœur.

Cette fois, Pauline se hâta d'obéir. Quand le silence fut rétabli, le petit groupe se dirigea vers l'homme, grand, à la calvitie avancée mais à la prestance indéniable, qui se trouvait dans le salon. Il était en train de se servir un verre quand Pauline demanda :

— Tu es déjà rentré ?

— Ça se voit, non ? répondit-il sans même se tourner vers elle.

Sa fille cadette se raidit. Mélisande lui mit la main sur l'épaule et échangea un regard perplexe avec elle.

D'habitude, leur père rentrait beaucoup plus tard mais ne leur parlait jamais sur ce ton. Se penchant à son oreille, elle murmura :

— Laisse tomber, il a dû avoir une mauvaise journée.

— Heu, bonjour, fit soudain Farouk.

M. de Saint-Sevrin pivota brusquement.

— Mais qui êtes-vous, jeune homme ? s'enquit-il toujours aussi sèchement.

— Je te présente Farouk, un garçon de ma classe, s'empressa de répondre Mélisande, il est passé me donner des papiers pour le lycée.

— Eh bien, si c'est fait, je ne le retiens pas.

— Papa ! s'exclama à nouveau Pauline, choquée par la façon cavalière avec laquelle son père congédiait Farouk.

Ce dernier cependant ne sembla pas s'en offusquer.

— Pas de problème, fallait que je rentre de toute façon.

Quelques instants plus tard, il se glissait par la porte entrouverte. Juste avant de la refermer derrière lui, il fit un clin d'œil aux deux filles qui le regardaient s'en aller.

À ce moment-là, et à sa grande surprise, une envie impérieuse de partir avec lui s'empara de Mélisande. Il lui fallut alors exercer toute sa volonté pour ne pas y céder.

VACANCES DE FÉVRIER

12

Pas d'inquiétude

Vendredi 18 février, 19 h 33

L'hymne olympique résonna dans la salle à manger de la famille Tadier au moment exact où Madame servait le velouté d'asperge façon Argenteuil.

— Maëlle, pesta le colonel, on t'a déjà dit mille fois de couper ton téléphone quand on est à table ! Éteins-moi cet engin immédiatement.

Loin d'obtempérer à l'injonction paternelle, sa fille fit glisser son mobile hors de son étui. Et quand elle vit le nom affiché sur l'écran, elle s'exclama :

— Ah non, c'est Maxime ! Cela doit être urgent, sinon il enverrait un texto, il n'appellerait pas !

En même temps qu'elle prononçait ces paroles, elle appuya sur une touche pour prendre la communication.

— Allô, Maxime ?

— Maëlle, il faut absolument que je te parle…

— Eh bien, à moins qu'il s'agisse d'une question de vie ou de mort, ce dont je doute fort, cela devra attendre la fin du repas, jeune homme !

Le colonel, qui venait de parler après s'être emparé du téléphone d'un geste vif, n'attendit pas de réponse, raccrocha aussitôt et fit glisser le petit appareil dans la poche poitrine de sa chemise. Maëlle, prise par surprise, s'étouffa d'indignation. Mais elle eut beau protester et en appeler aux droits de l'homme et des adolescents, le colonel Tadier se contenta de souffler sur le délicieux velouté fumant qui emplissait sa cuillère avant de la porter à sa bouche. Alors que sa femme tordait nerveusement sa serviette, craignant de voir la situation dégénérer, il attendit que sa fille se calme un peu avant de lâcher d'une voix sans émotion :

— Finis le repas que ta mère s'est donné la peine de préparer et on verra ensuite.

Maëlle se mordit douloureusement les lèvres pour ne pas répliquer encore. Malgré sa colère bouillonnante, elle savait qu'il valait mieux (provisoirement du moins) courber le dos, sans quoi elle risquait de ne pas récupérer son téléphone avant plusieurs jours…

Quand enfin la jeune fille put rappeler Maxime, elle était toujours furieuse contre son père et se promettait de quitter cette « caserne » où régnait la loi martiale aussi vite qu'elle le pourrait. La conversation qu'elle allait avoir n'allait malheureusement pas contribuer à améliorer son humeur…

— Maxime ? C'est moi !

— Heu... J'ai gaffé, non ?

— Ah ouais, tu crois ? Qu'est-ce qui te fait dire ça ?

— OK, pas besoin de faire de l'ironie. J'ai reçu une info et j'ai voulu t'appeler tout de suite. Je n'ai pas regardé l'heure. Mais je suis désolé, je sais que ton père est très à cheval sur les principes...

— Tu parles, ce n'est pas pour rien qu'il est dans l'ABC.

— L'ABC ? Qu'est-ce que l'alphabet vient faire là-dedans ?

Malgré son énervement, Maëlle ne put retenir un rire.

— T'as rien compris, ignorant ! ABC, ça veut dire « arme blindée et cavalerie ». C'est l'une des composantes de l'armée de terre. Alors être à cheval sur les principes quand on est de la cavalerie, ça se comprend.

Maxime rit à son tour.

— Ah, évidemment...

— Bref, dis-moi plutôt pourquoi tu appelais ?

Son petit ami reprit immédiatement son sérieux. Elle l'entendit se racler la gorge et se prépara aussitôt à recevoir une nouvelle désagréable.

— Alors voilà, fit le garçon, je ne sais pas trop comment te le dire alors j'y vais franco.

Maëlle retint sa respiration, s'attendant à...

— Une place s'est libérée au dernier moment au stage de natation de mon club et on me l'a proposée suite à mes bons résultats.

Maëlle souffla en silence. Elle avait craint autre chose. Dans son soulagement, elle s'enthousiasma :

— Mais c'est super !

— Ah oui ? Tu trouves ?

— Bien sûr, tu vas faire des progrès d'enfer !

— Oui, c'est sûr. Mais il faudra que je parte la semaine où nous devions nous voir, ça ne t'ennuie pas trop ?

La jeune fille n'avait pas pensé à ça. Elle-même partait au ski la seconde semaine. Ils n'allaient pas se voir des vacances. Mais s'il y avait bien une chose qu'elle comprenait, c'était son désir de progresser et de mettre toutes les chances de son côté pour devenir le meilleur. Et puis, elle s'était tellement préparée à l'annonce d'une rupture, que cette « mauvaise » nouvelle en était presque une « bonne ». Elle s'apprêtait à lui faire part de toute sa compréhension quand un horrible doute l'assaillit soudain. Le visage tendu, elle finit par dire :

— Ça dépend. Est-ce que vous êtes beaucoup de votre club à y aller ?

— Oui, pas mal, fit avec perplexité Maxime.

— Et par le plus grand des hasards, l'une des participantes ne s'appellerait-elle pas Anaïs Gilbert ?

Voilà, elle avait laissé échapper le morceau ! Mais aussi, elle n'en pouvait plus de ronger son frein. Temporiser, ça allait un moment, mais il ne fallait quand même pas trop lui en demander !

— Anaïs ? Tu connais Anaïs ?

Elle ne savait si elle devait se réjouir du ton stupéfait de Maxime ou bien s'en offusquer. La prenait-il pour une imbécile ou était-il sincèrement étonné ? Ne sachant trop sur quel pied danser, elle répliqua d'une voix atone :

— Disons que je fais de mon mieux pour connaître le nom de toutes les filles qui ont pour habitude de se jeter à ton cou. Surtout si elles sont minces et jolies.

Comme il semblait ne pas comprendre, elle s'efforça de lui rafraîchir la mémoire sans trop trahir ses sentiments. Quand elle eut fini, Maxime se mit à rire.

— Ah ! C'est donc ça. Eh bien, je te rassure tout de suite, il n'y a absolument rien entre nous, si ce n'est l'eau de la piscine, plaisanta-t-il.

— Oh, mais je ne m'inquiétais pas, riposta-t-elle tout à fait hypocritement, je posais juste une question.

Maxime se mit à rire de nouveau, ce qui eut le don de l'exaspérer, mais elle sourit en l'entendant affirmer :

— Ne t'inquiète pas, insista-t-il. Concentre-toi plutôt sur ta reprise. Parce que dès que tu recommenceras les entraînements, je serai là.

Maëlle, qui était assise sur son lit, se laissa aller en arrière et grommela une réponse incompréhensible. Puis, enroulant une mèche de cheveux autour de son doigt, elle lui demanda abruptement :

— Dis, ça ne te dirait pas de partir en vacances avec moi cet été ? Rien que nous deux, ce serait chouette, non ?

Il y eut un court silence avant que Maxime ne réponde :

— Partir ? Nous deux ? Comme ça, de but en blanc ?

— Pas de but en blanc ! s'indigna Maëlle, cela fait quand même plus d'un an qu'on sort ensemble !

— Oui, bien sûr… Heu, tu as raison, ce serait certainement très chouette. Mais bon, l'été, c'est loin, on a le temps de voir venir, non ?

La jeune fille se tourna sur le ventre et dut admettre qu'il n'avait pas tort non plus. L'été, c'était loin…

— Oui, c'est vrai, on a le temps de voir venir.

Une seconde plus tard, en refermant son portable, Maëlle eut un petit pincement au cœur.

À ce moment-là, elle aurait bien voulu qu'on lui dise qu'Adrien n'avait pas fait preuve de plus d'enthousiasme lorsque Lily lui avait posé une question similaire…

Samedi 19 février, 15 h 45

C'est en franchissant le seuil de la porte du mas Lou Tranquillou que Chiara ressentit vraiment que quelque chose avait changé. Lorsque son grand-père était venu la chercher à la gare, elle n'avait pas été surprise de ne pas voir sa grand-mère à ses côtés : l'antique camionnette que ce dernier se refusait de changer était loin d'être confortable et son épouse, qui détestait déjà être sur les routes, évitait chaque fois qu'elle le pouvait de monter à bord. Pendant le trajet, il ne s'était rien passé de notable non plus. Bourru et peu bavard comme à son habitude, son Papé s'était contenté de poser à Chiara deux ou trois questions et l'avait laissée faire le reste de la conversation. Mais en pénétrant à l'intérieur de la maison chaleureuse, la jeune fille ne put s'empêcher d'être frappée par un détail d'importance : aucune odeur de pâtisserie ne flottait dans l'air. Pour la première fois de sa vie, il n'y aurait ni navettes ni pompe à huile[1] pour le goûter d'accueil.

— Coucou, Mamée ! Je suis là, s'écria-t-elle cependant joyeusement.

— Chiara, ma petite girelle ! Tu es enfin arrivée !

La voix de la vieille dame résonna depuis le petit salon blanchi où se trouvait la cheminée. S'engageant dans le couloir en forme d'arche qui y menait, Chiara aperçut sa grand-mère qui, après s'être levée d'un profond fauteuil, trottinait vers elle. Son visage ridé était illuminé d'un sourire, mais sa petite-fille lui trouva un air bien fatigué. Elle se pencha en avant pour la serrer dans ses bras. Depuis longtemps maintenant toutes deux avaient l'habitude de plaisanter sur leur différence de taille, mais Chiara fut particulièrement émue ce jour-là de constater à quel point sa grand-mère avait l'air petite. Et fragile.

— Oh, je n'aurais pas dû t'embrasser, se reprocha-t-elle aussitôt, je vais te passer tous mes microbes.

— Penses-tu ! plaisanta Chiara. Ils auraient bien trop peur de moi !

Prenant sa Mamée par la main, elle la reconduisit vers son fauteuil, placé près du feu qui crépitait gaiement. S'asseyant sur l'accoudoir, elle murmura :

— Papé m'a dit que tu avais été très malade cet hiver.

— Oh, très malade, ce n'est pas le mot ! Tu sais comme il est, il exagère toujours ! Ce n'est pas pour rien que sa mère était de Marseille. Pour un ongle

1. Biscuits et galette traditionnels de Provence.

cassé, il appellerait le Samu. Oui, c'est vrai que j'ai été un peu fatiguée ces derniers mois, mais que veux-tu, j'ai bientôt soixante-dix ans ! Non, ce qui m'a cassé les pieds et qui m'a empêchée de te préparer des navettes, c'est cette vilaine bronchite qui ne veut pas me quitter…

Comme pour confirmer ses dires, une quinte de toux la força à s'interrompre.

Chiara, dont le cœur s'était serré en la voyant tousser ainsi, lui serra affectueusement la main. Et quand la crise fut passée, elle déclara fermement :

— Ne t'en fais pas, Mamée. Maintenant, je suis là et je vais prendre soin de toi. Tu vas voir, je vais te remettre sur pied en un rien de temps.

Sa grand-mère lui sourit.

— Mais je vais déjà beaucoup mieux depuis que tu es là, ma girelle.

Chiara déposa un baiser sur la joue à la peau encore douce malgré les rides.

— Et pour commencer, c'est moi qui vais les faire ces fameuses navettes !

— Mais tu ne sauras pas…

— Bien sûr que si ! Depuis le temps que je t'aide à les préparer.

Et sans vouloir en entendre davantage, la jeune fille brune bondit sur ses pieds et se dirigea vers la cuisine.

Alors qu'elle ouvrait les placards, sortait les ingrédients et tamisait la farine, Chiara songea qu'elle avait vraiment très bien fait de venir chez ses grands-parents pour les vacances. Alexandre lui avait pourtant demandé de rester au moins une semaine à Lyon pour qu'ils puissent se voir, mais cette perspective ne l'avait guère tentée. En réalité, elle n'était pas mécontente d'être loin de lui. Cela allait lui donner le temps de réfléchir à la situation sans pression.

À peine ces pensées lui traversèrent-elles l'esprit que Chiara les chassa avec exaspération. Sa grand-mère avait besoin d'elle et c'était cela le plus important.

La jeune fille laissa son regard se porter sur les oliviers qu'elle apercevait par la fenêtre et que le mistral malmenait. Ils lui avaient servi de compagnons de jeux pendant son enfance. C'était il y a longtemps, une éternité, avant même qu'elle entre en CP, mais leur croissance était si lente qu'ils semblaient ne pas avoir changé depuis. Elle expira à fond. Comme toujours, la sérénité qui lui manquait tant à Lyon lui revenait par petites vagues, à chaque sensation retrouvée. L'affection chaleureuse de ses grands-parents en était la principale source et Chiara avait toujours pu puiser sans compter dans leur réserve d'amour. Il était temps aujourd'hui de leur rendre un peu de ce qu'elle avait reçu et, malgré sa tristesse de voir sa grand-mère affaiblie, Chiara était heureuse d'en avoir l'occasion.

Oui, pendant ces deux semaines, elle allait oublier les soucis que lui causaient Alexandre, Lily, Mélisande et le lycée. Elle aurait fort à faire pour être à la hauteur de sa Mamée, mais elle comptait bien s'y employer de toutes ses forces !

13

Déjeuner familial

Lundi 28 février, 14 h 05

Un vent vif soufflait ce jour-là sur les pistes de la station de Courchevel mais le soleil, malgré les nuages qui pointaient à l'horizon, brillait encore. Mélisande réajusta son masque et sortit un petit tube de crème solaire. Avec le temps qu'il y avait eu depuis le début de la semaine, elle ne pourrait éviter de revenir avec une marque blanche autour des yeux, mais elle pouvait au moins échapper au coup de soleil. Pauline descendit du télésiège alors qu'elle terminait d'appliquer une couche protectrice sur sa peau diaphane. Comme elle s'arrêtait dans un nuage de poudreuse à côté d'elle, Mélisande lui tendit le tube.

— Tiens, remets-en, sinon tu ressembleras à une squaw d'ici à ce soir…

— J'en ai déjà mis ce matin !

— Oui, mais avec la peau que l'on a il faut en remettre régulièrement et tu le sais très bien !

Comme sa sœur lui faisait la grimace, elle ajouta malicieusement :

— Alors, tant pis pour toi si Julien choisit d'en aider une autre à porter ses skis ce soir.

Sa remarque lui attira un regard interrogateur de la part de sa cadette.

— Ne me dis pas que tu n'as pas remarqué qu'il était toujours là pour voler à ton secours ! fit Mélisande. C'est évident qu'il a un faible pour toi.

Elle ne mentait pas. Dès leur arrivée au camp de ski où les deux sœurs avaient choisi d'aller ensemble, le garçon avait à l'évidence « craqué » pour la cadette.

— N'importe quoi ! s'écria Pauline horrifiée. Tu as vu la tête qu'il a ? Il est plus boutonneux que le tableau de bord d'une navette spatiale !

— Ça n'empêche pas de céder à ton charme, objecta Mélisande.

Sa cadette haussa les épaules, soudain calmée.

— De toute façon, je m'en fiche. J'en aime un autre.

Surprise par le sérieux avec lequel elle venait d'affirmer cela, Mélisande plissa les yeux derrière son masque.

— Ah oui ? Qui alors ? Paul ? C'est vrai qu'il n'est pas mal…

Devant l'absence de réaction de son interlocutrice, elle suggéra d'autres noms :

— Liam ? Corentin ? Loris ?

Pauline finit par s'énerver :

— Ce sont des gamins !

— Des gamins qui ont ton âge !

— Tu rigoles ? Moi, je suis mille fois plus mûre. Et puis inutile de chercher, il n'est pas là.

Ravie de voir l'effet que ses déclarations avaient sur sa sœur aînée, la cadette se tut.

— Mais c'est qui alors ?

— Tu veux vraiment le savoir ?

— Évidemment !

Un sourire éclatant se peignit sur le visage de Pauline.

— Eh bien… Il s'agit de…

— De… ?

— De Farouk !

Un ange passa.

— Tu peux répéter ?

— Oh là, là, tu es sourde ou quoi ? Farouk, j'ai dit. FAROUK ! C'est pourtant évident. Et puis je sais qu'il m'aime aussi. C'est le seul qui me comprenne un peu. On est sur la même longueur d'onde tous les deux. Sans compter que j'ai lu dans mon horoscope que nos signes étaient faits pour fusionner.

Cette fois-ci, sa sœur aînée explosa.

— Ma pauvre Pauline, tu as perdu la tête ! Farouk n'est pas plus amoureux de toi que de la reine d'Angleterre ! Il n'est amoureux de personne et ne s'intéresse qu'à une chose : s'amuser ! Tu ne le connais même pas d'abord ! Et si tu avais deux sous de jugeote tu comprendrais qu'il est bien trop vieux pour toi…

— Pas la peine de te fatiguer, je sais bien pourquoi tu dis ça ! Tu es comme Papa et Maman, une vraie bourgeoise complètement coincée. Ce qui te déplaît, c'est surtout qu'il ne soit pas du même monde que nous ! Mais moi, je m'en fiche de vos préjugés mesquins. Je l'aime et c'est tout ce qui compte !

Les joues rouges sans que cela soit dû au soleil, Pauline se tenait dressée, les deux poings serrés autour de ses bâtons. Mélisande s'apprêtait à répliquer quand le souvenir de ce qui s'était passé à Noël lui revint d'un coup. Elle ne voulait pour rien au monde revivre ces moments d'angoisse où, persuadée que sa sœur avait été emportée par une avalanche pendant sa folle descente, elle avait dû attendre des heures avant de la retrouver saine et sauve… et en compagnie de Farouk ! Craignant que Pauline ne refasse une bêtise si elle continuait de s'opposer à elle, elle décida de calmer le jeu. De toute manière le danger était ailleurs. Il serait toujours temps, quand elles seraient loin des pistes, de reprendre les choses en main.

— OK, OK, pas la peine de s'énerver, dit-elle, après tout, c'est ta vie !

Puis comme la tension retombait, elle lui tendit à nouveau le tube.

— En attendant, je te conseille quand même de mettre de la crème solaire. Je doute que Farouk ait un faible pour les écrevisses.

Samedi 5 mars, 20 h 10

— Et dis-moi, Adrien, est-ce que tu joues d'un instrument ?

Le garçon finit de couper un morceau de la part de la délicieuse pizza au chorizo et aux poivrons qui remplissait son assiette avant de jeter un discret coup d'œil à Lily, attablée à sa droite. Celle-ci reçut le message cinq sur cinq et vola à son secours.

— Enfin, Papa, tout le monde n'est pas *obligé* de jouer d'un instrument de musique !

— Bien sûr que non ! s'indigna M. Berry. Je n'ai jamais dit ça. Je pense même que la musique devrait toujours être le fruit d'une passion, non d'une obligation !

— Ah ouais ? intervint Hugo avec une grimace ironique. Est-ce que je peux te citer quand tu me fais répéter mes gammes mille fois de suite ?

Mme Berry sourit en posant dans son assiette une deuxième part de pizza.

— Disons que ton père sait bien que toute passion a besoin d'être « encouragée » pour ne pas s'étioler.

— Tu parles d'un encourachement, râla son fils en mordant dans sa portion.

— Hugo ! On ne parle pas la bouche pleine !

— Oh, ça va, hein ! Ch'est pas parce qu'y a ton copain qu'on va mancher différemment. J'suis sûr qu'il fait pareil chez lui.

Lily sentit la chaleur envahir ses joues. En cet instant, elle aurait tordu le cou à son petit frère avec un bonheur certain. Elle n'osait plus regarder Adrien quand elle l'entendit avouer un peu contraint :

— Ça doit m'arriver, je pense.

— J'en étais sûr ! s'écria Hugo ravi, tout le monde le fait mais personne ne veut le dire.

— Ne généralise peut-être pas trop vite, le reprit sa mère, et par pitié ferme la bouche ! On n'a pas forcément envie d'avoir une bétonnière à table.

Vexé, le jeune garçon finit par obéir, non sans avoir auparavant échangé un regard entendu avec Adrien.

— Avec tout ça, tu n'as toujours pas répondu à la question : tu joues d'un instrument, oui ou non ?

Lily lança un regard noir à Thomas, l'aîné de la famille. De quoi se mêlait-il celui-là ? Adrien avait déjà son père sur le dos, il n'y avait vraiment pas besoin qu'il s'y mette aussi !

Elle se dit alors qu'elle avait bien eu raison de retarder au maximum la présentation d'Adrien à sa famille. Ses frères étaient affreux et son père ne pensait qu'à sa musique ! S'ils continuaient ainsi, ils allaient le faire fuir en courant. En désespoir de cause, elle tenta de faire un appel de pied à sa mère pour qu'elle intervienne.

C'est alors qu'Adrien prit la parole :

— En fait, j'ai fait de la flûte à bec au collège, mais d'après les appréciations de mon prof de musique, je ne suis pas sûr qu'on puisse dire que je savais en jouer… Ah ! Et je crois me souvenir aussi que lorsque j'étais au CE1, j'ai gagné un harmonica à la kermesse de l'école avec lequel j'arrivais à jouer presque sans faute « Ah, vous dirai-je, Maman ».

Hugo éclata d'un rire sonore.

— Trop cool ! Un harmonica, c'est exactement ce qu'il nous manquait pour compléter notre trio !

Sentant le regard interloqué du père et du frère aîné de Lily sur lui, et celui catastrophé de cette dernière, Adrien se dit qu'il avait peut-être exagéré un peu. Mais après tout, il commençait à en avoir assez de l'ambiance bon enfant qui régnait dans cette maison. Il n'avait pu résister plus longtemps à la tentation de provoquer un brin, histoire de voir ce qui se cachait derrière les masques. Il s'aperçut alors que Mme Berry souriait d'une drôle de façon. C'était presque un sourire de connivence, comme si elle avait compris ce qui se passait dans sa tête et cela l'embarrassa beaucoup plus que les questions maladroites de son mari. Il piqua aussitôt du nez sur ce qu'il restait de sa part de pizza, convaincu une fois de plus qu'il avait commis une grosse erreur : il n'aurait jamais dû venir, il s'en était rendu compte dès qu'il avait passé le pas de la porte. Quand Lily l'avait invité, il avait déjà émis quelques réticences. Il n'avait pas du tout envie de rencontrer sa famille. C'était elle qui l'intéressait, pas ses parents ni ses frères. Mais elle avait tellement insisté qu'il avait fini par céder. La jeune fille avait bien essayé de le rassurer en lui promettant que ce serait un repas tout simple : pizza, salade et glace. Et c'est vrai que cela lui avait paru, a priori, très appétissant. Cependant, dès son arrivée, il s'était senti mal à l'aise. Ils avaient pourtant fait preuve de beaucoup de gentillesse, enfin les parents surtout, les deux garçons de la famille se contentant de le dévisager avec curiosité. Oui, ils s'étaient montrés vraiment gentils, peut-être trop d'ailleurs. Il n'était pas habitué à ça. Au départ, leur attitude avait même éveillé sa méfiance, puis au fil des heures, il s'était dit qu'ils avaient l'air sincère… À moins qu'ils ne maîtrisent parfaitement leurs rôles. Mais de toute manière, cela importait peu. Ce qui lui sautait aux yeux depuis le début de cette soirée, c'était que Lily était choyée par ses parents.

Choyée et aimée plus que lui ne l'avait été et ne le serait jamais. Il aurait dû s'en réjouir pour elle et en rester là. Sauf que cela avait réveillé une petite douleur dans son cœur qu'il ne parvenait pas à apaiser.

— « Ah, vous dirai-je, Maman », dis-tu ? C'est un très bon début. Mozart a écrit douze variations sur ce thème, glissa, mine de rien, la mère de Lily.

M. Berry, qui n'avait pas su trop comment réagir à la bravade d'Adrien, rebondit sur la remarque de sa femme.

— Mais oui, tu as raison, chérie ! Il faudra que tu nous joues cet air un de ces jours, Adrien !

Soulagée que son père ne se soit pas vexé (il était peu susceptible, mais pouvait devenir un peu soupe au lait quand on parlait musique), Lily enchaîna très vite :

— Et si on prenait le dessert dans le salon ?

Tout le monde acquiesça. Comme Hugo demandait à Adrien s'il voulait voir sa PSP, la jeune fille offrit d'aider sa mère à apporter les glaces.

Dès qu'elles furent seules, Lily la pressa de lui faire part de ses impressions.

Mme Berry prit le temps de sortir les bacs de crème glacée du congélateur avant de répondre avec prudence :

— Je comprends qu'il te plaise, il doit être difficile de lui résister.

— Mais qu'est-ce que tu penses de *lui avec moi* ? Tu ne nous trouves pas mal assortis ?

— Physiquement, car j'imagine que c'est de ça que tu veux parler, absolument pas…

Elle s'interrompit une seconde, ce qui inquiéta sa fille.

— Mais, fit cette dernière, parce qu'il y a évidemment un « mais »…

Mme Berry sourit.

— Mais je pense que c'est un garçon plus compliqué qu'on ne l'imagine au premier abord, reprit-elle, et je crois qu'il a besoin de régler certains problèmes.

— Je peux l'y aider !

— En partie peut-être…

Elle soupira.

— Cependant vois-tu, il y a des choses que chacun doit affronter seul.

— Tu ne veux quand même pas me demander toi aussi de le quitter ?

— Non, je n'irai pas jusque-là. Mais je te conseille de lui laisser suffisamment d'« espace ».

Lily fit la grimace. Pour ne pas en entendre davantage, elle saisit les coupes que sa mère venait de préparer et se dirigea vers le salon. Lorsqu'elle y pénétra, Hugo tapait dans la main d'Adrien en poussant un cri d'admiration : en quelques minutes, le jeune homme venait de lui débloquer plusieurs niveaux de son jeu favori. Sa sœur laissa échapper un soupir. Il y avait au moins, pensa-t-elle, un membre de sa famille qui l'appréciait sans retenue !

Elle observa son petit frère qui engloutissait maintenant voracement son dessert et retint une moue.

Mais pourquoi, parmi tous, fallait-il que ce soit celui-là ?

14

Craintes et tremblements

Mercredi 9 mars, 16 h 05

André Béranger faisait partie du monde du théâtre depuis plus de quarante ans. Après avoir débuté dans une obscure petite ville de province, il était, comme on disait à l'époque, « monté à Paris ». Sans le sou, il travaillait jusqu'à l'épuisement toute la semaine pour tenter de gagner sa vie, courant les castings dès que son emploi du temps le lui permettait, mais il n'était jamais retenu. Puis un jour, enfin, la chance lui avait souri : l'acteur jouant dans une adaptation théâtrale du *Portrait de Dorian Gray* s'étant blessé, on avait recherché en catastrophe un comédien lui ressemblant assez pour que le tableau réalisé à son image et point central de la pièce puisse passer pour son portrait. Et cet homme-là, on l'avait trouvé sous les traits d'André.

Dès sa première représentation, il avait ébloui le metteur en scène, le public et la critique. Le lendemain, le Tout-Paris ne parlait que de lui. André Béranger l'autodidacte était lancé. Le succès n'avait cependant pas réussi à le défaire de la carapace qu'il s'était forgée au cours de ses longues années de rejet et de lutte. Artiste connu et reconnu, il était resté distant, dur au travail et un perfectionniste acharné. Après avoir arpenté toutes les scènes de la capitale, il avait ouvert un cours de théâtre puis l'avait fermé quelques années plus tard lorsqu'il avait, brutalement, décidé de retourner s'installer dans sa région natale. Loin de l'éclat des feux de la rampe, il menait désormais une vie retirée qui semblait lui convenir parfaitement.

Tout ceci, et davantage encore, Chiara le savait depuis qu'elle avait passé les derniers jours à surfer sur Internet à la recherche d'informations sur celui qui allait remplacer leur beau et jeune professeur. Ce qu'elle ignorait cependant, c'est que si cela n'avait été par amitié pour William, jamais André Béranger n'aurait accepté de redonner des cours. Mais l'auraitelle su que cela n'aurait guère atténué son enthousiasme. Quelles que soient ses raisons, ce comédien célèbre était là, devant leur petit groupe, en chair et en os. Et sa présence, c'était sa chance à elle.

Il les observait de son regard énigmatique et perçant depuis quelques minutes et le silence commençait à peser. Il était plus âgé que sur les photos que Chiara avait vues de lui : son front était dégarni et la demi-couronne de cheveux blancs qui lui entourait le crâne lui donnait des airs d'empereur romain. Ses traits, secs et comme taillés à la serpe, en accentuaient encore la ressemblance.

— Bien, nous allons commencer.

Une expiration collective monta dans la salle. Inconsciemment, chacun avait retenu son souffle pendant l'inspection impromptue à laquelle ils avaient été soumis.

— Pff, tout ça pour ça, marmonna Mélisande en passant près de Chiara, on peut dire qu'il soigne ses effets !

— Parce que, toi, tu ne les soignes pas, tes effets ? riposta son amie.

Mélisande leva les yeux au ciel sans répliquer : les exercices de mise en route venaient de commencer.

Le déroulement du cours fut identique à ce qu'il était habituellement. André Béranger avait visiblement décidé de coller à la façon de faire de son élève. Était-ce par facilité ou pour ne pas les perturber ? Chiara penchait pour la seconde hypothèse, Mélisande pour la première. L'atmosphère de la séance n'en resta pas moins fort éloignée de ce qu'elle était quand William était aux commandes. Chacun, à l'exception peut-être des trois sœurs qui continuaient à glousser dans leur coin, était conscient que le regard qui se posait sur eux était plus sévère.

Émilie semblait avoir retrouvé sa timidité et Alexandre, une certaine dose de stress. Chiara, qui avait essayé, en vain, de capter son regard à plusieurs reprises, le comprenait très bien. Elle-même se sentait tendue et attendait avec craintes et tremblements la fin du temps d'improvisation pour connaître son verdict. Seule Mélisande prenait les choses avec détachement et jouait, comme à son habitude, avec légèreté. Chiara envia une fois de plus sa décontraction.

— Bien, nous approchons de la fin et il est temps de se dire au revoir. Je vous remercie de votre attention et vous dis donc à la semaine prochaine.

Sans paraître remarquer la surprise qui s'affichait sur le visage de ses élèves, André Béranger tourna les talons et quitta la salle. Dès que la porte se referma sur lui, les exclamations fusèrent : « Quoi ? Il partait comme ça, sans rien dire, sans même une remarque sur leur jeu ? Et la pièce de théâtre de fin d'année dont il était censé s'occuper, quand donc allait-il en parler ? » Le professeur n'avait en effet ouvert la bouche que pour annoncer les changements d'exercice.

Mélisande se mit à rire en se moquant de Chiara.

— Ah oui, tu parles ! C'est fou ce que nous allons faire comme progrès avec un prof comme lui !

Son amie ne sut que répondre. Mélisande n'avait pas complètement tort. Se tournant sur sa droite, Chiara chercha un soutien auprès d'Alexandre, mais celui-ci fit mine de l'ignorer et se dirigea vers le portemanteau pour récupérer ses affaires. Son attitude finit de l'agacer. Certes, ils avaient convenu de garder leur relation secrète, mais ça ne les empêchait tout de même pas d'échanger quelques mots ! Elle n'osa rien dire cependant : elle savait bien que sa décision de partir pendant toutes les vacances lui avait déplu, et comme elle n'avait répondu à ses SMS que de façon épisodique, il devait certainement lui en vouloir. En le voyant sourire aux trois sœurs qui s'étaient précipitées vers lui pour lui faire la bise, elle se dit alors qu'il avait quand même du charme et qu'elle devrait prendre plus au sérieux cette relation si elle voulait avoir une chance d'éprouver plus qu'un terrible ennui quand ils s'embrassaient…

Mardi 15 mars, 18 h 05

Maëlle s'arrêta à l'entrée du stade d'athlétisme. Le haut portail métallique rouge était grand ouvert et rien ne l'empêchait de continuer à avancer. Elle éprouvait un plaisir intense à se tenir là, libre à nouveau de courir et de s'entraîner. À ce plaisir, cependant, se mêlait une sourde inquiétude qui le gâchait en partie. Elle tapota du pied droit pour tester sa cheville. Le kinésithérapeute lui avait dit qu'elle pouvait reprendre la course, mais qu'elle devait y aller progressivement. Si elle forçait trop, son articulation risquait de lâcher à nouveau et cette fois cela pourrait être bien plus grave. « De la mesure, avait-il dit, de la mesure et de la modération. » Elle avait opiné distraitement de la tête pendant qu'il s'adressait à elle, mais il aurait tout aussi bien pu lui parler chinois. Ces mots ne faisaient pas partie de son vocabulaire ! Ni de celui d'aucun champion. On ne vous passait pas des médailles autour du cou pour avoir fait preuve de « mesure » et de « modération ». La jeune fille frotta ses mains l'une contre l'autre pour les réchauffer et expira doucement, cherchant à chasser ses craintes. Dans quelques semaines, les qualifications pour les championnats de France commenceraient. Elle devrait être prête. Plus que prête même, au top de sa forme !

L'inquiétude commençait à nouveau à l'envahir quand deux longs bras se refermèrent sur elle.

— Salut, gazelle !

Maëlle sursauta quand Maxime lui déposa un baiser dans le cou. Elle s'était tellement laissé dominer par ses doutes qu'elle en avait oublié la promesse qu'il lui avait faite. Ils étaient pourtant restés en contact pendant les vacances. Difficilement, certes, et plus par SMS que de vive voix, mais cela faisait tellement longtemps qu'ils ne s'étaient pas vus qu'elle avait perdu l'habitude de ses arrivées « surprise ».

— Eh bien, qu'est-ce que tu as ? Tu n'es pas contente de me voir ?

Maëlle lui donna une bourrade affectueuse.

— Bien sûr que si, idiot ! C'était juste que… que je réfléchissais.

Maxime éclata de rire.

— Hou là là ! Tu as l'air bien sérieux. Ne te prends pas trop la tête quand même, tu sais que j'aime ton côté fonceur !

Maëlle joignit son rire au sien et décida de garder pour elle ses inquiétudes. Elle savait que Maxime admirait son cran et sa volonté. Comme elle-même avait été séduite par son endurance et sa pugnacité pendant les courses. En contemplant son visage souriant auréolé de boucles blondes s'échappant de son bonnet, elle fut surprise de constater que son cœur ne s'emballait plus comme c'était encore le cas quelques semaines plus tôt. Après cette longue séparation qui avait été la leur, il aurait dû, au contraire, battre la chamade du plaisir de le revoir enfin. Perplexe, Maëlle songea que cela devait venir du fait que leur relation avait été tant éprouvée ces derniers temps. Pas question d'en rajouter en confiant ses doutes imbéciles ! Elle se refusait absolument à perdre ce regard admiratif que Maxime posait sur elle quand elle dépassait ses limites pour vaincre.

— Bon alors, on y va ? lança-t-il, inconscient des pensées qui s'agitaient dans la tête de sa petite amie. Il fait froid quand on ne bouge pas !

— Tu as raison, on gèle ce soir.

Déposant un baiser léger sur ses lèvres, elle se détournait pour prendre le chemin des vestiaires quand il la rattrapa par le bras.

— Eh ! Tu ne crois quand même pas que je vais affronter les rigueurs de l'hiver avec ça comme seul réconfort ?

L'attirant dans un coin à l'abri des regards, il la saisit par les épaules :

— Allez, fit-il taquin, un petit effort pour motiver ton supporter !

Maëlle sourit. Embrasser Maxime, un effort ? Au contraire ! C'était toujours un moment délicieux. Il avait les lèvres terriblement douces pour un garçon. Elle se moqua d'elle-même lorsque cette pensée lui traversa l'esprit : elle ne disposait tout de même pas d'un échantillon de population très conséquent pour affirmer des choses pareilles puisque Maxime était son premier amour. Il n'empêche, elle était sûre d'être dans le vrai !

— Tu as raison, il faut soutenir le moral des troupes !

Penchant la tête sur le côté pour l'observer, elle finit par déclarer d'un ton sérieux :

— Voyons ce que je peux faire…

Et faisant voltiger son bonnet pour plonger ses deux mains dans ses boucles, elle se haussa sur la pointe des pieds pour lui donner un baiser digne de ce nom.

15

Sueurs froides

Jeudi 17 mars, 11 h 45

— Et bien entendu, vous me connaissez, j'adore garder le meilleur pour la fin.

Des sourires contraints accueillirent la déclaration de M. Vermorel. En effet, tous les élèves savaient qu'il aimait faire durer le suspens en ne rendant qu'à la fin des cours les devoirs et contrôles corrigés.

Le professeur d'économie saisit le paquet de copies (soigneusement tournées à l'envers pour dissimuler les notes aux regards indiscrets) qui reposaient sur un coin de son bureau depuis le début de l'heure. La classe s'agita. Tout le monde avait compris qu'il s'agissait du devoir de groupe qu'ils avaient rendu près d'un mois auparavant et qui allait peser lourd dans la moyenne.

— Après une étude approfondie de votre travail, continua M. Vermorel en repoussant ses lunettes rectangulaires sur son nez, j'ai finalement décidé de classer vos copies en plusieurs catégories. Dans la première…

Il s'interrompit, jouissant du fait que les élèves étaient pour une fois suspendus à ses lèvres.

— Dans la première, disais-je, celle que j'ai baptisée du doux nom des « rois du copier-coller », on retrouve quelques-uns des plus travailleurs d'entre vous.

Par-dessus ses verres, il fixa avec intensité deux ou trois élèves en particulier qui se sentirent soudain très mal à l'aise.

— M. Desmazures, un petit conseil amical : arrêtez de croire au père Noël !

Des rires étouffés se firent entendre. Sans y prêter attention, le professeur poursuivit :

— Quand vous tombez, en surfant sur le Net, sur des réponses semblant correspondre exactement aux questions que je vous ai posées, essayez de vous renseigner un peu mieux sur l'origine desdites réponses. Et, dans tous les cas, exercez votre esprit critique… si tant est que vous en ayez un bien entendu.

Les rires se firent plus nombreux alors que le professeur se levait pour rendre la copie au trio concerné.

— Zéro, bien entendu, et vous comprendrez parfaitement pourquoi lorsque je vous dirai que j'avais moi-même mis en ligne ces réponses, scandaleusement fausses bien évidemment, pour voir qui tomberait dans ce piège grossier sans chercher à en savoir davantage.

Les rires cessèrent brusquement et un frisson d'horreur parcourut la classe, chacun essayant de se souvenir de ce qu'il était allé piocher sur la Toile.

— Mais, monsieur, c'est injuste ! s'insurgea l'un des trois élèves faisant partie du trinôme Desmazures. Mes réponses je ne les ai pas pompées sur Internet !

M. Vermorel leva un sourcil.

— Une pomme pourrie contamine tout le panier, fit-il sentencieusement, vous n'aviez qu'à vérifier le travail de vos compagnons d'étude !

À ce moment-là, Lily, qui était à côté d'Adrien, se rendit compte que ce dernier avait changé de couleur. Brusquement inquiète, elle lui chuchota à l'oreille :

— Dis-moi que tu n'as pas…

Passant nerveusement une main dans ses cheveux, il répondit sur le même ton :

— Ben quoi, c'était écrit là, noir sur blanc, comment pouvais-je deviner qu'il…

— Mais enfin ! Ta partie portait sur le cours, tu avais *juste* à le mettre en forme !

Scandalisée, Lily détourna la tête. Ses yeux se portèrent alors sur Bérénice qui attendait sereinement les résultats. Elle se mordit la lèvre. Son amie, habituée à l'excellence, risquait de regretter amèrement leur association. Au fur et à mesure que les minutes s'égrenaient, les notes s'élevaient et les commentaires se faisaient moins caustiques, mais Lily se sentait de plus en plus tendue. Quand il annonça un seize pour l'avant-dernière copie, son cœur cessa de battre. C'était fini, avec la gaffe d'Adrien, il était impossible qu'ils aient une note égale ou supérieure à celle-ci. Elle ferma les yeux. Comme il l'avait si bien dit lui-même, M. Vermorel a-do-rait garder le meilleur pour la fin. Il avait donc dû aiguiser ses couteaux pour les clouer au pilori !

— Enfin, dit le professeur en s'arrêtant devant eux, reste la catégorie des inclassables.

Tête baissée, Adrien et Lily trituraient nerveusement leurs stylos. Bérénice, impassible, attendait la sentence.

— Dix-neuf. Je n'ai pas mis vingt car j'aime à croire que tous, même les meilleurs, ont une marge de progression, si infime soit-elle, finit-il avec un mince sourire.

La sonnerie retentit avant que Lily ne comprenne ce qui s'était passé.

Ce n'est qu'un peu plus tard, en feuilletant leur copie, que le mystère s'éclaircit.

— Eh ! Mais ce n'est pas ce que je t'avais envoyé par e-mail, s'étonna Adrien à l'intention de Bérénice alors qu'il lisait la réponse de la question 1.

Puis comme il avançait dans sa lecture, il s'exclama :

— Wahou, c'est vachement bien trouvé. C'est beau comme dans un livre !

Tout s'éclaira alors pour Lily quand Bérénice confirma modestement :

— Oh, ce n'est pas grand-chose, c'est tellement logique tout ça… Au fait, j'espère que tu ne m'en veux pas, comme je devais tout regrouper sur une même copie, j'ai pris la liberté de changer deux-trois petites choses. Et comme je savais que tu étais très occupé, je ne t'en ai pas parlé tout de suite… puis j'ai oublié ! J'espère que tu ne m'en veux pas ?

— T'en vouloir ? Tu plaisantes !

Il se pencha vers elle pour lui déposer une bise sur la joue.

— Tu recommences quand tu veux, Bérénice.

Lily se mit à rire en voyant son amie devenir cramoisie en répétant machinalement :

— Oh, ce n'est pas grand-chose…

— Bien sûr que si ! On te doit une fière chandelle, insista Lily.

Spontanément elle s'était associée à Adrien car elle se sentait coupable de ne pas avoir pris le temps de vérifier son travail. Elle savait pourtant bien qu'il avait tendance à toujours en faire le moins possible !

— Il n'y a pas de quoi en faire toute une histoire, fit Bérénice gênée, quand on est amis, c'est normal de se soutenir.

Sa réplique innocente fit remonter de douloureux souvenirs à la mémoire de Lily. Elle se rappelait le temps heureux où elle avait cru avoir d'autres amies. Sauf que celles-ci, justement, n'avaient pas su la soutenir quand il le fallait. Au prix d'un grand effort, elle chassa ses pensées pénibles et se concentra sur Adrien. Avec lui non plus les choses n'étaient pas toujours simples. En fait, tout aurait été parfait si elle avait pu faire taire cette petite voix qui lui soufflait qu'il allait au-devant de sérieux problèmes s'il ne changeait pas d'attitude face au travail. Et elle l'aimait trop pour ne pas s'en inquiéter.

Comme ils se dirigeaient tous les trois vers le réfectoire, elle l'observa d'un air soucieux. Sentant peser son regard sur lui, il lui prit la main, lui sourit et lui fit un clin d'œil. Puis, comprenant ce qui lui valait un tel regard, il se pencha vers elle pour murmurer à travers ses boucles :

— T'inquiète ! Je suis sous une bonne étoile depuis que je t'ai rencontrée. Je m'en sors toujours.

La jeune fille, que l'envie de le secouer un peu démangeait, fondit en entendant ces paroles. Quand il parlait ainsi, Adrien était irrésistible !

Jeudi 17 mars, 14 h 25

Pour la troisième fois depuis que le cours d'anglais avait débuté, Mélisande glissa la main dans la poche de son jean taille basse. Aussi discrètement que possible, elle en extirpa son téléphone qui vibrait avec persistance. Un demi-sourire se peignit sur son visage lorsqu'elle lut le message qui s'affichait sur l'écran et répondit aussitôt. Mais à peine avait-elle refermé l'appareil qu'elle reçut un coup de coude dans les côtes. Elle étouffa un cri de protestation et se tourna vers Farouk avec la ferme intention de lui dire sa façon de penser.

— Quelque chose ne va pas, mademoiselle de Saint-Sevrin ?

La jeune fille se redressa et, l'air détaché, répondit calmement au professeur d'anglais :

— Non, tout va bien, merci. Je me suis juste cogné le genou sous la table en faisant un faux mouvement.

Mme Baratier la regarda d'un œil soupçonneux. Elle enseignait depuis suffisamment longtemps pour avoir acquis un sixième sens lui permettant de deviner les mensonges. Mais devant le visage serein et imperturbable de cette élève, elle n'osa pas remettre sa parole en doute. Elle avait du mal à la cerner, cette Mélisande de Saint-Sevrin. Elle semblait tout droit sortie de ces magazines de mode qui envahissaient les kiosques à journaux et il était difficile, même pour un professeur chevronné comme elle, de ne pas se laisser impressionner par l'image parfaite qu'elle présentait à tous. Et le fait qu'elle soit excellente en anglais l'invitait à l'indulgence.

— Bien. Faites plus attention la prochaine fois.

— Oui, madame.

La docilité de la réponse, très inhabituelle, remit la puce à l'oreille de Mme Baratier et elle pensa qu'elle ferait bien de garder l'œil ouvert. Elle reprit cependant son cours sans rien laisser paraître. Dès que cette dernière eut le dos tourné, Mélisande écrasa d'un talon vengeur les orteils droits de Farouk. Il fit la grimace, mais, stoïque, il ne laissa échapper aucune plainte. À la place, il se contenta d'écrire quelques mots sur une feuille de brouillon qu'il lui fit glisser.

« Idiote ! c'était pour te prévenir que tu étais dans le collimateur ! Tu ferais bien de faire gaffe. »

Dans la seconde, Mélisande retourna la page et fit glisser son stylo à plume sur le papier.

« *Occupe-toi de tes affaires !* »

La feuille voltigea. Le stylo-bille griffonna :

« Hou ! La duchesse est de mauvaise humeur. Est-ce que les amours vont mal ? »

Le papier opéra un quart de tour.

« *Elles vont très bien au contraire, merci !* »

Le va-et-vient s'interrompit brusquement. Mme Baratier venait de se retourner vers la classe pour poser des questions sur le texte qu'ils étaient en train d'étudier. Mais dès l'instant où elle se remit à écrire au tableau, le stylo-bille de Farouk courut à nouveau sur la feuille.

« Tu devrais te méfier, les princes charmants ne sont plus ce qu'ils étaient. Paraîtrait même que certains se transforment en crapaud quand on les embrasse. »

La réponse ne se fit pas attendre.

« *Ah oui ? Vraiment ? C'est en tout cas quelque chose qui ne risque pas de t'arriver.* »

« Tu as raison, et c'est parce que je suis un vrai prince, moi ! »

« *Non, c'est parce que tu ne trouveras jamais de princesse pour t'embrasser !* »

« Bah, je ne suis pas exigeant : à défaut de princesse, je pourrais me contenter d'une duchesse... »

Au fur et à mesure qu'elle lisait ces derniers mots, la bouche de Mélisande s'arrondit en un « o » parfait d'indignation. Elle s'apprêtait à riposter vertement quand elle sentit à nouveau vibrer son mobile. Ne pouvant résister à la tentation, elle ressortit le petit appareil.

C'est au moment où, un sourire en coin, elle commençait à tapoter les touches du petit clavier pour répondre que la voix du professeur d'anglais lui glaça le sang.

— *Miss de Saint-Sevrin, please, would you mind bringing me what you're hiding under your desk?*

Mélisande se raidit. Elle était plus furieuse qu'embarrassée de s'être fait surprendre, mais elle mit un point d'honneur à n'en rien montrer. Sans un mot, elle se leva, alla poser le petit téléphone rose sur le bureau de l'enseignante et regagna sa place en prenant bien soin de ne pas croiser le regard de Farouk. Elle lui en voulait terriblement. Envers et contre toute logique, elle se disait que s'il n'avait pas commencé son manège un peu plus tôt, l'enseignante n'aurait rien remarqué.

Mais ce n'est qu'en sortant de cours quelques minutes plus tard qu'elle se rendit compte de l'étendue de la catastrophe : certes, elle n'avait plus de portable, ce qui en soi n'était pas si grave car elle pouvait immédiatement en racheter un neuf, mais, et c'était là le drame, elle réalisait soudain que tous ses numéros étaient enregistrés dans le répertoire du petit appareil qui se trouvait désormais entre les mains de cette odieuse Mme Baratier…

16

Insupportable !

Samedi 19 mars, 13 h 45

« Joyeux anniversaire, joyeux anniversaire, joyeux anniversaire, Nolan, joyeux anniversaire ! »

Chiara, bien que n'ayant produit qu'un vague playback pendant que son père et Valérie chantaient à pleins poumons, sentit le rouge de la honte lui monter aux joues. Heureusement, la plupart des autres clients du fast-food avaient suffisamment à faire avec leurs propres enfants pour se soucier de ce qui se passait à la table d'à côté. La jeune fille imagina une seconde la tête qu'aurait faite Mélisande en la voyant attablée devant un gâteau en forme de monstre vert doté de quatre yeux blanchâtres.

— Bon, où sont mes cadeaux ?

— Attends une seconde, mon chéri, tu n'as même pas soufflé les bougies.

Nolan soupira, gonfla ses joues et, d'un seul coup, éteignit les dix bougies rouges et blanches.

— Voilà, c'est fait. Alors, où sont mes cadeaux ?

Une folle envie de lui enfoncer le visage dans la crème vert fluo de ce gâteau hideux s'empara de Chiara. En croisant le regard de son père, elle fut réconfortée de constater qu'il semblait lui aussi tenté par une action similaire. Il est vrai que pendant une semaine, Valérie n'avait été préoccupée que d'une seule chose : l'anniversaire de son fils. Par téléphone, elle avait proposé à Nolan, qui se trouvait chez son père, plusieurs sorties ou menus, mais toutes ses idées avaient été rejetées. Le garçon avait fini par décréter, le vendredi soir à dix-neuf heures, qu'il voulait fêter son anniversaire dans un fast-food et nulle part ailleurs. Il avait ensuite dicté le menu qu'il désirait et décrit le gâteau qu'il voulait. Il l'avait vu dans une publicité à la télévision et son choix était irrévocable. Valérie avait dû faire des pieds et des mains pour obtenir que ce gâteau soit prêt à temps car il ne se faisait que sur commande.

Pendant que Nolan déchirait sauvagement le papier qui enveloppait le cadeau que lui avait tendu Valérie, Chiara, écœurée, se fit la promesse solennelle de ne plus jamais assister à un repas de ce genre.

— Doucement, s'exclama M. Palermo un peu sèchement en voyant le garçon s'attaquer ensuite avec acharnement à l'emballage carton, mais celui-ci ne lui prêta aucune attention.

Lorsqu'il extirpa enfin le skateboard de la boîte, il examina sous toutes les coutures le modèle haut de gamme, avant de finir par laisser tomber :

— C'est pas la marque que je voulais.

— Je sais, s'excusa Valérie, elle n'y était plus. Tu m'as dit tellement tard ce que tu désirais que je n'ai guère eu le temps de faire beaucoup de magasins. Mais tu n'y perds pas au change, crois-moi, le vendeur m'a assuré que ce skate était encore plus performant.

« Et encore plus cher », se souvint Chiara qui était avec Valérie au moment de l'achat. Nolan, indifférent à ses arguments, se contenta de répéter :

— C'est pas la marque que je voulais.

Puis, avec une moue boudeuse, il ajouta :

— Je voulais le même que mes copains !

Embarrassée, sa mère sortit alors d'un grand sac plastique la boîte contenant le cadeau du père de Chiara et lança précipitamment :

— Tiens, regarde ce qu'Antonio t'a offert !

Sans un mot, Nolan poursuivit son œuvre de destruction d'emballage. Une seconde plus tard, il regardait d'un œil morne le casque et le kit de protection qu'il venait d'en extirper.

Soudain, le téléphone de Chiara se mit à vibrer. Heureuse d'avoir son attention détournée de cette scène qui lui donnait la nausée, elle lut le message qu'elle venait de recevoir : « Kes tu fai ? Sui libre. Tu peu passé ? A. »

Même si elle fut un peu surprise par ce SMS (Alexandre lui ayant dit qu'il devait partir tout le week-end chez ses grands-parents), elle fut heureuse d'avoir enfin une excuse pour s'échapper de cet insupportable anniversaire. De plus, elle avait envie de reparler avec lui de la pièce de théâtre qu'ils étaient censés présenter en fin d'année. Lors du dernier cours, le garçon était allé trouver le professeur pour lui demander quand donc il leur en révélerait le titre et distribuerait les rôles. André Béranger lui avait sèchement répondu qu'avant de monter sur scène, il fallait savoir jouer. Mais bien sûr, cela n'avait satisfait aucun des participants…

Elle profita du fait que Nolan soit le centre de l'attention pour se lever et lancer deux ou trois explications que personne n'écouta vraiment. De toute façon, elle avait bien remarqué que lorsque Valérie était là, son père pensait moins à la soumettre à sa batterie de questions habituelles. Les « Qui ? Où ? Quand ? Comment ? » se transformaient généralement en un vague « À quelle heure tu rentres ? »

Cette petite peste de Nolan faillit cependant tout faire tomber à l'eau en claironnant alors qu'elle s'éloignait déjà :

— Et toi, tu n'as rien pour moi ?

Chiara était déjà à plusieurs mètres et fut tentée de faire semblant de n'avoir rien entendu. Mais, au risque de rendre sa « fuite » plus difficile, elle choisit pourtant de revenir sur ses pas. Se plantant devant le garçon, elle le toisa du haut de son mètre soixante-quinze et, arborant un air neutre, elle lui dit froidement :

— Si, une paire de claques. Tu la veux maintenant ou plus tard avec les intérêts ?

Puis, ignorant délibérément l'air choqué du héros de la fête et de sa mère, elle pivota de nouveau et s'en alla à grands pas.

Elle prit une grande respiration lorsque la porte du fast-food se referma sur elle. Devant ses yeux dansait encore le léger sourire que M. Palermo n'avait pu retenir en entendant sa réplique.

Elle souffla doucement en laissant à son tour un sourire s'épanouir sur son visage.

Finalement, cet anniversaire avait débouché sur quelque chose de positif : une complicité retrouvée avec son père.

Lundi 21 mars, 10 h 00

— Non, Adrien, je t'assure, ça ne va pas être possible…

— Lily, tu ne vas pas me laisser tomber quand même ?

La jeune fille détourna les yeux pour ne pas tomber dans le piège de ses pupilles charmeuses. Adrien la tenait contre lui, les deux bras passés autour de ses épaules, toute son artillerie de séduction en action. Glissant une main traîtresse sous ses courtes boucles châtaines, il se mit à lui caresser le cou. Lily sentit un frisson lui parcourir l'échine. Si elle ne trouvait pas quelque chose là, tout de suite, elle allait de nouveau craquer, c'était sûr.

— Et puis ce serait tellement plus sympa de préparer cet oral ensemble… Tu te souviens de la dernière fois ?

Il déposa une pluie de petits baisers sur son visage. Lily ferma les yeux et appela silencieusement au secours. Oui, elle se rappelait parfaitement bien la dernière fois qu'ils avaient « étudié » ensemble. En fait, ils avaient passé les neuf dixièmes du temps à s'embrasser et au bout du compte, elle avait dû réviser seule chez elle le contrôle d'histoire en y passant la moitié de la nuit. Bien sûr, le lendemain, elle n'avait pas davantage su résister aux œillades désespérées d'Adrien et elle l'avait laissé copier sur elle. Comme il était intelligent et maîtrisait cet art à merveille, il savait utiliser les informations glanées çà et là et les ressortir sous une forme différente pour tromper le professeur. À ce jour, il ne s'était jamais fait prendre et se fiait à sa bonne étoile pour que cela continue ainsi. Sauf que cette fois, il s'agissait de préparer un oral de français et que Lily ne pourrait absolument rien pour lui lorsqu'il se retrouverait face à l'enseignant. Il fallait absolument qu'il le comprenne et qu'il décide de se mettre une bonne fois pour toutes au travail ! Mais comment le lui dire sans le vexer ?

— Écoute, tenta Lily, j'ai plusieurs répétitions cette semaine pour *Le Sacre du printemps*. Je n'aurai jamais le temps…

— Tu ne vas quand même pas prétendre que tu me préfères Mozart ? s'indigna faussement le garçon.

Lily se mit à rire.

— Mozart n'y est pour rien, ce n'est pas lui qui a composé ça ! À la limite, tu pourrais en vouloir à Stravinski, mais en l'occurrence je ne pense pas que ce soit très juste, cela fait un moment qu'il n'est plus en état de se défendre, le pauvre !

— N'empêche que même outre-tombe, il me casse drôlement les pieds, ton Stravinski !

En même temps qu'il prononçait ces paroles, Adrien desserra son étreinte. Lily comprit mieux pourquoi lorsqu'il ajouta :

— Mais bon, je n'insiste pas. Je n'ai pas envie de voir débouler MM. Berry père et fils m'accusant de te retenir loin de tes devoirs musicaux.

La jeune fille eut une moue désolée. Elle se rendait compte que la rencontre avec sa famille avait été une mauvaise idée. Essayant de rattraper les choses, elle proposa :

— On a deux heures de perm' le jour de l'oral, si tu veux, je peux jouer le rôle du prof et…

— Oui, oui, on verra, l'interrompit Adrien.

Il se pencha, déposa un rapide baiser sur sa bouche entrouverte et lâcha d'un ton sévère :

— Tu es trop sage, Lily Berry !

Mais comme le cœur de cette dernière était en train de se fendiller, il ajouta avec un sourire un peu forcé :

— Mais pour l'instant j'aime ça.

La sonnerie annonçant la reprise des cours ne laissa pas à la jeune fille le temps de répondre. Cela tombait bien. Elle n'en avait aucune envie.

Lundi 21 mars, 12 h 10

— Alors je lui ai dit que je pourrais l'aider pendant les heures de perm', mais cela n'a pas paru beaucoup l'intéresser…

La mine inquiète, Lily attendit la réaction de Bérénice. Cette dernière haussa les épaules.

— Je crois que tu t'en fais pour rien. S'il avait vraiment été en colère, il ne t'aurait pas embrassée après.

— Ah ? Parce que tu nous as vus ?

Bérénice eut un sourire en coin.

— Vous étiez au milieu de la cour. Il n'y a que ce cher Honoré de Balzac qui n'a pas dû vous remarquer… Et encore, je ne suis pas sûre qu'il soit resté de marbre devant de telles effusions ! ajouta-t-elle en faisant allusion au buste placé dans une niche en pierre au-dessus de l'entrée sud.

Lily s'empourpra. Elle, d'habitude si discrète, perdait complètement la tête quand Adrien était auprès d'elle. Ne sachant plus que dire, elle se remit en marche et Bérénice lui emboîta le pas. Elles arrivèrent au réfectoire sans avoir échangé d'autres paroles, mais cela ne dérangea ni l'une ni l'autre. Bérénice était de tempérament silencieux et Lily avait fort à faire pour remettre de l'ordre dans son esprit troublé. Heureusement, on était lundi : Adrien retrouvait Florian au club informatique et les deux amies déjeunaient seules. Cela lui permettrait de retrouver un semblant de calme. Toujours sans rien dire, elles prirent un plateau qu'elles remplirent selon leurs envies en passant devant les présentoirs.

Chacune demeurait plongée dans ses pensées et Lily n'aurait certainement pas remarqué Maëlle si celle-ci ne l'avait pas interpellée alors qu'elle prenait un petit pain dans une corbeille.

— Eh ! Lily, coucou !

La jeune fille lui faisait signe de la main tout en tenant dangereusement son plateau en équilibre de l'autre.

— Tu viens déjeuner avec moi ? ajouta-t-elle avec un sourire.

Lily allait lui répondre quand Bérénice lui murmura à l'oreille :

— Je croyais que vous ne vous parliez plus.

Ce qui était parfaitement exact depuis cette affreuse rencontre en février au café des Anges. Réalité qui lui pesait d'ailleurs : malgré son emploi du temps surchargé, Lily devait bien admettre que l'amitié des trois filles, ainsi que leur petit grain de folie, lui manquait terriblement. Mais ces quelques mots chuchotés à son oreille lui rappelèrent le goût amer que lui avaient laissé leurs derniers échanges. Et Lily se sentait trop fragile pour être de nouveau malmenée par des propos blessants sur sa relation avec Adrien.

Avec un sourire forcé, elle répliqua en désignant Bérénice du menton :

— Comme tu vois, je suis déjà prise.

Maëlle accusa le coup, mais refusa de se laisser abattre si facilement.

— Demain, alors ?

— Demain, il y aura Adrien… comme tous les autres jours de la semaine d'ailleurs…

Puis détournant le regard, Lily passa devant Maëlle, suivie de Bérénice, et alla s'installer à une table libre.

Maëlle resta interloquée, avant d'être à son tour hélée par Chiara et Mélisande qui venaient de l'apercevoir. Elle les rejoignit aussitôt en pestant :

— Je viens de me faire moucher par Lily ! J'ai voulu essayer de lui parler, mais cette peste de Bérénice lui a soufflé quelque chose à l'oreille et après ça, pffft ! Elle n'a rien voulu entendre.

Mélisande et Chiara hochèrent la tête de concert.

— Pareil pour nous. Hier, je l'ai croisée au CDI et je lui ai fait un signe de la main, mais elle a fait semblant de ne pas me voir…

— Quant à moi, elle m'évite même dans le bus. Si je suis au fond, elle s'installe devant et si je suis devant, elle va au fond, fit Chiara. Elle ne précisa pas cependant qu'elle n'avait rien tenté pour la rejoindre. La remarque de Lily sur l'inexistence de sa vie amoureuse lui était restée coincée en travers de la gorge.

— Il faudrait faire quelque chose, lança alors Maëlle, on ne peut pas rester comme ça !

— Oui, c'est sûr… Mais quoi ? Et puis, moi, en ce moment, je dois avouer que j'ai plein d'autres problèmes à régler, se défila Mélisande en pensant à son portable confisqué et aux amours risquées de sa sœur.

— Moi aussi, j'ai des soucis, intervint Chiara, agacée que Mélisande n'imagine même pas que les autres puissent également être débordées, et puis franchement, je trouve que c'est à elle de venir s'excuser en premier !

Maëlle fixa ses deux amies et comprit que chacune d'elles était trop préoccupée pour se soucier d'autre chose. Elle se garda cependant de les juger car elle avait des sentiments similaires. Détournant le regard, elle vit alors Lily qui écoutait avec attention ce que Bérénice était en train de lui raconter. Elle eut alors un pincement au cœur : le ciment de leur quatuor, c'était ce petit bout de fille à la chevelure bouclée. Et il n'y avait pas à dire, sans elle, leur amitié était un ton moins belle.

17

L'étau se resserre

Mercredi 23 mars, 12 h 15

Les Fleurs en papier, une boutique de bijoux de créateurs, se situait sur le trajet qu'empruntait Mélisande pour rentrer tous les jours chez elle. Son emplacement privilégié dans une des rues piétonnes les plus fréquentées du centre de Lyon lui permettait d'afficher des prix exorbitants sans que cela ne décourage en rien sa clientèle. Clientèle dont la jeune fille aurait dû, logiquement, faire partie. Ce n'était cependant pas le cas, et si elle se campait régulièrement devant la vitrine pour examiner un à un colliers, bagues et bracelets, c'était surtout pour s'étonner du manque d'originalité des produits que l'on y proposait. Elle fit passer une de ses mèches flamboyantes derrière l'oreille pour pouvoir admirer, une fois de plus, sa dernière création dans le reflet que lui renvoyait la vitrine. Le pendentif court suspendu à son lobe était une petite merveille d'entrelacs de métaux de différentes couleurs. Elle secoua la tête, fière de voir le bijou scintiller sous l'éclat des rayons du soleil printanier.

— Miroir magique, dis-moi qui est la plus belle…

En entendant ces mots empreints d'ironie, Mélisande fit volte-face.

Adossé à un poteau, Farouk l'observait en train… de s'observer. Furieuse d'être ainsi surprise, elle s'apprêtait à lancer une remarque incendiaire (d'autant plus qu'il arborait un sourire moqueur qui en disait long sur ses pensées) quand il la devança.

— Avant que tu dises quelque chose que tu puisses regretter, duchesse, laisse-moi te montrer ce que je t'apporte.

Joignant le geste à la parole, il sortit de la poche de son vieux sweat-shirt un petit objet que la jeune fille reconnut immédiatement.

— Mon téléphone ! s'écria-t-elle en s'en emparant aussitôt avec ravissement.

Immédiatement, elle l'alluma pour lire les messages qu'elle avait reçus.

— Ne me dis pas merci, surtout.

Relevant les yeux de l'écran, elle prit son air le plus charmeur pour susurrer :

— Merci, Farouk !

L'instant d'après, elle découvrait avec consternation qu'*il* l'avait appelée à plusieurs reprises et qu'*il* lui avait proposé un rendez-vous samedi dernier auquel elle ne s'était, bien évidemment, pas rendue. Elle fut tentée de le rappeler immédiatement pour lui expliquer ce qu'il s'était passé mais le regard de Farouk posé sur elle l'en dissuada. De toute façon, elle n'avait presque plus de batterie. Se résignant à remettre le coup de téléphone à plus tard, elle éteignit son portable.

— Mais comment as-tu fait pour le récupérer ? demanda-t-elle enfin.

— Ah ? Ça t'intéresse de le savoir ?

— Bien sûr ! Je n'aurais jamais cru que Mme Baratier accepte de le rendre si tôt !

Le garçon eut une grimace de désespoir.

— Eh bien, après que tu m'as enguirlandé comme un sapin le jour de Noël, j'ai été rongé par la culpabilité.

Il creusa ses joues de manière dramatique et, devant ce spectacle, Mélisande fut partagée entre l'envie de rire et celle de s'excuser, car il était vrai que les accusations dont elle l'avait accablé en sortant de leur cours d'anglais étaient tout sauf justifiées. Elle ne fit cependant ni l'un ni l'autre car Farouk poursuivait déjà ses explications.

— Alors, je me suis dit qu'il fallait que je me rachète et que je sauve d'une mort certaine la duchesse qui ne peut survivre sans son précieux portable.

Comme toujours quand il s'adressait à elle, Mélisande se sentait à la fois flattée et exaspérée. Et comme toujours, cela finit par la mettre de mauvaise humeur. Il était si facile de jouer le détachement et l'indifférence avec les autres. Mais Farouk, lui, n'avait pas son pareil pour faire tomber son masque. Pire que tout, elle avait le sentiment qu'il arrivait à lire en elle, ce qui était à ses yeux tout bonnement inacceptable. Cherchant à contrôler ses émotions, elle baissa la tête tout en continuant de l'observer en coin. Comme à son habitude, le garçon était vêtu d'un sweat-shirt difforme à la couleur indéfinissable et d'un jean « baggy » qui avait dû connaître des jours meilleurs. Sa silhouette dégingandée semblait sur le point de se plier sous un coup de vent et les traits de son visage, toujours en mouvement, étaient loin de répondre aux critères de beauté classique. Seule sa chevelure épaisse, tressée à la Yannick Noah, lui plaisait. Mais une fois de plus, elle se demanda ce que Pauline pouvait bien lui trouver. Dire qu'elle avait encore passé le week-end à lui parler du garçon, demandant conseil sur conseil sur la façon de le pousser à se déclarer !

Le garçon parut un peu déçu de ne pas la voir réagir au quart de tour (ce qui ravit Mélisande !) et finit par expliquer de son propre chef :

— Je suis donc allé voir cette délicieuse Mme Baratier et je lui ai rappelé que le conseil de classe du deuxième trimestre tombait demain soir, que tu étais déléguée, et qu'il serait extrêmement gênant que les autres élèves ne puissent pas te joindre pour en avoir un compte rendu. Parce que bien sûr je ne peux pas, à moi tout seul, répondre à trente personnes stressées…

Mélisande ne put retenir un sourire admiratif.

— Bien joué, lâcha-t-elle.

Et prise d'une impulsion subite, elle se haussa sur la pointe des pieds pour déposer un baiser sur sa joue.

Il la regarda, étonné. Elle fut si heureuse de l'avoir pris au dépourvu qu'elle lança :

— Finalement, c'est toi qui avais raison, tu ne t'es pas transformé en crapaud !

Une étincelle s'alluma dans les prunelles sombres de Farouk :

— Parce que tu appelles ça un baiser ?

Mélisande lui répondit par une grimace et trouva son salut dans la fuite. Comme elle s'éloignait d'un pas rapide, elle l'entendit crier :

— Tout reste encore à prouver, duchesse !

Vendredi 25 mars, 20 h 35

— Allô ?

— C'est toi, Lily ?

— Bérénice ? Oui, c'est moi.

— Tant mieux, avec ce que tu m'as raconté sur tes frères, j'avais un peu peur de tomber sur l'un d'eux…

Lily se mit à rire.

— Tu as de la chance, ils ne sont pas là ce soir.

— Super, je vais pouvoir te parler tranquillement.

Elle fit une pause.

— De quoi ? demanda son interlocutrice, curieuse.

— D'un truc de filles, avoua-t-elle.

On aurait dit qu'elle parlait d'une maladie honteuse. Lily ne put se retenir de pouffer. Bérénice était effectivement un peu « coincée » côté féminité. Affublée de cheveux courts et plats, ainsi que d'une silhouette androgyne, elle semblait encore cultiver le look « femme invisible » en s'habillant de couleurs ternes et sombres.

— Oh, ne te moque pas ! fit-elle un peu sèchement. Sinon je n'oserai jamais te dire pourquoi je t'appelle.

Lily reprit son sérieux.

— OK, je t'écoute.

— Bon, alors voilà : ma tante m'a offert des bons d'achat valables dans plusieurs magasins de vêtements et comme samedi soir je suis invitée à l'anniversaire de ma cousine, j'aimerais bien m'acheter un truc. Je me disais que tu pourrais peut-être m'aider à choisir…

Lily, secrètement flattée qu'on lui demande son avis dans ce domaine-là, répondit aussitôt :

— Mais oui, bien sûr. Enfin, si tu penses vraiment que je peux t'être utile, parce que d'habitude, c'est plutôt moi qui demande des conseils.

— N'empêche que c'est toi qui sors avec le plus beau garçon du lycée.

Lily rougit. Elle était toujours mal à l'aise de penser à sa relation avec Adrien sous cet angle.

— Et tu veux y aller demain matin ? dit-elle très vite pour changer l'orientation de la discussion.

— Ah non, demain matin, ce n'est pas possible. J'ai promis d'accompagner mon père pour faire des courses.

— Ah… Et tu pensais y aller quand ?

— Ben, demain après-midi, forcément puisque l'anniversaire est en soirée.

Lily se mordit la lèvre. L'après-midi ne l'arrangeait vraiment pas : elle avait rendez-vous avec Adrien.

À l'autre bout du fil, Bérénice sentit son hésitation.

— Bien sûr si tu ne peux pas, ce n'est pas grave, je me débrouillerai toute seule. De toute façon, j'ai l'habitude d'être habillée comme un sac, alors une fois de plus, une fois de moins…

Lily entortilla nerveusement une de ses boucles autour de son doigt. Elle comprenait bien au ton faussement dégagé de son amie que si elle ne pouvait pas, ce serait au contraire très grave. Elle repensa à tout ce que celle-ci avait fait pour elle et arriva à la conclusion qu'elle n'avait pas le choix : la moindre des choses était de lui rendre ce service ! Pour une fois que les rôles s'inversaient… Elle s'arrangerait avec Adrien…

— Non, ça ira, déclara alors Lily. Je suis très contente d'aller faire les magasins avec toi. En revanche, si tu pouvais t'y prendre un peu plus tôt la prochaine fois…

— Oui, bien sûr, je suis affreuse ! Mais tu sais, j'ai tellement horreur de ce genre de trucs que je repousse, je repousse… En tout cas c'est génial que tu acceptes ! Écoute, je t'enverrai par e-mail la liste des magasins dans lesquels mes bons sont valables. Ce qui serait vraiment fantastique, c'est que tu ailles sur leur site pour voir quel est le mieux. Quand tu as trouvé, envoie-moi un e-mail et confirme-moi l'heure et le lieu de notre rendez-vous !

— Heu, ben oui, faisons comme ça, répondit Lily, à la fois étonnée de cette étrange manière de faire, mais aussi impressionnée par les talents d'organisatrice de Bérénice.

— Cool ! Alors, à demain. Ça va être super ! On va passer un après-midi génial !

Lily confirma, quoique moins enthousiaste : elle pensait déjà au coup de fil qu'elle allait devoir passer pour annuler son rendez-vous avec Adrien. Dire qu'après de longues supplications de sa part, il avait enfin accepté d'aller se promener au parc de la Tête d'or plutôt que s'enfermer dans une salle de cinéma. Jamais il ne comprendrait qu'elle lui annonce maintenant qu'elle le laissait tomber pour aller courir les boutiques. Sans compter qu'il lui reprochait déjà d'être trop occupée !

Elle tira plus fort sur sa mèche et se mit à la mordiller comme toutes les fois où elle s'apprêtait à faire quelque chose à contrecœur. Elle soupira encore bruyamment, puis, la main un peu tremblante, elle décrocha de nouveau le téléphone.

18

Du rire aux larmes

Samedi 26 mars, 10 h 45

— Lilyyyy ! Une fille avec un drôle de nom pour toi au téléphone ! hurla Hugo avec sa discrétion habituelle.

Sa sœur n'eut pas besoin d'en savoir plus pour deviner qu'il s'agissait de Bérénice. Pendant un instant, elle espéra que celle-ci l'appelait pour annuler leur rendez-vous, puis se le reprocha aussitôt. Ce n'était pas de sa faute si elle avait balbutié comme une bécasse pour donner une explication hasardeuse à Adrien afin d'annuler leur balade (elle avait prétexté une visite à une copine malade). Le garçon avait d'ailleurs été surpris et assez mécontent. Mais quand il avait essayé d'en savoir davantage, elle avait raccroché précipitamment en disant que sa mère l'attendait pour aller faire des courses. Si Bérénice avait la bonne idée d'annuler cette sortie shopping, elle pourrait le rappeler aussitôt…

— Brice de Nice, c'est quand même pas top comme prénom pour une fille, commenta Hugo d'une voix forte, très pince-sans-rire, quand Lily s'approcha du récepteur.

D'un geste de la main, sa sœur lui fit comprendre qu'elle se ferait un plaisir de lui mettre une paire de claques et de l'autre lui arracha le téléphone.

— Allô ?

— …

— Bérénice ? C'est toi ?

— Oui, enfin, du moins, c'est ce que je pensais jusqu'à maintenant.

Lily fit une grimace et se dit qu'il faudrait quand même bien qu'un de ces jours un scientifique invente une machine à réduire les petits frères en poussière.

— Bon, au moins tu vois que je ne t'ai pas menti…

Bérénice eut un petit rire.

— Venant de toi, je n'aurais jamais imaginé une chose pareille.

Lily fut soulagée de la voir se détendre. Son amie était parfois tellement sérieuse qu'elle avait eu peur qu'elle ne se vexe.

— Merci pour ta confiance ; au fait, pourquoi tu appelles ?

— Oh, juste une bêtise : ma boîte mail est HS, je voulais juste connaître l'heure et le lieu de notre rendez-vous.

Malgré une pointe de déception, Lily s'efforça de répondre joyeusement :

— Allons chez Miss Me ! Tu trouveras ton bonheur ! Et si on dit quatorze heures trente devant le magasin, ça te va ?

— Parfait ! J'y serai. Alors, à tout à l'heure !

— Oui, à tout' !

Au moment où elles allaient raccrocher, Bérénice dit encore :

— Lily ?

— Oui ?

— Merci encore !

En entendant toute la gratitude contenue dans la voix de son amie, la jeune fille ne regretta plus son rendez-vous manqué.

— De rien, ça me fait plaisir !

Samedi 26 mars, 15 h 15

« Eh ! Regarde cette tunique ! Je suis sûre qu'elle t'irait très bien ! »

Bérénice observa le vêtement d'un œil critique. Lily, en notant son air dubitatif, craignit qu'une fois de plus sa proposition soit rejetée. Cela faisait maintenant trois quarts d'heure qu'elle s'évertuait à suggérer telle ou telle tenue que son amie, souvent sans même les avoir essayées, refusait catégoriquement. Bérénice avait ainsi déjà dit « non » à toutes les robes et jupes que Lily trouvait pourtant très jolies sous prétexte que ses jambes ressemblaient à des

« baguettes de tambour ». Lily, éberluée, découvrait ainsi un autre monde : celui des « maigres » complexées. Dire qu'elle aurait tant aimé avoir la morphologie de Bérénice ! Celle-ci ne se rendait-elle pas compte qu'elle avait la silhouette d'un mannequin ? À l'évidence, il semblait que ce ne fût pas le cas.

— Tu crois ? Bon, ben pourquoi pas ?

Lily retint un soupir de soulagement. Cette tunique en satin bleu nuit était délicatement rebrodée de strass. Le mince lien de cuir qui cintrait la taille mettrait en valeur les hanches minces de Bérénice et sa couleur sombre et brillante masquerait son absence de poitrine. En un clin d'œil, Lily trouva un pantalon en lin d'un beau bleu foncé qui complétait parfaitement l'ensemble.

— Bon, maintenant, tu essaies ! fit la jeune fille en prenant la direction des cabines prévues à cet effet.

Mais Bérénice la retint par le bras.

— Attends, dit-elle, quitte à me déshabiller, autant qu'on choisisse d'autres vêtements pour que j'essaie tout d'un coup !

Voyant l'air consterné de sa copine, elle s'exclama :

— Ma pauvre, tu dois en avoir marre ! C'est vrai que je suis pénible. Je ne sais pas ce que je veux, mais je refuse tout ce que tu proposes.

Soulagée qu'elle comprenne le problème, Lily la rassura :

— Bah, ce n'est pas grave. Au moins tu sais ce que tu ne veux pas, c'est déjà ça !

Les deux filles se mirent à rire. C'est alors que le visage de Bérénice s'illumina et elle proposa soudain :

— J'ai une idée : à partir de maintenant, tu choisis ce que tu veux, je ne regarde même pas, et en plus je te donne ma parole que j'essaierai tout !

— Promis ?

— Promis !

Puis, elle plissa les yeux et ajouta d'un ton taquin :

— Mais pour que le marché soit juste, il faut que cela fonctionne dans les deux sens !

Lily la regarda sans comprendre. Bérénice s'expliqua :

— Eh bien, moi aussi je te choisis des vêtements et tu les essaies dans la cabine d'à côté !

— Mais…

— Allez ! Ce sera plus amusant que de m'attendre pendant des heures sans rien faire.

Lily, bien que surprise qu'une telle idée ait germé dans le cerveau si raisonnable de Bérénice, fut immédiatement séduite par l'idée. En même temps, une bouffée de nostalgie l'envahit : c'était exactement le genre de bêtises dans lesquelles Chiara, Maëlle et Mélisande l'entraînaient autrefois ! Oui, mais cela, c'était avant…

— OK, ça marche ! dit-elle finalement en se forçant à sourire.

— Super ! s'exclama Bérénice, pour une fois enthousiaste. Alors, rendez-vous dans dix minutes avec notre stock !

Un quart d'heure plus tard, chacune des filles se trouvait dans une cabine avec un nombre impressionnant de vêtements à essayer. Piochant au hasard, Lily fut effarée de découvrir un top moulant au col asymétrique qui semblait avoir été taillé dans un drapeau du Royaume-Uni. Continuant à détailler les unes après les autres les pièces choisies par Bérénice, elle ne put retenir une moue de dégoût. Elles étaient toutes de couleurs criardes et coupées parfois de la plus osée des façons. On aurait dit un mélange de mode hippie et de… Son regard se posa sur l'étiquette des vêtements et elle comprit soudain : ces vêtements provenaient tous de la collection « Proud to be British ». Pas étonnant qu'ils soient tous plus excentriques les uns que les autres !

— Mais c'est affreux ! s'écria-t-elle, je ne pourrai jamais mettre ces horreurs.

— Un marché, c'est un marché ! fit la voix impitoyable de Bérénice depuis la cabine d'à côté, tu ne vas pas te défiler quand même. Et puis tu ne t'es pas gênée pour me choisir des robes alors que tu sais que je n'aime pas ça !

— Mais elles sont jolies ! Je suis sûre qu'elles t'iront très bien. C'est juste un style auquel tu n'es pas habituée.

— C'est pareil pour toi ! Un peu de couleur n'a jamais fait de mal à personne ! Et puis, c'est pour rire, comme le carnaval !

Lily grommela dans son coin :

— C'est sûr que pour le carnaval, ce serait une réussite. Même Arlequin paraîtrait terne à côté de moi…

— Je t'ai entendue ! gloussa Bérénice.

Puis elle ajouta sur un ton réconfortant :

— Allez, ce n'est pas comme si quelqu'un allait te voir !

— Manquerait plus que ça, marmonna Lily, cette fois suffisamment bas pour être sûre que Bérénice à l'oreille fine n'entende pas, j'en mourrais de honte !

Tout en maugréant, elle commença à enfiler ce qu'elle trouvait de moins laid : en l'occurrence le petit top moulant qui la ferait ressembler à un porte-drapeau du Royaume-Uni, et une jupe, plutôt courte, mais qui, même si elle était en similicuir, avait l'avantage d'être noire. Comme elle n'arrivait pas à la fermer, elle constata avec désolation que la jupe était une taille plus petite que celle qu'elle prenait d'habitude. Elle se mordilla la lèvre, face à un dilemme. Elle était plutôt flattée que Bérénice la croie plus mince que ce qu'elle n'était, mais elle se demandait bien comment elle allait pouvoir rentrer dans ce petit bout de tissu ! Finalement, elle se dit qu'en faisant un petit effort, elle arriverait peut-être à remonter la fermeture Éclair. Quelques minutes plus tard, elle laissa échapper un « yes » de victoire. Certes elle pouvait à peine respirer, mais elle ne comptait pas non plus partir escalader l'Everest dans cette tenue. Elle ferait un petit tour pour montrer à Bérénice qu'elle ne s'était pas « dégonflée » et elle retournerait *illico presto* enfiler des habits « normaux ».

Lily appela :

— Bon, ça y est. Et toi, où en es-tu ?

Mais personne ne lui répondit. Surprise, elle essaya à nouveau :

— Bérénice ? Tu es là ?

N'obtenant toujours pas de réponse, elle souleva avec précaution un coin du rideau et passa la tête par l'ouverture. Elle constata alors que la cabine d'à côté était vide. Encore plus étonnée, elle fit quelques pas, mais ne vit nulle part son amie. Commençant à s'inquiéter, Lily s'aventura dans le magasin. Elle se dirigeait vers une vendeuse pour la questionner quand elle se figea soudain sur place. Devant elle se tenait la personne qu'elle aurait redouté le plus au monde de rencontrer, ainsi accoutrée, si seulement elle avait osé imaginer la chose possible.

— Adrien ! laissa-t-elle échapper.

Le garçon resta interdit. Les yeux grands comme des soucoupes, il finit par murmurer :

— Lily ?

Voyant un air incrédule se peindre sur son visage, la jeune fille se décomposa.

— Je… tu…

Les mots se mélangeaient dans sa tête. Elle ne s'était jamais sentie aussi ridicule de sa vie entière !

— Écoute, dit-elle soudain très vite, je vais tout t'expliquer. Mon amie…

— … J'imagine qu'elle va mieux !

Lily resta une seconde bouche bée. Elle se demandait comment la situation pourrait être pire, quand, du fond du magasin, une voix lança :

— Eh, Lily ! Tu as raison, cette tenue sera fantastique pour la soirée !

Adrien foudroya sa petite amie du regard.

— Ah ! Parce qu'il y a une soirée en plus. Mais il est vrai qu'habillée ainsi, tu n'as pas besoin d'y aller avec moi. Je suis certain qu'une fois sur place, tu n'auras que l'embarras du choix !

Il la salua avec un sourire sarcastique et, avant que Lily ne trouve quelque chose à dire, il tourna les talons et sortit du magasin d'un pas rageur. En le voyant dans cet état, Lily retrouva tout d'un coup l'usage de ses mots.

— Adrien ! cria-t-elle, attends !

Elle s'élança alors à sa suite mais s'arrêta net en entendant sonner les détecteurs antivol.

— Mademoiselle, vous ne pouvez pas sortir comme ça ! Vous portez les vêtements du magasin !

La jeune fille fixa la vendeuse, catastrophée. Une main se posa à ce moment-là sur son bras.

— Lily ? C'était Adrien ? Qu'est-ce qu'il faisait là ?

Sans regarder Bérénice qui l'avait rejointe, elle murmura, hébétée :

— Je n'en sais rien… Je n'y comprends rien…

Une larme coula le long de sa joue et elle ajouta :

— La seule chose dont je suis sûre, c'est que je vis un horrible cauchemar.

19

Amie un jour, amie toujours

Lundi 28 mars, 9 h 55

Lorsque Maëlle aperçut Florian se diriger vers elle à la récréation, elle n'en fut pas vraiment surprise. Depuis le début des cours ce matin-là, elle avait plusieurs fois remarqué qu'il la regardait avec insistance. Bien sûr, dès qu'elle tournait la tête vers lui, il détournait les yeux et remontait nerveusement ses lunettes sur le nez, signe indéniable de son malaise, mais il ne tardait pas à recommencer.

— Maëlle, il faut que je te parle.

— Mais c'est justement ce que tu es en train de faire.

Florian s'empourpra, ce qui fit intérieurement sourire la jeune fille. Elle aimait bien le garçon, mais elle ne pouvait s'empêcher de le taquiner de temps en temps. C'était tellement facile de le faire rougir ! Voyant cependant que sa repartie lui avait fait perdre ses moyens, elle s'excusa :

— Pardon, je n'aurais pas dû dire ça.

— Heu, c'est… ce n'est pas grave… Mais c'est, c'est… important.

Maëlle se retint cette fois-ci de commenter son incohérence. Il semblait véritablement préoccupé.

— Je t'écoute.

Florian se racla la gorge et dit très vite :

— Il y a de l'eau dans le gaz entre Adrien et Lily. Il m'a appelé ce week-end pour me raconter une drôle d'histoire. Il était tellement énervé que je ne suis pas certain d'avoir tout saisi, mais d'après ce que j'ai compris, Lily lui avait donné rendez-vous dans un magasin où elle était en train d'essayer une tenue super… sexy pour aller à une soirée avec Bérénice, sa copine, mais qui était malade. Mais sans lui, tu vois, c'est pour ça d'ailleurs qu'il était énervé, parce que sinon…

Florian avait rougi de plus belle en butant sur le mot « sexy » et, si la situation qu'il décrivait n'avait pas été aussi étrange, Maëlle n'aurait pu cette fois s'empêcher de pouffer.

— Attends, je ne comprends rien : tu dis que Bérénice est malade ?

— Ben, je sais pas trop, mais ce dont je suis sûr, c'est qu'Adrien n'était vraiment pas content. Quand je lui ai dit qu'il se trompait forcément parce que Lily ne ferait jamais un truc pareil, il m'a répondu que je n'avais pas vu comment elle était sapée ! À la fin, il m'a même dit qu'il ne voulait plus en entendre parler et que les filles, c'était…

Il s'interrompit brusquement en réalisant qu'il s'adressait à l'une d'entre elles.

— C'est bon, fit Maëlle, je connais Adrien, je n'ai pas besoin d'en savoir davantage.

Elle regarda pensivement Florian.

— Et pourquoi tu me racontes tout ça au juste ?

— Ben, c'est ton amie…

— Plus vraiment. On se parle à peine depuis qu'elle sort avec Adrien.

— Mais quand même ! Si elle avait besoin de toi, tu la laisserais tomber ?

Maëlle ne répondit pas et Florian insista :

— J'imagine qu'elle doit être à ramasser à la petite cuillère. Ce n'est pas la première fois que j'assiste à une rupture d'Adrien.

Son interlocutrice retrouva sa langue pour demander avec une pointe d'ironie :

— Et bien sûr, tu t'inquiètes pour elle ?

Florian piqua un nouveau fard avant de bredouiller :

— Ben, c'est… c'est normal, non ?

— Ben oui, tout ce qu'il y a de plus normal, railla la jeune fille.

La sonnerie annonçant la fin de la récréation mit heureusement un terme au supplice du garçon qui s'empressa de prendre la direction de la salle de cours.

Maëlle attendit quelques secondes pour réfléchir à ce qu'elle venait d'apprendre puis lui emboîta le pas. Elle était consciente de l'avoir un peu bousculé mais depuis que Chiara avait, pendant les vacances de Noël, suggéré qu'il puisse secrètement être amoureux de Lily, elle était convaincue que la grande fille brune avait vu juste. Son comportement à l'instant ne faisait que corroborer ses soupçons et, si elle était touchée par son inquiétude, elle lui en voulait aussi de ne pas avoir eu l'idée de se déclarer avant Adrien. En effet, lui et Lily auraient été parfaitement accordés, et s'ils étaient sortis ensemble, cela aurait évité bien des problèmes et des tensions.

Maëlle remonta son sac d'un mouvement d'épaule en pensant :

« Et pour commencer, nous ne serions pas fâchées. »

En se souvenant de la réaction de Florian, elle se demanda alors jusqu'à quel point elles étaient vraiment brouillées. À ses yeux à lui, il paraissait évident qu'il ne pouvait s'agir là que d'une querelle passagère, mais aux siens, qu'en était-il vraiment ? L'image de Lily dévastée s'imposa soudain à elle et elle eut alors la réponse à sa question. Elle n'avait jamais supporté que l'on fasse du mal à la plus vulnérable de ses amies. Qu'elles se soient disputées ne changeait rien à l'affaire. D'une manière ou d'une autre, elle se débrouillerait pour savoir comment elle allait et même, si possible, essaierait de comprendre ce qui s'était exactement passé. Les explications de Florian avaient été bien trop floues pour la satisfaire et son intuition lui disait qu'il y avait là anguille sous roche…

Lundi 28 mars, 18 h 25

— Allô !

— Madame Berry ? Bonjour, c'est Maëlle. Est-ce que je peux passer voir Lily ?

— Heu… Certainement, mais le mieux serait que je l'appelle, fit Mme Berry, prudente.

— En fait, je n'en suis pas sûre. Je crois même que ce serait mieux de ne rien lui dire…

La mère de la jeune fille soupira.

— Bon, si tu penses que c'est préférable, je te fais confiance… J'espère en tout cas que c'est en vue d'une réconciliation, parce qu'elle ne se sent pas très bien.

À ces mots, Maëlle sentit l'inquiétude l'envahir. Déjà, en constatant à midi que Bérénice (en pleine forme, soit dit en passant) était seule à la cantine, elle avait eu le pressentiment que les craintes de Florian étaient fondées. Mais quand, après avoir mené son enquête auprès des autres élèves de sa classe, elle avait appris que Lily n'était pas venue en cours ce matin-là, cela avait mis fin à ses tergiversations : il fallait qu'elle la voie le soir même.

Un peu mal à l'aise, Maëlle se contenta de répondre :

— Je l'espère aussi !

— J'en suis heureuse. Alors, à tout à l'heure.

— Heu… En fait, c'est plutôt à tout de suite, corrigea la jeune fille, je suis juste devant chez vous !

Quelques instants plus tard, Maëlle frappait à la porte de la chambre de Lily.

— Entre, Maman, fit cette dernière d'une voix étrange.

Sans prendre la peine de dissiper la confusion, Maëlle poussa le battant et entra.

— Coucou, c'est moi !

Lily, qui était à moitié allongée sur son lit, se redressa brusquement :

— Maëlle ? Mais qu'est-ce que tu fais ici ? Je croyais que c'était ma mère ! C'est bien la seule de la famille qui frappe avant d'entrer dans ma chambre !

En voyant ses yeux rouges et larmoyants, Maëlle eut un coup au cœur et culpabilisa en se remémorant ses hésitations : Lily allait mal et elle avait failli ne pas venir !

— Écoute, je suis désolée de te prendre par surprise, dit-elle, mais tu n'es pas venue au lycée aujourd'hui, j'étais inquiète et puis… il fallait absolument que je te parle.

— Tu aurais pu appeler…

— Je l'ai fait, mais c'est ta mère qui a décroché et au dernier moment j'ai eu peur que tu refuses de me voir.

Lily se moucha et ouvrit de grands yeux.

— Ben, quand même ! Il ne faut pas exagérer…

Elle eut un sourire timide et ajouta :

— … En fait, je suis plutôt contente de te voir. Ça me touche que tu t'inquiètes pour moi.

En entendant ces paroles, Maëlle se sentit infiniment soulagée. Dire qu'elle s'était fait une montagne de cette rencontre ! Il ne restait plus qu'à tirer au clair l'incident de samedi et consoler son amie ! Elle traversa rapidement la pièce et, s'asseyant sur le bord du lit, elle posa une main réconfortante sur son épaule.

— Écoute, il ne faut surtout pas pleurer. Ça n'en vaut vraiment pas la peine. Tu verras, avec le temps, tu n'y penseras même plus.

Étonnée, Lily la fixa bizarrement avant de confirmer d'une voix nasale :

— Je sais bien. Ce n'est qu'un mauvais moment à passer.

Agréablement surprise de la voir réagir de manière si raisonnable, Maëlle ouvrait la bouche pour la féliciter (et en profiter pour proclamer bien haut qu'il valait mieux être seule que mal accompagnée) quand Lily poursuivit :

— Mais le pire, c'est que je risque de ne pas pouvoir jouer mon solo de clarinette dimanche. Avec le nez bouché, je n'arrive plus à respirer.

Maëlle referma la bouche et retira sa main. C'était à son tour d'être perplexe. Comment, dans un moment pareil, Lily pouvait-elle se préoccuper de sa clarinette ? Son regard qui errait sur le bureau nota soudain qu'au milieu des paquets de mouchoirs émergeait une boîte de pastilles pour la gorge. Continuant son inspection, Maëlle repéra sur la table de chevet un flacon de gouttes pour le nez. Un éternuement retentissant vint confirmer ce qu'elle commençait à soupçonner.

— Pardon, fit Lily en se mouchant à nouveau.

— Tu… tu es malade ?

C'était plus une affirmation qu'une question mais son amie répondit tout de même :

— Oui. Un rhume. J'espère que je ne vais pas te contaminer !

Sans se soucier d'une éventuelle attaque virale, Maëlle s'enquit, mine de rien :

— Et avec Adrien, ça va ?

— Ben oui, fit Lily surprise.

— Ah bon.

— Tu as l'air dubitatif !

— C'est que Florian m'a raconté ce qui s'était passé samedi.

Lily la fixa avec incrédulité.

— Il t'a raconté quoi exactement ?

Sans entrer dans les détails, Maëlle lui fit un rapide résumé. À son grand étonnement, Lily se mit à rire.

— Oui, c'est dingue cette histoire. Mais finalement ça s'est bien terminé : j'ai appelé Adrien et on a pu s'expliquer. Et tu sais quoi ? Il m'a même dit qu'il trouvait que les couleurs vives m'allaient très bien !

Lily rayonnait tant en prononçant ces paroles que Maëlle hésita à poser la question qui la tracassait depuis quelque temps : elle n'avait pas envie de passer une fois de plus pour une rabat-joie ! Son désir de tirer les choses au clair fut cependant le plus fort et elle finit par demander :

— Et comment se fait-il qu'il se soit trouvé là ? Miss Me ne vend que des vêtements pour femme. Je vois mal Adrien faire du shopping dans ce genre de boutique !

— Oui, c'est vrai. Mais il m'a dit que je lui avais envoyé un mail pour lui donner rendez-vous là-bas. En fait, je pense qu'en écrivant à Bérénice, je me suis mélangé les pinceaux. J'ai dû cliquer là où il ne fallait pas et lui envoyer le message aussi.

Maëlle fronça les sourcils.

— Ah ouais ?

Lily se mit à rire.

— Ne fais pas cette tête ! Tu sais comment je suis ! La technologie et moi, ça fait deux.

— Tu as vérifié ?

— Ben non, pourquoi ?

— Parce que je suis curieuse de voir ça de mes propres yeux.

Maëlle regardait avec insistance Lily et cette dernière comprit qu'elle ne partirait pas avant d'avoir obtenu ce qu'elle voulait.

— Et tu veux que j'aille vérifier maintenant.

— J'aimerais bien. Enfin, sauf si tu n'es pas en état de te lever bien sûr, concéda-t-elle avec un peu de réticence.

— Tu parles, si c'était le cas, je suis prête à parier que tu m'extirperais de mon lit quand même ! Quitte à me porter sur ton dos jusqu'à l'ordinateur !

— Ou plutôt à te tirer par le col, corrigea son autoritaire amie avec un sourire éblouissant, ce serait moins fatigant.

Lily bougonna quelques phrases dans lesquelles les mots « tortionnaire » et « sans cœur » étaient audibles, mais elle finit par se lever. Elle enfila une robe de chambre sur laquelle de petites souris se faisaient servir leur petit déjeuner au lit par des chats très stylés. Voyant un sourire moqueur étirer les lèvres de la jeune athlète, elle menaça :

— Maëlle, je t'interdis de rire ! Je te rappelle que je possède une photo de toi déguisée en fée clochette que je me ferais un plaisir de mettre sur mon mur Facebook.

Cette déclaration déclencha des cris de protestation de la part de son amie : elle n'avait pas neuf ans sur ladite photo et elle ne lui avait jamais cédé ses droits à l'image !

Elles finirent par éclater de rire et, quelques instants plus tard, toute leur complicité retrouvée, elles étaient installées devant l'ordinateur du salon. Docile, Lily se plia aux demandes de Maëlle et, après avoir tapé son mot de passe, cliqua sur l'icône « Messages envoyés ». Elle retrouva vite le mail à l'origine du malentendu et l'ouvrit pour le faire lire à Maëlle :

« Coucou, rendez-vous demain à la boutique Miss Me à 15 h 30. Ce sera chouette ! Biz, Lily. »

— Tiens ! Qu'est-ce que je te disais ! J'ai cliqué sur envoi groupé « Bérénice-Adrien » au lieu de l'envoyer seulement à Bérénice. C'est vrai qu'on a tellement l'habitude de s'envoyer des documents quand on travaille en groupe que j'ai dû le faire sans y penser.

— Mouais, c'est plausible, fit Maëlle en hochant la tête.

— Évidemment que c'est plausible ! Je ne vois pas d'ailleurs ce que cela pouvait être d'autre !

Elle se penchait en avant pour mettre en veille l'écran, quand soudain son regard se reposa sur le message.

— Tiens ! remarqua-t-elle, encore une preuve de mon étourderie : j'ai même écrit que le rendez-vous était à quinze heures trente alors qu'il était une heure plus tôt ! Heureusement que Bérénice m'a appelée le samedi matin !

L'esprit de nouveau en alerte, Maëlle releva la tête.

— Qu'est-ce que tu dis ?

En quelques mots, Lily lui raconta tout.

— Et tu ne trouves pas cette accumulation d'erreurs un peu étrange ?

Lily se mit à rire.

— Mais non ! Demande à ma mère, elle ne sera pas étonnée non plus. Tu sais, l'organisation, ce n'est pas mon fort !

— Oui, mais quand même… grommela Maëlle.

— Mais quand même quoi ? Qu'est-ce que tu cherches à la fin ?

Maëlle n'osa pas exprimer le fond de sa pensée, qui n'était de toute manière pas très claire. Et puis, même si son intuition lui disait que cette histoire était louche, elle n'avait rien pour étayer ses soupçons. Et tant que ce serait le cas, il n'était pas question de les émettre à haute voix. Elle venait à peine de rétablir une certaine confiance dans sa relation avec Lily et ne tenait pas du tout à la remettre en péril.

— De toute façon, conclut Lily comme si elle avait pu lire dans les pensées de son amie, sans mon mot de passe, personne n'a accès à mes e-mails. Et comme je suis la seule à le connaître…

— Tu es sûre que…

— *Oui*, appuya Lily, je ne l'ai dit à personne, je te le promets !

Devant son assurance, Maëlle finit par céder.

— OK, je te crois. Mais à l'avenir, essaie d'être moins tête en l'air, sinon tu vas au-devant d'une foule de problèmes !

20

Rira bien…

Mercredi 30 mars, 16 h 50

Des fables de La Fontaine ! Et puis quoi encore ? Jusqu'où André Béranger allait-il pousser le ridicule ? Mélisande se demandait ce qu'elle faisait là. Avec William, le théâtre, c'était amusant et plutôt flatteur. Avec ce vieux bonhomme, ce n'était plus du tout la même histoire ! Elle parcourut à nouveau le texte qu'elle allait devoir lire d'un moment à l'autre devant ses camarades : « Le Renard et la Cigogne ». Le vocabulaire lui paraissait démodé et hermétique. Et puis, si elle n'appréciait déjà guère les morales en général, celle-ci lui déplaisait encore davantage. Elle s'adressait aux « trompeurs » en leur prédisant qu'ils seraient trompés à leur tour. Or, en lisant ces quelques lignes, Mélisande s'était immédiatement souvenue avec un pincement au cœur de ses mensonges de l'an passé et de leurs conséquences désastreuses sur sa relation avec Lisandro. Ses « tromperies » avaient provoqué la plus douloureuse des scènes de rupture qu'elle ait jamais connue. Elle estimait donc avoir déjà payé suffisamment cher son attitude sans avoir encore à redouter d'être à son tour trompée. N'en déplaise donc au sentencieux M. de La Fontaine, elle comptait bien être l'exception qui confirme la règle !

— Bien, c'est à toi Alexandre.

La voix sonore et parfaitement timbrée du professeur de théâtre la tira de ses pensées, ce qui en l'occurrence l'arrangeait bien. Il serait plus agréable d'observer les autres se débattre avec leurs propres difficultés plutôt que de se plonger dans une introspection pas toujours très confortable.

La majorité des élèves étaient déjà passés en offrant des prestations plus ou moins réussies. Qu'allait-il en être du plus talentueux représentant masculin de la classe ? Soudain curieuse de savoir de quelle fable le séduisant garçon avait hérité, elle se fit attentive. Elle devina vite cependant qu'il n'était pas plus satisfait de son texte qu'elle ne l'était du sien.

Le visage crispé, il se tourna vers le remplaçant de William.

— Non, là, ce n'est pas possible, se plaignit-il, j'ai l'impression de retourner à l'école primaire !

Le professeur fronça les sourcils.

— Je ne vois pas où est le problème, dit-il sèchement, de grands comédiens ont lu et interprété des fables à haute voix.

— D'autres peut-être, mais pas celle-ci !

— Pourquoi donc ? Vous paraît-elle trop pertinente ?

Alexandre se raidit alors qu'André Béranger poursuivait :

— Croyez-vous que les acteurs aient toujours le choix de leurs textes ? Vous êtes le premier de vos camarades à demander à ce que l'on monte une pièce en fin d'année, mais vous croyez-vous capable d'affronter un public ? Moi je vous dis que tant que vous ne serez pas prêt à vous plier à mon enseignement, il n'est pas question que ce genre de représentation soit d'actualité.

Mélisande, comme la plupart de ceux qui étaient présents, retint son souffle. Dans l'attente de la réaction du jeune homme, elle sentit l'excitation la gagner à la pensée que l'on se dirigeait droit vers une belle empoignade. Elle en attendait déjà avec impatience le dénouement quand elle vit Chiara, qui se trouvait non loin d'Alexandre, lui faire un signe discret pour l'apaiser. Cela l'exaspéra prodigieusement. De quoi se mêlait-elle à la fin ? En temps normal, passionnée comme elle l'était, elle aurait été la première à s'enflammer et à se révolter. Mais là, simplement parce qu'il s'agissait du graaaaand André Béranger, elle était prête, non seulement à fléchir le genou, mais aussi à le faire plier aux autres ! Regrettant vivement de ne pas pouvoir capter le regard d'Alexandre, Mélisande se rassura alors en se disant qu'il y avait de fortes chances qu'il n'y prête pas garde.

À sa grande surprise cependant, Alexandre sembla comprendre le message de Chiara. Se retenant finalement de répliquer, il se dirigea sans plus argumenter vers la scène.

— « La Grenouille qui veut se faire plus grosse que le Bœuf ».

En entendant ce titre, Mélisande sentit monter en elle une irrésistible envie de rire. Elle comprenait mieux maintenant les réticences du garçon ! Et dire qu'elle se plaignait de son renard et de sa cigogne !

— « *Une grenouille vit un bœuf qui lui sembla de belle taille…* » continua Alexandre qui semblait maintenant bien décidé à aller jusqu'au bout de l'exercice.

Tout en admirant sa volonté et sa maîtrise, Mélisande luttait pour ne pas laisser échapper un gloussement mal venu. La tête baissée et une main posée sur le front, elle fixait ses pieds en essayant de penser à quelque chose de tragique, mais la seule idée qui lui revenait sans cesse à l'esprit était qu'entre les princes-crapauds de Farouk et la grenouille d'Alexandre, cela faisait quand même beaucoup de batraciens dans son entourage !

À peine Alexandre eut-il fini de lire que le professeur, après quelques remarques pertinentes sur la diction de son élève, se tourna vers elle.

— Je vois que Mademoiselle est déjà prête à se donner en spectacle. Allez-y Mélisande, nous vous écouterons avec plaisir.

Chiara regarda André Béranger avec admiration. Non parce qu'il avait réussi à faire stopper net les gloussements agaçants de son amie (bien que cela soit déjà un exploit en soi !), mais parce qu'il avait prononcé ces paroles de telle manière qu'elles semblaient signifier exactement le contraire.

— Non.

Mélisande, que toute envie de rire avait brutalement quittée, croisa les bras.

— Non ? fit le professeur en haussant un sourcil. Cela veut-il dire « non, vous n'êtes pas prête à vous donner en spectacle malgré les preuves évidentes que vous nous avez montrées », ou « non, car vous craignez que nous ne vous écoutions pas avec plaisir » ?

— Non, tout court ! s'insurgea Mélisande. Je n'ai pas envie de lire une fable débile pour ensuite me faire descendre en flamme !

Il y eut un court silence, puis André Béranger commenta d'une voix douce :

— Ah. Je comprends… Vous avez peur.

Les yeux verts se mirent à lancer des éclairs.

— Peur ? Moi ? Non mais n'importe quoi !

— Alors, lancez-vous au lieu de discutailler !

Furieuse, Mélisande marcha à grands pas vers la place qu'Alexandre venait de libérer et déclama son texte à toute allure.

Horrifiée, Chiara ferma les yeux pendant que son amie faisait une révérence qui ne manquait pas d'impertinence.

Le « sans commentaire » ironique d'André Béranger vexa plus l'apprentie actrice que l'aurait fait un jugement cinglant. Furieuse, bien que n'en laissant rien paraître, Mélisande hésitait sur la conduite à tenir quand elle réalisa que c'était maintenant au tour de Chiara. Curieuse de voir comment les choses allaient se passer pour l'admiratrice inconditionnelle du grand maître, elle décida d'attendre un peu avant de faire un esclandre.

Quand la longue jeune fille brune s'avança, il était évident, avant même qu'elle prononce une seule parole, que le trac s'était emparé d'elle. De plus, la tension palpable qui régnait dans la pièce n'aidait en rien à se relaxer. Pourtant elle était bien décidée à impressionner le professeur.

C'était la première fois qu'il les écoutait individuellement. C'était le moment de se faire remarquer.

— « Le Corbeau et le Renard ».

Elle fit une pause et, triturant nerveusement le feuillet imprimé entre ses doigts, elle chercha à se rassurer en se disant qu'elle avait eu de la chance : son texte lui plaisait infiniment plus que celui de Mélisande ou d'Alexandre. Sans compter qu'elle avait un net avantage sur les autres : cette fable, elle la connaissait par cœur depuis le CM2.

Sous le regard étonné de tous ceux qui avaient les yeux braqués sur elle, Chiara plia en quatre le papier que le professeur leur avait distribué et le glissa dans la poche arrière de son jean.

« *Maître Corbeau sur un arbre perché…* »

Chiara, le cœur battant fort, s'était lancée avec toute sa fougue.

« *Hé ! Bonjour monsieur du Corbeau ! Que vous êtes joli ! Que vous me semblez beau !* »

Elle s'imaginait devenir renard, manipulateur, flatteur… et moralisateur :

« *Mon bon monsieur, apprenez que tout flatteur vit aux dépens de celui qui l'écoute : cette leçon vaut bien un fromage sans doute !* »

Elle changea ensuite complètement de ton pour exprimer toute la honte du corbeau contenue dans les derniers mots de la fable, puis elle se tut. Seulement alors, elle osa croiser le regard d'André Béranger.

Le visage impénétrable, celui-ci laissa laconiquement tomber :

— Vous surjouez.

Chiara se décomposa. Elle avait pensé donner le meilleur d'elle-même et se sentit soudain envahie par le découragement.

— Ce n'est pas vrai. C'était génial !

La protestation s'était élevée sur sa droite et à sa grande surprise elle vit Mélisande s'avancer vers le professeur.

— Pourquoi vous ne voulez pas l'admettre ? Tout le monde ici a bien constaté que c'était super ! Pas besoin d'être un pro pour s'en rendre compte ! Vous cherchez juste des excuses pour ne pas monter la pièce que nous devons jouer en fin d'année.

Mélisande, qui avait prévu d'incendier Chiara de commentaires moqueurs, avait été la première surprise de s'entendre prendre sa défense. Mais, en cet instant, elle comprit soudain que si elle ne craignait pas de lancer quelques piques à la Chiara sûre d'elle-même et de la supériorité de son talent, elle n'envisageait nullement de se joindre à une éventuelle curée.

Un fin sourire se dessina sur le visage d'André Béranger. Soutenant le regard étincelant de Mélisande, il rétorqua simplement :

— Libre à vous de penser ce que vous voulez.

Puis il fit un geste de la main et ajouta :

— Le cours est terminé. Si vous voulez bien sortir…

— Oui, je pense que c'est ce que nous avons de mieux à faire, murmura Mélisande, offusquée.

Sans rien ajouter, elle vint chercher Chiara qui n'avait pas bougé d'un pouce et la prit par le bras. Quelques minutes plus tard, le petit groupe d'élèves se retrouvait dans le hall dallé du vieil immeuble.

— Quel horrible bonhomme ! s'exclama Mélisande. En tout cas, c'est bien la dernière fois qu'il me voit.

Plusieurs élèves abondèrent dans son sens car nul n'était resté insensible aux commentaires souvent acides du professeur.

— Je suis d'accord, approuva Alexandre, ce type, il est vraiment trop imbu de lui-même ! Il faut que l'on boycotte son cours !

La majorité semblait favorable à cette solution quand une voix rauque facilement identifiable fit remarquer :

— Sauf que ce n'est pas vraiment son cours.

Les regards convergèrent vers Chiara. Il y eut alors un silence jusqu'à ce qu'Émilie ajoute de sa voix fluette :

— Elle a raison, c'est celui de William.

— Et si nous laissons tomber maintenant, reprit Chiara, c'est lui qui sera pénalisé.

— On ne peut pas lui faire ça, intervint la plus jeune des trois sœurs, il est… enfin… il est trop…

Elle s'interrompit en rougissant mais ses aînées prirent le relais :

— Il est trop cool, dit l'une.

— Et trop sympa, compléta l'autre.

La benjamine rougit encore davantage car elle avait bien autre chose en tête, mais tout le monde fit semblant de ne rien remarquer.

— Il y a aussi un autre problème, intervint alors Alexandre, si nous ne faisons rien, jamais nous ne pourrons monter sur scène à la fin de l'année.

— C'est vrai, ça, souligna Mélisande, ce vieux schnock fera tout ce qu'il pourra pour nous en empêcher.

— Mais que veux-tu qu'on y fasse ? demanda l'aînée des sœurs avec fatalisme. On ne peut tout de même pas lui mettre un couteau sous la gorge pour l'y obliger !

— Ouais, fit sa cadette, c'est plutôt mal barré cette histoire. Dire que j'en rêvais depuis toujours…

— Il faudrait contacter William, souffla doucement Émilie, lui seul pourrait le faire changer d'avis.

— Mais bien sûr, approuva Chiara, c'est la solution ! Est-ce que quelqu'un a son numéro de portable ?

Malheureusement, elle comprit vite en voyant leur visage que personne ne le connaissait. Elle se sentait prête à tout laisser tomber, quand une idée brillante lui traversa l'esprit.

— Sa tournée ! s'exclama-t-elle. Elle doit bien apparaître sur le Net. Si on envoie un e-mail au théâtre dans lequel il va jouer les prochains jours, il devrait le recevoir !

Quelques minutes plus tard, leur décision était prise : non seulement ils reviendraient tous la semaine prochaine, mais avec, en plus, la ferme intention de montrer à cet insupportable André Béranger qu'ils avaient plus d'un tour dans leur sac !

21

Tout passe…

Mardi 5 avril, 20 h 05

Les ombres des platanes bordant le stade, étirées et mouvantes, ne semblaient à cette heure n'en former plus qu'une. Dans quelques minutes, le soleil se coucherait et Maëlle prendrait son bus. Elle étira une dernière fois ses muscles endoloris et massa sa cheville fragilisée. Compte tenu de sa blessure, l'entraînement s'était plutôt bien passé mais elle craignait toujours que la douleur se réveille. Le kinésithérapeute lui avait dit que son articulation demeurerait son point faible, mais, connaissant ses ambitions, il avait aussitôt ajouté que grand nombre de sportifs devaient s'accommoder d'un talon d'Achille et qu'il n'y avait aucune raison pour qu'elle réussisse moins bien qu'eux.

La jeune fille saisit son sac et se décida à quitter les vestiaires. Elle était toujours la dernière à sortir à cause des étirements supplémentaires qu'elle s'imposait. Maxime devait l'attendre. Il venait toujours fidèlement l'encourager lors des entraînements. Grâce à lui, elle avait osé repousser ses limites et avait, bien plus vite qu'elle ne le pensait, retrouvé de bonnes performances. Oui, tout allait pour le mieux dans le meilleur des mondes… et pourtant !

Et pourtant Maëlle n'était pas heureuse. Du moins, pas comme avant. Elle avait toujours bien vivant en elle ce désir d'obtenir une médaille aux championnats de France et elle savait qu'elle avait une chance phénoménale d'avoir un copain comme Maxime qui la comprenait et la soutenait, mais il lui semblait qu'il manquait quelque chose à sa vie. Elle n'avait aucune idée de ce que cela pouvait être et se traitait d'idiote, mais cette réflexion ne l'avançait guère. Il y avait en elle une mélancolie dont elle n'arrivait pas à déterminer la cause.

Refusant de se laisser envahir une fois de plus par ce sentiment déprimant, elle poussa la porte métallique et sourit en voyant Maxime appuyé contre le mur. Il finissait de lire un texto quand elle passa les bras autour de son cou pour l'embrasser dans le cou. Il referma distraitement un bras sur elle, tapota une réponse rapide sur le clavier et lui annonça :

— C'était un de mes potes du club de natation. Il nous invite à nous retrouver en nocturne samedi prochain au centre nautique ; et après il organise une fête pour son anniversaire. Maëlle le regarda fixement, comme si elle attendait la suite. Le garçon lui donna un baiser avant d'expliquer :

— J'espère que tu es libre, et même si tu ne l'es pas, tu as intérêt à te libérer. J'ai hâte que tu rencontres tout le monde.

La jeune fille déglutit et articula :

— Mais qu'est-ce qu'on va faire à la piscine ? On ne va quand même pas *nager* ?

Rien qu'à cette évocation, Maëlle sentit sa gorge se serrer.

— À ton avis ? riposta Maxime ironiquement. Tu sais quand même que je fais partie d'un club de natation !

— Toi peut-être, mais moi, non !

— Je ne fais pas davantage partie du club d'athlétisme, cela ne m'empêche pas de venir depuis des semaines pour te soutenir.

— Écoute, j'ai plein de trucs à faire. Je te rejoindrai au moment de la fête.

— Sympa, la fille. Elle n'arrive que pour boire et manger.

— Arrête. Tu sais que ce n'est pas vrai.

— Oui, moi peut-être, mais mes copains, non. Qu'est-ce qu'ils vont penser à ton avis lorsque je leur dirai que ma copine, à qui je consacre plusieurs soirées par semaine pour qu'elle puisse avoir une chance de remporter une médaille, ne trouve pas assez de temps pour me rendre la pareille pour une fête ? Je vais passer pour un nul !

Maëlle s'agita. Si seulement elle avait pu réfléchir pour trouver une explication qui tienne la route !

Une explication honorable bien entendu, et qui soit suffisamment loin de la vérité pour qu'il ne se doute pas de quoi il s'agissait vraiment. Incapable de trouver l'idée salvatrice, elle tenta de biaiser.

— OK, OK, mais je ne nagerai pas. J'ai horreur de ça.

Maxime dégagea son bras.

— Tu plaisantes, j'espère ? On va tous être dans l'eau à s'amuser et toi tu nous regarderas faire depuis le bord ? Après tout ce que…

— … tu as fait pour moi, l'interrompit-elle impatiemment tout en se dirigeant vers la sortie du stade, oui, oui, je commence à me rendre compte que j'ai acquis une dette *éternelle* à ton égard… Ceci dit, je te ferai remarquer que je ne t'oblige pas à courir.

— Si je ne cours pas, c'est parce que je ne le peux pas, fit-il en lui emboîtant le pas. Que je sache, une foulure guérie n'empêche personne de nager. Au contraire, ça ne peut que te faire du bien !

— Allons bon ! Voilà que tu te mets à jouer les docteurs maintenant !

Au fur et à mesure que le ton de la conversation montait, ils avançaient de plus en plus vite. Ils ne tardèrent donc pas à atteindre le grand portail du stade. Normalement, arrivé là, Maxime tournait sur la gauche pour accompagner Maëlle jusqu'à son arrêt de bus. Sans avoir à se concerter cependant, ils s'arrêtèrent tous deux sur le trottoir. Dressés l'un face à l'autre, ils s'affrontaient du regard. Maëlle, ennuyée au départ, avait désormais basculé dans la colère. Elle n'aimait pas du tout l'attitude de Maxime qui semblait trouver inconcevable qu'elle ait des réticences à « patauger » dans le grand bassin, ni sa façon d'utiliser le chantage affectif pour obtenir ce qu'il voulait. Et surtout, elle était furieuse que, par son insistance, il soit sur le point de l'obliger à… à avouer !

Elle allait s'y résoudre, une petite voix dans sa tête lui disant qu'elle lui devait quand même bien ça, quand elle vit son visage se fermer.

— C'est bon, tu as gagné. De toute façon, ce n'est pas grave. Anaïs sera là, elle.

Puis, sans lui laisser le temps de répliquer, il tourna les talons et s'éloigna, les poings enfoncés dans les poches de son blouson. Maëlle, furibonde, ne resta pas longtemps sur place à le regarder s'en aller. Remontant son sac d'un brusque mouvement d'épaule, elle marcha d'un pas de cosaque vers l'arrêt de bus situé dans l'autre direction. Quelques secondes plus tard elle montait sans regarder dans le premier véhicule qui s'y arrêtait.

— Lily ? C'est moi, Maëlle. Est-ce que je peux passer te voir ?

— …

— Oui, je sais. Je me suis trompée de bus. Mais je crois que c'est finalement une très bonne chose. J'ai besoin de te parler.

— …

— T'inquiète, mon père viendra me chercher.

Il était un peu plus de vingt heures trente quand Maëlle commença à raconter à son amie ses derniers déboires.

— Tu imagines un peu, fulminait-elle, il a eu l'audace de dire que ce n'était pas grave que je ne *vienne* pas puisque cette *Anaïs* serait là, elle !

— Enfin, Maëlle, tu t'attendais à quoi exactement ? Qu'il se mette à pleurer sur ton épaule en te suppliant de venir ?

— Ne dis pas n'importe quoi ! J'ai horreur des chiffes molles !

Lily eut un léger sourire et la laissa vitupérer tout son saoul contre Maxime en particulier et les garçons en général. Quand Maëlle fit enfin une pause, elle intervint :

— Ce qui me surprend le plus dans ton histoire, c'est que je te vois furieuse, vexée, mais pas effondrée. Moi, si Adrien me disait une chose pareille, j'aurais le cœur brisé.

Maëlle, perplexe, fixa son amie en silence. Ce qu'elle disait là était vrai. Lors de sa dernière rupture avec Maxime, et bien qu'elle ait fait tout son possible, elle n'avait pas pu retenir ses larmes. Or cette fois-ci, il n'en était rien, et ceci sans aucun effort !

Pourtant elle souffrait, elle ne pouvait le nier. Quand elle fit part à son amie de cette constatation, le sourire de cette dernière s'accentua.

— Blessure d'amour-propre, diagnostiqua-t-elle sans hésitation.

Maëlle, offusquée, s'apprêtait à protester quand elle réalisa qu'une fois de plus Lily avait raison. Et soudain tout s'éclaira : elle n'était plus amoureuse de Maxime. Le vague à l'âme qui l'accompagnait depuis des semaines trouvait là sa source. En dépit de ses efforts pour faire comme si tout allait bien, son cœur, lui, savait qu'il n'en était rien. Elle avait refusé de l'écouter et il s'était mis à battre avec moins de passion, colorant ses jours de gris et de « blues ».

— Je crois que cela a commencé quand je l'ai vu trembler devant mon père, dit soudain Maëlle. Cela m'a terriblement déçue.

— Et pourtant, qui ne tremblerait pas devant le colonel ?

— Il faudra bien qu'il y en ait un !

— Je l'espère pour toi. Même si je te trouve drôlement exigeante. Après tout, peu de garçons auraient fait ce que Maxime a fait pour toi !

Maëlle baissa les yeux, consciente de cette réalité. Mais elle releva bien vite la tête et fit un clin d'œil.

— Que veux-tu, on ne se refait pas !

Heureuse de voir que son amie avait retrouvé un peu de sa bonne humeur, Lily se mit à rire. Maëlle se joignit à elle avant de redevenir sérieuse tout d'un coup.

— C'est triste quand même, laissa-t-elle échapper. Je ne pensais pas que cela finirait ainsi. Dis-moi, crois-tu que je sois, comme Mélisande, un cœur léger et volage ?

— Mélisande, un cœur léger et volage ? répéta Lily en fronçant les sourcils. Je te trouve un peu sévère. Bien sûr, on ne peut pas dire qu'elle soit la constance personnifiée, et pas plus en amour qu'en amitié…

Le regard incisif et surpris de Maëlle fit baisser la tête à Lily. Ces derniers mots, au léger parfum d'amertume, lui avaient échappé. La jeune athlète comprit alors que son amie avait dû souffrir plus qu'elle ne l'avait pensé du froid qui s'était installé dans ses relations avec les trois autres membres du quatuor. En la voyant si heureuse avec Adrien, Maëlle avait imaginé que leur amitié ne lui avait pas manqué. C'était une erreur. Et elle était contente que ce soit le cas. Même si elle se doutait bien que la peine ressentie par Lily n'était pas exclusivement due au comportement de Mélisande…

Elle hésita une seconde à lui en parler, ne sachant trop quels mots employer, puis l'instant passa. Lily, les joues encore un peu rosées, venait de relever la tête et poursuivait déjà :

— Je crois plutôt qu'elle protège tellement son cœur que nous le connaissons mal… et elle-même pas davantage. Je ne serais pas étonnée d'ailleurs qu'elle nous réserve encore bien des surprises… Quant à toi, je te rappelle que tu n'as pas encore dix-sept ans et que tu n'étais pas mariée avec Maxime !

Maëlle resta un moment pensive à méditer ces paroles. Elle était impressionnée par la grandeur d'âme de son amie : Mélisande, pas plus que Chiara d'ailleurs, n'avait tenté une manœuvre de réconciliation avec Lily. La jolie rousse semblait tout le temps prise entre son rôle de déléguée, ses études et SA *secret story* (qui, soit dit en passant, commençait sérieusement à l'énerver : on ne pouvait plus avoir une conversation avec Mélisande sans qu'elle reçoive un appel ou qu'elle envoie un texto avec des airs mystérieux). Choisissant de laisser cependant ce sujet de côté, elle se contenta d'observer :

— Il va falloir que je parle à Maxime. La situation n'a que trop duré.

Elle s'agita nerveusement à cette idée.

— Pourvu qu'il ne m'en veuille pas trop ! Tu imagines ? Qu'est-ce que je vais faire s'il se jette dans mes bras en pleurant ?

Lily éclata de rire.

— Arrête ! On croirait entendre Chiara ! Je pense, moi, que ce n'est vraiment pas son style ! Même s'il souffre, il ne se mettra pas à pleurer devant toi.

Maëlle soupira.

— De toute façon, je n'ai pas le choix. Il faut que les choses soient claires.

Elle secoua la tête comme pour chasser la pensée du moment désagréable qui l'attendait, et se pencha en avant pour questionner :

— Et toi ? Les amours, ça va ? Je te fatigue avec mes problèmes et je ne sais même pas où tu en es ! Tu vis pourtant une des histoires qui font le plus jaser au lycée !

— C'est vrai ? fit Lily horrifiée.

— Tu devais bien te douter qu'en sortant avec Adrien tu ferais des jalouses.

Lily se mit les mains sur la tête en balbutiant :

— Oui, je m'en doutais un peu. Mais, oh, je t'en supplie, dis-moi que tu exagères !

— À peine. Mais t'inquiète, tout le monde voit bien qu'il est accro !

— Tu crois ? demanda faiblement son amie.

— Mais oui ! C'est vrai qu'au début j'avais des doutes, cependant cela fait plusieurs mois que vous êtes ensemble maintenant. Pour Adrien, c'est un record !

Maëlle, cachant une pointe d'inquiétude derrière un enthousiasme forcé, demanda encore :

— Mais tu n'as pas répondu à ma question : de ton point de vue, comment ça va ?

Elle fut rassurée de voir Lily sourire.

— Très bien, merci ! On doit même aller voir un concert de jazz ensemble au Blue Note. Thomas y joue avec son groupe… C'est la première fois que l'on sortira ensemble un soir.

— Wahou, génial ! Sortir en amoureux au très chic Blue Note, c'est d'un romantique !

Maëlle fut surprise de voir la jeune fille se rembrunir en entendant ses paroles.

— Qu'est-ce qu'il y a ? J'ai dit quelque chose qu'il ne fallait pas ?

— Non, non, ça n'a rien à voir avec toi ! C'est juste que… qu'on ne sera pas en amoureux.

— Quoi ! Ne me dis pas que tes parents t'ont collé ton petit frère !

— Bien sûr que non ! Ils ne feraient jamais une chose pareille ! Du moins j'espère, dit Lily après une seconde de réflexion, puis elle ajouta : en fait, Bérénice nous accompagne.

Ce fut au tour de Maëlle de pousser de hauts cris.

— Mais que voulais-tu que je fasse d'autre ? se défendit son amie. J'en ai parlé devant elle et la pauvre, elle n'avait rien à faire ce jour-là. En fait, elle sort très peu…

— Alors bien sûr, tu lui as proposé de venir tenir la chandelle ! Ben voyons, il n'y avait rien de mieux à faire ! Adrien va hurler quand il va savoir ça ! Et pour une fois, il aura bien raison.

— Eh bien, ça prouve que tu ne le connais pas ! Il était présent lui aussi. Il a bien compris la situation et il était d'accord.

— D'accord ? Pour qu'on lui gâche la sortie la plus romantique de l'année ? Je n'y crois pas une seconde ! Pas de la part d'Adrien !

Lily haussa les épaules à bout d'arguments. Maëlle s'apprêtait à revenir à la charge, mais, à ce moment-là, Mme Berry frappa à la porte pour annoncer que le colonel Tadier était arrivé.

Juste avant de partir, Maëlle se retourna vers son amie et vrilla son index sur sa tempe plusieurs fois pour lui faire comprendre qu'elle la trouvait complètement folle.

Ébranlée, Lily regarda la voiture s'éloigner jusqu'à ce qu'elle disparaisse au bout de la route. Maintenant qu'elle était seule, elle devait bien reconnaître qu'une partie d'elle-même pensait exactement comme son amie. À vrai dire, la présence de Bérénice lui semblait parfois pesante avec sa façon de sembler tout attendre d'elle. Sans compter qu'elle limitait aussi ses moments d'intimité avec Adrien.

Pourtant, comment faire autrement ? Elle lui devait tant…

22

Va-et-vient

Samedi 9 avril, 14 h 35

Mélisande, l'œil acéré, finissait de se maquiller devant le miroir en triptyque de sa salle de bains en suite. Tournant la tête de trois quarts afin de soumettre son visage à une exposition de lumière différente, elle grimaça et chargea de nouveau son pinceau de poudre de riz avant d'en tapoter délicatement le bout de son nez. Trop brillant, comme d'habitude ! Et le soleil de ce magnifique après-midi de printemps n'arrangerait rien à l'affaire ! Il avait déjà fait une plaisanterie à ce sujet et si elle ne voulait pas passer tout le temps que durerait leur rendez-vous à se demander si son appendice nasal ne l'« éblouissait » pas au sens littéral du terme, mieux valait ne pas lésiner sur la quantité. Elle recula légèrement, inclina la tête dans un autre sens et, prise d'un doute, noya son nez dans un dernier nuage de poudre. Son extrémité avait une malheureuse tendance à remonter, ce qu'elle trouvait ridiculement infantile, mais pour cela, hélas, il n'y avait rien à faire ! Avec un soupir de gratitude, elle remercia le ciel que ce détail embarrassant lui ait échappé… Du moins pour l'instant !

Elle était en train de défaire la serviette éponge entourant son épaisse chevelure, quand Pauline fit soudain irruption dans l'élégante salle de bains.

— Wahou, tu es trop classe ! On dirait un des mannequins que maman prend en photo…

— Merci, mais je ne me souviens pas qu'elle ait photographié des mannequins posant en peignoir et non coiffés. De même que je ne me souviens pas, non plus, t'avoir autorisée à pénétrer dans ma chambre et encore moins dans ma salle de bains.

Ignorant avec superbe la dernière remarque de sa sœur, Pauline observa :

— Maman peut-être pas, mais j'ai vu des photos de Marilyn Monroe en peignoir et au saut du lit, alors…

Son aînée qui voulait continuer de se préparer tranquillement, ne chercha pas à discuter.

— Si tu le dis, mademoiselle l'experte, c'est certainement vrai ! En attendant, laisse-moi m'habiller et me coiffer, veux-tu ?

— Impossible !

Mélisande ouvrit tout grand ses yeux d'émeraude et pivota vers sa cadette :

— Comment ça, impossible ?

Les bras croisés, Pauline affirma :

— Tu m'avais promis, en rentrant des vacances de Noël, que tu m'apprendrais à me maquiller.

Effectivement, sa sœur se souvenait de cette promesse. Après l'avoir vue déambuler à la soirée du jour de l'an aussi peinturlurée que Géronimo sur le sentier de la guerre, elle s'était dit que ce serait là un moindre mal.

— Heu, c'est vrai… mais pas maintenant.

— Pourquoi ? Moi, c'est maintenant que je veux !

— Parce que j'ai un rendez-vous et que je dois me préparer !

— Parfait, je ferai tout comme toi.

— Sauf que je suis déjà maquillée !

— Parfait, comme ça, tu t'es échauffée. Toi, tu seras le brouillon et moi je serai le chef-d'œuvre !

Mélisande qui était en train de démêler ses boucles lui lança un regard suffisant.

— Parce que tu crois que j'ai encore besoin de m'échauffer pour réussir un chef-d'œuvre ?

Pauline sourit de toutes ses dents et se mit à battre des cils.

— J'ai dit ça ? Moi ? J'ai osé ?

Sa sœur aînée fronça les sourcils pour retenir le rire qui montait et céda devant son air de parfaite innocence. Pauline, sentant la partie presque gagnée, lui asséna son argument final :

— De toute façon, tu me connais suffisamment pour savoir que je suis un vrai pitbull : je ne lâcherai jamais le morceau tant que je n'aurai pas obtenu ce que je veux. Franchement, entre nous, tu as tout à gagner à céder tout de suite : ainsi tu ne perdras plus de temps et je te serai éternellement reconnaissante… Enfin, au moins jusqu'à ce soir !

Mélisande, hésitant entre exaspération et amusement, jeta un coup d'œil à sa montre et finit par dire :

— OK, OK ! Tu as gagné. Mais on fait ça vite, hein, mon rendez-vous est dans deux heures et il n'est pas question que je sois en retard.

Pauline battit des mains.

— Cool ! Et t'inquiète, je ferai tout comme tu diras, ce sera hyper méga rapide !

— J'espère bien !

Un quart d'heure plus tard, Pauline admirait avec incrédulité son reflet dans le miroir. Ses yeux pers, remarquablement mis en valeur par la palette d'ombres à paupières choisie par son aînée, semblaient deux puits lumineux et insondables. Ses cils, habituellement trop pâles, avaient doublé de volume grâce à quelques coups précis de brosse à mascara. Même ses taches de rousseur qu'elle détestait d'habitude lui paraissaient acceptables.

— Coooooool, souffla-t-elle, pas mal, pas mal du tout…

Puis, avisant le petit boîtier de poudre qui était resté sur le bord du lavabo, elle glissa :

— Avec un peu de poudre, ce serait vraiment parfait !

— Inutile, tu es très bien comme ça !

— Allez, s'il te plaît !

— L'une des règles d'un maquillage réussi est de savoir le doser pour qu'il puisse convenir à la circonstance. Que je sache, tu ne vas pas au bal danser avec le prince charmant.

Pauline fit la moue et finit par reconnaître :

— Non, c'est vrai, je ne vais pas au bal. Cet après-midi, c'est roller-skate au parc de la Tête d'or.

Cependant, avant que Mélisande puisse se réjouir que sa cadette sorte enfin sans elle, cette dernière ajouta avec un grand sourire :

— Mais pour ce qui est du prince charmant, tu as tout faux : il sera bel et bien là ! Pourquoi croyais-tu que j'insistais tant pour que tu me maquilles aujourd'hui ?

Une inquiétude sourde s'empara soudain de Mélisande.

— Le prince charmant ? De qui tu veux parler exactement ?

— Mais de Farouk bien sûr !

Et dans un éclat de rire joyeux, l'impertinente s'élança hors de la salle de bains.

Quand Maëlle arriva près des bancs installés en face de l'Opéra, elle fut soulagée de voir que Maxime l'attendait déjà. Il lui fit un léger signe de tête quand il l'aperçut à son tour mais ne se leva pas du banc sur lequel il était assis pour venir à sa rencontre. Bon, elle l'avait connu plus chaleureux mais, vu les circonstances, c'était certainement mieux ainsi. Carrant les épaules, elle franchit les quelques mètres qui les séparaient et vint s'asseoir auprès de lui tout en prenant garde de ne pas le toucher. Il n'émit aucun commentaire, se contentant de la regarder. Maëlle déglutit péniblement. Visiblement, il ne lui avait toujours pas pardonné son refus de l'accompagner à la piscine ce soir et il ne comptait pas lui faciliter la tâche. C'était la première fois de sa vie que la jeune fille se retrouvait dans une situation de ce genre et elle se dit qu'elle aurait préféré mille fois descendre une piste noire les yeux bandés plutôt que d'être là, assise sur un banc design, au soleil de ce bel après-midi.

— Salut.

— Salut.

Elle tiqua. D'habitude, c'était toujours : « Salut, gazelle. » Pourtant, même si c'était difficile à entendre, elle le remercia intérieurement de cette distance.

— À voir ta tête, j'imagine que tu n'es pas là pour me dire que tu as changé d'avis ?

— Non, tu as raison.

Comme il continuait à la fixer sans rien dire, elle se frotta les paumes sur son jean et, estimant que le supplice avait assez duré, se jeta à l'eau.

— Écoute Maxime, je ne vais pas tourner cinquante ans autour du pot. Si je voulais te parler cet après-midi, c'était pour te dire que nous deux, c'est fini.

Elle s'était attendue à une réaction de sa part, mais il resta silencieux. Elle releva les yeux qu'elle avait baissés en prononçant sa dernière phrase et vit qu'il avait légèrement détourné la tête. Il semblait perdu dans la contemplation des skateurs qui s'en donnaient à cœur joie sur l'esplanade.

— Tu sais, poursuivit-elle, cela n'a même rien à voir avec cette histoire de piscine. C'est juste que cela m'a fait prendre conscience que… que je ne t'aimais plus. Enfin, plus comme avant. Attention, hein, je t'apprécie toujours beaucoup, mais…

— Mais la flamme s'est éteinte, finit-il en tournant enfin le regard vers elle.

— Oui, c'est exactement ça, confirma-t-elle avec soulagement.

— Je comprends. En fait, je crois que pour moi, c'est pareil.

— Ah… Ah oui, vraiment ?

— Oui, je ne m'en aperçois que maintenant, mais je pense que cela a commencé depuis quelque temps déjà.

— Depuis Anaïs ? fit Maëlle sournoisement, furieuse contre elle-même de ne pouvoir s'empêcher de lancer l'allusion.

— Non, avant, fit Maxime sérieusement. Je crois que c'est venu petit à petit quand j'ai dû abandonner l'athlétisme. C'était dur de te voir courir et de rester sur la touche. Je ne suis pas le genre de garçon à se contenter du rôle de spectateur.

Maëlle sourit un peu tristement.

— Rassure-toi, je ne suis pas le genre de fille à se contenter du rôle de spectatrice non plus. Je n'aurais jamais tenu aussi longtemps que toi.

Maxime lui retourna son sourire.

— Bah, je suis sûr que tu te sous-estimes, ce qui, entre nous, est une erreur inacceptable pour une coureuse qui brigue le titre de championne de France !

— Ne t'en fais pas pour moi, fit Maëlle crânement.

— OK ! Je ne m'en ferai pas. Si j'ai bien compris, ce ne sera d'ailleurs plus mon rôle…

Maëlle soupira, gênée.

— J'espère que tu ne m'en veux pas trop.

— T'en vouloir ? Parce que tu es honnête ? Non, pas du tout. Et si je veux être honnête à mon tour, je dois avouer que cela m'arrange plutôt.

— À cause d'Anaïs ? demanda Maëlle à nouveau, mais il s'agissait plus d'une affirmation que d'une question.

— Oui ! Oui ! Oui ! C'est bon, je le reconnais ! Je crois qu'elle aussi, elle s'intéresse à moi, mais je ne voulais pas te blesser.

— Merci, c'est très chouette de ta part. Cependant, maintenant n'hésite plus, fonce !

Maxime lui fit un clin d'œil.

— Je vois que tu es toujours de bon conseil !

— Oui, toujours en amitié.

— Alors, on reste amis ?

— Ça me ferait très plaisir.

Quelques minutes plus tard, ils se firent la bise avec un peu d'embarras pour se séparer, puis ils partirent chacun de leur côté. Avant de tourner vers la rue de la République, Maëlle se retourna une dernière fois. Maxime s'éloignait d'un pas vif, visiblement impatient de se rendre à la piscine. La jeune fille réprima un pincement de jalousie à la pensée qu'Anaïs allait la remplacer bientôt. Mais elle savait bien que ce n'était pas son cœur qui souffrait. Leur histoire était née et avait grandi avec leur passion de la course. Mais aussi sûrement que leur soif de se dépasser et leur admiration mutuelle sur les pistes du stade avaient nourri leur amour, les ennuis de santé de Maxime avaient sonné le glas de leur relation.

Le garçon disparut sans un regard en arrière et Maëlle se moqua d'elle-même : elle ne pouvait pas avoir le beurre et l'argent du beurre ! Même si cette décision n'avait pas été la plus facile à prendre, elle avait fait ce qu'elle devait faire pour être en harmonie avec elle-même.

Restait, maintenant, à négocier ce virage…

23

Esquives

Samedi 9 avril, 15 h 15

Au même moment, sur un autre banc et à un autre endroit, Chiara se tortillait aussi discrètement que possible pour échapper aux mains baladeuses d'Alexandre.

Quand il l'avait appelée un peu plus tôt pour lui proposer qu'ils se voient, elle avait tout d'abord été tentée de refuser. Si cela n'avait pas été un de ces week-ends interminables au cours desquels Valérie avait la garde de Nolan, elle aurait certainement trouvé une excuse pour se défiler, car à l'exception des moments où ils répétaient et parlaient théâtre, elle s'ennuyait ferme avec lui. Cependant, en entendant Nolan lui demander pour la dixième fois de jouer avec lui à un jeu vidéo de course de voitures, elle avait sauté sur l'occasion pour lui échapper. C'était de deux maux choisir le moindre car la situation devenait compliquée avec Alexandre. Depuis quelque temps, il se faisait de plus en plus entreprenant et cela ne lui plaisait guère. Elle se demandait parfois comment ses amies se débrouillaient dans ce domaine-là et jusqu'où elles étaient allées avec leur petit ami respectif, mais ces derniers temps, elle ne les voyait qu'épisodiquement et les échanges qu'elles avaient étaient de plus en plus superficiels. Elle le regrettait mais ne savait comment s'y prendre pour que les choses changent. Ses moments de complicité avec Lily, surtout, lui manquaient terriblement. Étrangement, c'était pourtant en partie à cause d'elle qu'elle s'accrochait à sa relation avec Alexandre. Chiara espérait bien en effet avoir un jour l'occasion de lui clouer le bec en lui annonçant qu'elle, Chiara, sortait avec le garçon le plus craquant de son cours de théâtre depuis plusieurs semaines, mais que, contrairement à certaines, elle préférait rester discrète et ne pas afficher son histoire d'amour à la vue et au su de tous ! Bon, bien sûr, en son for intérieur elle trouvait que la locution « histoire d'amour » ne correspondait guère à ce qu'elle vivait actuellement : elle était loin en effet de ressentir la passion et les sentiments que ses auteurs de théâtre favoris décrivaient dans leurs vers, mais ça, nul n'était censé le savoir !

— Hum, j'ai très soif, fit-elle tout d'un coup en se baissant brusquement pour attraper son petit sac à dos posé par terre et, par la même occasion, échapper à la main droite d'Alexandre qui s'aventurait vers une zone dangereuse ; pas toi ?

Chiara but une gorgée d'eau au goulot de la bouteille qu'elle venait d'extraire de son sac et, avec un sourire forcé, la tendit au garçon assis auprès d'elle.

— Non merci, refusa-t-il avec un regard insidieux, ce n'est pas ce dont j'ai *vraiment* envie pour le moment.

La jeune fille se força à agrandir encore son sourire tout en se félicitant intérieurement d'avoir refusé de le rejoindre chez lui comme il l'avait suggéré au début. Si le fait d'être dehors, entouré des nombreux promeneurs qui arpentaient ce jour-là le parc de la Tête d'or, suffisait à peine à l'arrêter, qu'en aurait-il été dans l'intimité de sa chambre ?

Tourné vers elle, il avança sa main gauche sur le dossier du banc. Chiara s'agita et chercha désespérément un sujet de conversation. Évidemment, rien ne lui venait à l'esprit ! Avec un sourire qu'elle jugea carnassier, elle vit Alexandre se pencher en avant. Simultanément, la main gauche, qui avait gagné sournoisement du terrain, vint lui saisir la nuque tandis que la droite glissait derrière son épaule. André Béranger ! À ce stade-là, seul André Béranger pouvait lui faire gagner quelques minutes de répit. Le garçon le détestait cordialement et il s'emballait régulièrement dès qu'elle évoquait le sujet du spectacle de fin d'année. Vite, il fallait que…

— Tu as entendu ce que le prof de théâtre m'a dit l'autre jour quand je lui demandais si la pièce serait comique ou dramatique ? commença-t-elle précipitamment. Il m'a répondu : « Votre articulation est déplorable », et il m'a tourné le dos comme si je n'avais pas évoqué le sujet.

— Oui, fit le garçon en s'échauffant, c'est vraiment mal barré. Et William ? Toujours pas de nouvelles ?

— Rien. Je ne sais même pas s'il a reçu l'e-mail qu'on lui a envoyé à Toulouse. Normalement sa troupe devait y arriver la semaine dernière pour quinze jours. J'espère que quelqu'un aura l'idée de le lui transmettre, mais c'est impossible à savoir. Si seulement André Béran…

— Laisse ce vieux bonhomme de côté, maugréa-t-il en l'interrompant, il me casse suffisamment les pieds comme ça. Pour l'instant, j'ai autre chose en tête !

Et sans prévenir, il écrasa sa bouche contre la sienne.

Chiara constata rapidement qu'il se tenait de telle sorte qu'il l'empêchait presque de respirer. Elle compta cependant jusqu'à dix (en espérant que cela suffirait à le satisfaire) avant de chercher à dégager sa seconde narine pour pouvoir à nouveau inspirer normalement. Au prix de quelques contorsions, elle parvint enfin à se libérer. Passant une main dans ses longs cheveux tout ébouriffés après l'étreinte, elle lança avec un petit rire :

— Wahou, on peut dire que ça décoiffe !

Alexandre, encore essoufflé, lui lança un regard inquisiteur :

— Ça veut dire que tu as aimé ?

— Bien sûr ! mentit effrontément Chiara. Comment peux-tu douter du contraire ?

Alexandre parut rassuré.

— Ah ! Bien, parce que des fois, avec toi…

Sa remarque inquiéta la jeune fille. Ainsi, lui aussi avait noté qu'il y avait quelque chose qui clochait avec elle. Pourtant, il ne manquait pas d'expérience ! Il fallait absolument qu'elle en parle à quelqu'un. Il devait lui manquer des informations techniques. À moins que ce ne soit un problème d'haleine ? Non, elle se brossait les dents régulièrement et personne ne s'en était jamais plaint. S'il y avait eu un problème de ce côté-là, Maëlle, avec son tact habituel, ne se serait pas gênée pour lui en faire la remarque. C'était donc forcément un problème technique. Se souvenant soudain de la maxime que son professeur d'anglais ânonnait sans cesse pour justifier de leur faire répéter mille fois la même chose, elle se dit qu'elle avait peut-être bien raison finalement. « Allez, ma vieille, *practice makes perfect* », s'exhorta-t-elle, et avant de réfléchir à deux fois à la question, elle lança :

— Bon, on remet ça ?

Mais pendant qu'elle s'était perdue dans ses réflexions, Alexandre était visiblement passé à autre chose. Ses deux mains avaient regagné les poches de son jean et il se levait déjà.

— Pas maintenant, faut que j'y aille.

Chiara, sidérée, eut à peine le temps de dire « ciao » qu'il avait disparu derrière une rangée d'arbustes.

— Eh bien, soupira-t-elle avec découragement, mon cas doit vraiment être désespéré pour que je le fasse fuir ainsi !

Elle rejeta ses longs cheveux en arrière et appuya ses deux coudes sur le dossier du banc. Devant elle, les gens continuaient de passer, indifférents à ses questionnements. Des parents couraient derrière leurs enfants en équilibre précaire sur des vélos sans roulettes, d'autres flânaient tranquillement avec des poussettes, des amoureux cherchaient un banc tranquille, à l'abri des regards. Soudain, Chiara tourna la tête sur sa gauche, son attention attirée par des cris et des exclamations. Un petit groupe de jeunes gens en roller se dirigeait dans sa direction en slalomant dangereusement entre les promeneurs. Elle les reconnut aussitôt : en tête, Mélisande, fonçant à toute allure, semblait faire la course avec Farouk tandis que Pauline suivait derrière en hurlant quelque chose. Les deux sœurs, avec leurs chevelures rousses, étaient repérables à mille lieues, mais Farouk ne passait pas non plus inaperçu avec son bonnet rasta aux couleurs de la Jamaïque. Elle leur fit signe de la main tout en les appelant et ils ne tardèrent pas à la remarquer. Mélisande décrivit un arc de cercle parfait et se laissa tomber sur le banc près d'elle. Farouk, bien qu'avec une trajectoire plus aléatoire, la rejoignit à son tour et s'effondra sur sa gauche. Et une seconde plus tard, elle tendait les mains pour arrêter Pauline qui arrivait à pleine vitesse sur elle. Avant qu'elle ait eu le temps de dire « ouf », cette dernière s'insurgea :

— Tricheurs ! Vous n'êtes qu'une bande de tricheurs !

Avec un air faussement outré, Farouk pointa un doigt accusateur vers Mélisande.

— Eh ! C'est elle la tricheuse ! Moi, je n'y suis pour rien, j'ai juste été emporté par le souffle de son départ volcanique !

Pendant que Mélisande, qui pouffait, cherchait à reprendre sa respiration, le garçon ajouta avec fatalité :

— Après, ce n'était plus possible de faire marche arrière !

— C'est nul comme excuse, gronda Pauline, toujours furieuse.

— Mais que s'est-il passé ? demanda Chiara, curieuse.

— Oh, c'est très simple, se fit un plaisir de lui expliquer Pauline, mademoiselle (elle désigna sa sœur de son index) a prétendu qu'elle était de loin la plus rapide, ce qui bien sûr est un mensonge éhonté puisqu'elle a toujours peur que le vent la décoiffe, alors j'ai proposé de faire une course. On devait partir à « trois », mais dès que j'ai dit « un » elle a décollé comme une fusée, et en plus, ajouta-t-elle avec un air profondément scandalisé, Farouk l'a suivie !

— J'avais mal compris le chiffre de départ, mentit Mélisande avec un grand sourire.

— N'importe quoi ! contra sa sœur.

— Et moi, j'ai juste été emporté par le s…

— N'importe quoi encore ! s'indigna à nouveau Pauline.

Elle croisa les bras en fusillant les deux coupables du regard, mais ces derniers riaient bien trop pour s'en formaliser.

— Quand je pense que tu as prétendu que j'étais trop casse-cou pour que tu me laisses sortir seule !

— Eh, mais j'étais là, moi, protesta Farouk.

— Raison de plus ! souligna Mélisande.

— Elle a même annulé un rendez-vous avec son chéri pour pouvoir venir !

Surprise, Chiara se tourna vers son amie. Son étonnement grandit en la voyant chercher à dissimuler son embarras. Cela ne dura qu'un dixième de seconde. L'instant d'après elle s'était reprise, avait passé une main dans ses cheveux pour discipliner ses mèches folles qu'elle n'avait pas craint, pour une fois, de laisser s'envoler, et c'est avec son aplomb habituel qu'elle expliqua :

— C'était un cas de force majeure : je ne voulais pas revivre ce qui s'était passé pendant les vacances de Noël !

Ces quelques mots suffirent à faire changer l'ambiance.

Pauline, haussant les épaules, afficha résolument un air boudeur.

Chiara regretta que Mélisande ait repris son masque d'assurance un peu hautaine. Elle préférait de loin la jeune fille aux joues roses et aux boucles ébouriffées qu'elle était en arrivant.

Quant à Farouk, il resta étonnamment silencieux.

VACANCES DE PÂQUES

24

Bascule

Dimanche 17 avril, 17 h 45

Les vacances de Pâques étaient arrivées presque sans bruit. À Balzac, les devoirs surveillés s'étaient succédé à un rythme effréné la dernière semaine, ne laissant aucun répit aux élèves pour rêver à ce repos pourtant bien mérité. Pour les classes de première, les dates de bac blanc étaient tombées, créant un stress supplémentaire. Dès la rentrée, les élèves devraient passer les uns après les autres devant un examinateur dans des conditions identiques à celles de l'épreuve de français qui se tiendrait au mois de juin. Un devoir écrit le samedi matin finaliserait l'ensemble.

« Autant dire que ces vacances ne sont pas vraiment des vacances », grogna Chiara en tournant distraitement une page de son manuel de français.

Elle se trouvait dans la salle à manger du mas Lou Tranquillou, accoudée à la grande table de bois ciré. C'était là qu'ils avaient déjeuné le midi même, avant que son père et Valérie reprennent la route pour Lyon. Comme d'habitude, la daube provençale de sa grand-mère avait été délicieuse. Les morceaux de viande fondaient dans la bouche et les petits légumes qui l'accompagnaient, tout imprégnés de sauce, étaient savoureux.

— Marie-Rose, il faut absolument que vous me donniez votre recette, avait dit Valérie.

Ce qui avait provoqué le rire de la vieille dame.

— Une recette ? Quelle recette ? Ma daube, je la fais comme je respire, sans réfléchir ! J'ai vu ma mère la préparer un nombre infini de fois, et un jour, après mon mariage, je l'ai cuisinée à mon tour !

— Alors la prochaine fois que je viens ici, j'arriverai suffisamment tôt pour vous voir à l'œuvre ! avait déclaré Valérie.

— Ah, pour ça, petite, il faudra attendre quelques mois. Celle-ci est la dernière de l'année, et c'est déjà une retardataire ! Vois-tu, la daube, c'est un plat d'automne ou d'hiver. Quand les oliviers s'apprêtent à fleurir, on change de menu en Provence !

Oui, les oliviers s'apprêtaient à fleurir. Un peu plus tôt, Chiara était sortie se promener dans les champs d'arbres aux feuilles argentées qui entouraient la maison. Les bourgeons étaient déjà gros et les minuscules grappes de fleurs blanches ne tarderaient guère à éclore si le beau temps persistait. La jeune fille aimait leur parfum subtil, et si léger qu'il fallait s'approcher tout près pour pouvoir s'en délecter.

Maintenant encore, elle aimait contempler les rangées d'oliviers que l'on pouvait apercevoir par la baie vitrée du salon. Le ballet de leurs branches aux feuilles scintillantes valsant au rythme des bourrasques du mistral la fascinait toujours autant. Et l'intéressait infiniment plus que tous ces textes à revoir.

Elle referma son livre d'un coup sec et s'étira de tout son long. Quel bonheur de se retrouver ici !

— Alors, pitchoune, tu as déjà fini ?

Chiara se retourna et regarda sa grand-mère d'un air penaud. Cette dernière, son éternel tablier rouge et or noué à la taille, se tenait sur le seuil de la cuisine en train d'essuyer un grand saladier en terre cuite. La jeune fille se sentit coupable : la vieille dame avait décliné son aide pour qu'elle puisse étudier tranquillement, et voilà qu'elle rêvassait au lieu de travailler. De nouveau, elle lui trouva les traits tirés. Elle ne s'était pas vraiment remise de la bronchite qu'elle avait attrapée cet hiver. Mais il était presque impossible de lui demander de se reposer. Elle avait même refusé que son mari porte la cocotte en fonte jusqu'à la table, pourtant bien trop lourde pour elle, sous prétexte qu'il en profiterait pour s'attribuer tout le mérite de son plat ! Elle était faite ainsi, la Mamée de Chiara, suivant un modèle qui n'existait plus de nos jours. Tenait-elle à peine debout qu'elle reprenait les rênes du foyer, astiquant, mitonnant, bichonnant tout le monde et disant non à toute aide qu'on pouvait lui apporter ! Cependant, en la voyant grimacer lorsqu'elle reposa le lourd saladier, Chiara se leva pour la prendre par le bras et la forcer à s'asseoir cinq minutes.

— Tu en fais trop Mamée, il faut que tu te reposes. Rappelle-toi ce que tu m'as dit la dernière fois : tu as presque soixante-dix ans, il est normal que tu sois fatiguée.

— Oh, mais ça, c'est parce que j'étais malade. Depuis le retour du soleil, je vais beaucoup mieux.

Chiara n'était pas vraiment convaincue. Elle trouvait la vieille dame plus essoufflée qu'avant et se jura qu'elle veillerait pendant ces quinze jours à ce qu'elle prenne du repos. De son côté cependant, sa grand-mère s'était promis la même chose au sujet de Chiara. Elle voyait que sa petite-fille était tourmentée et comptait bien la faire parler. Saisissant l'occasion qui se présentait, elle décréta :

— Arrêtons de parler des problèmes d'une vieille bonne femme comme moi qui n'intéressent personne…

— Ce n'est pas vrai ! Ça m'intéresse beaucoup au contraire, protesta sa petite-fille.

— Pas moi ! Dis-moi plutôt ce qui te chagrine.

Chiara lui lança un regard de reproche mais n'insista pas. Elle savait bien qu'elle ne gagnerait jamais contre la vieille dame à ce jeu-là. Et puis, celle-ci avait vu juste, elle avait tellement besoin de se confier ! Déposant les armes, Chiara finit par sourire. Elle n'en resta cependant pas moins silencieuse. Il y avait tellement de choses qui la « chagrinaient », pour reprendre l'expression de sa grand-mère, qu'elle ne savait par laquelle commencer ! Lorsqu'elle le lui avoua, cette dernière répondit :

— Eh bien, dis-en une au hasard, les autres suivront…

Sans qu'elle eût à y réfléchir, les mots jaillirent alors de sa bouche :

— Je suis nulle. Mille fois nulle. Je suis une comédienne ratée. Dès la fin de l'année scolaire, j'arrête le théâtre !

Elle enfouit la tête entre ses mains.

— On croirait entendre ta mère…

Ces paroles lui firent relever la tête d'un mouvement brusque.

— Maman ? Tu répétais tout le temps qu'elle était convaincue que le cinéma était sa voie !

La grand-mère de Chiara eut un petit rire.

— Oui, je l'ai dit, et c'était vrai. Mais comme tous les artistes, elle avait de grandes périodes de doute. Surtout que nous ne la soutenions guère. Il n'y avait que Valérie pour l'encourager dans ces moments-là. Et cela nous rendait d'ailleurs bien furieux avec ton grand-père ! Mais elle a persévéré, comme tous ceux qui savent que vivre loin de leur passion, ce n'est pas vivre vraiment.

— Mais si tu savais comme je me sens nulle quand ce prof me regarde…

— Alors tu dois oublier qu'il te regarde. Joue pour ta mère, joue pour moi, joue pour ceux qui t'aiment et ne te soucie pas des autres. À trop vouloir plaire, on arrive à se déplaire. L'an passé quand tu nous parlais de prendre des cours de théâtre, tu rayonnais.

Maintenant tu ressembles à un ciel d'orage gris et sombre… Il te faut te retrouver, ma petite.

— Ouais, maugréa Chiara, touchée malgré elle par la sagesse de ces paroles mais ne voyant guère comment s'y prendre. Il n'empêche, c'est plus facile à dire qu'à faire. Sans compter que le reste de ma vie n'est pas vraiment rose…

— C'est dans la souffrance que se forgent les grands destins, ma girelle, soupira la vieille dame en lui saisissant la main par-dessus la table, tu n'es pas appelée à devenir Mme Tout-le-monde. C'est comme ça et tu dois l'accepter.

Chiara haussa les épaules :

— Bah, tu dis ça parce que je suis ta petite-fille.

— Non, je dis ça parce que je le crois. Parce que je le crois fermement.

Ébranlée par la conviction qui émanait de la voix de sa grand-mère, Chiara commença à reprendre espoir.

— Tu connais notre opinion sur les métiers artistiques, insista la vieille dame, si je te tiens de tels propos, c'est parce que je suis profondément convaincue que tu as trouvé ta voie. Je regrette tellement de ne pas avoir compris cela quand ta mère avait ton âge… Mais bon, s'il est vrai que cela ne sert à rien de vivre dans le passé, il n'en reste pas moins que les souvenirs doivent nous aider à ne pas reproduire les mêmes erreurs.

Chiara se leva et déposa une bise sur la joue douce et ridée de la vieille dame. Tout au fond d'elle, une étincelle venait de se rallumer. Elle savait qu'elle l'embraserait bientôt totalement, faisant renaître ce feu sacré qui l'avait tant fait vibrer ces derniers temps.

— Mamée, tu es fa-bu-leu-se ! J'aimerais tant être comme toi quand j'aurai ton âge !

Une grimace de regret se peignit fugitivement sur le visage de Marie-Rose avant qu'elle ne confie :

— J'aurais aimé être comme je suis aujourd'hui bien plus tôt. Mais merci à toi, ma girelle, de m'offrir une seconde chance.

Chiara se mit à rire. Elle se sentait légère, comme si soudain tout allait rentrer dans l'ordre.

— Eh bien, fit alors une voix grave, je vois qu'on s'amuse bien par ici ! Moi qui croyais que tout le monde était au travail…

— Oh, ne fais pas le rabat-joie, Marcel ! le gronda son épouse. Du rire, il n'y en a jamais assez !

— Ne tirez pas, madame, je me rends, se récria le grand-père de Chiara d'un ton moqueur en levant les bras, je passais juste pour voir si quelqu'un voulait m'accompagner pour faire un tour. Je crois que j'ai mangé quelque chose que j'ai du mal à digérer.

— Peut-être ta troisième part de daube ? suggéra innocemment Chiara.

— Peut-être, reconnut-il bien volontiers. La prochaine fois, il faudra que je me souvienne que je n'ai plus mon estomac de vingt ans !

Pointant un doigt accusateur vers sa femme, il déclara :

— Mais aussi, c'est ta faute, Marie-Rose ! Comment veux-tu que je résiste à tes petits plats ?

— Flatteur, tu es juste terriblement gourmand !

Chiara s'interposa car, étant donné qu'ils aimaient tous deux avoir le dernier mot, les conversations s'éternisaient souvent.

— Allez, venez, nous discuterons de tout ça en chemin !

Elle prit la main de sa grand-mère pour l'aider à se lever, mais cette dernière se rassit sans tarder.

— Non, je préfère rester, fit-elle en mettant une main sur sa poitrine.

— Ça ne va pas, Mamée ? s'inquiéta la jeune fille qui savait que sa grand-mère ne refusait jamais une petite balade dans la campagne provençale.

— Si, répondit la vieille dame en grimaçant un peu. C'est juste cette fichue bronchite qui m'a laissé en héritage une douleur dans la poitrine qui revient de temps à autre. Je préfère vous laisser partir tous les deux. Vous marcherez à votre rythme sans que je vous ralentisse. Et puis, j'ai une taie d'oreiller en boutis que je veux terminer pour la fête du village du mois prochain. Je vais m'asseoir bien dans mon fauteuil à bascule et coudre tranquillement.

— Tu as raison, dit Chiara, repose-toi. D'ailleurs, tu en as assez fait pour aujourd'hui. Je t'interdis de t'occuper du dîner. Je m'en chargerai dès notre retour.

À son grand étonnement, sa grand-mère ne protesta pas : elle devait être bien plus fatiguée qu'elle ne voulait bien l'admettre…

— Veux-tu que je reste avec toi ? lui proposa sa petite-fille.

— Surtout pas, je veux que tu ailles te remplir les yeux de toute la beauté de nos collines. Et quand tu rentreras, tu me raconteras…

— C'est promis, fit Chiara en déposant une dernière bise sur la joue parcheminée de sa grand-mère, quand je rentrerai, je te raconterai tout…

Puis elle courut rejoindre son grand-père, qui commençait à s'impatienter, inconsciente qu'elle serait, malgré elle, dans l'incapacité de tenir sa promesse.

25

Réconciliation

Lundi 2 mai, 18 h 30

Lily appuya sur la sonnette au-dessus de laquelle était fixée une petite étiquette portant le nom de « Palermo ». De l'extérieur, elle entendit le carillon au son métallique résonner dans l'appartement. Quelques secondes passèrent, puis d'autres encore, sans que personne ne vienne ouvrir.

À sa droite, Mélisande laissa échapper un soupir de découragement avant de lancer :

— Bon, on fait quoi maintenant ? On y va ?

— Ah non ! protesta Lily. On ne peut pas la laisser comme ça ! Tu imagines comme elle doit être triste ?

— Je suis bien d'accord, admit Maëlle, mais qu'est-ce que tu veux qu'on fasse ? Elle ne répond ni sur son fixe ni sur son portable !

— Et elle n'était pas en cours aujourd'hui, ajouta Mélisande, elle s'est complètement coupée du monde, c'est impossible de lui parler.

— Raison de plus pour ne pas la laisser tomber ! C'est d'ailleurs pour ça que son père m'a prévenue. Lui aussi s'inquiète. Elle n'a pas voulu quitter son grand-père de toutes les vacances et depuis qu'elle est rentrée hier soir, elle s'est enfermée dans sa chambre sans vouloir en sortir.

— OK, OK ! Tu prêches des convaincues : on a bien compris tout ça ! Il n'en reste pas moins que l'on ne sert pas à grand-chose debout sur ce paillasson !

— On peut attendre que son père rentre, suggéra Mélisande en s'appuyant contre le mur, il nous ouvrira, lui.

— Et après ? contra Maëlle qui avait horreur de rester passive, ça servira à quoi ? Si elle ne veut toujours pas ouvrir la porte de sa chambre, on sera bien avancées ! À moins bien sûr que tu ne te proposes de l'enfoncer ?

L'élégante jeune fille leva les yeux au ciel.

— Eh ! On ne va pas commencer à se disputer, les reprit Lily, on a plus urgent à faire, vous ne croyez pas ?

Embarrassées, ses deux compagnes hochèrent la tête de concert et le silence revint. Soudain, Lily s'exclama :

— En fait, elle ne sait même pas que c'est nous, c'est peut-être pour ça qu'elle n'ouvre pas !

— C'est vrai qu'on ne s'est pas beaucoup vues ces derniers temps, convint Maëlle.

Lily fronça les sourcils et se plongea dans une réflexion intense. Quelques secondes plus tard, son visage s'illuminait :

— J'ai trouvé !

— Le moyen pour qu'elle ouvre sa porte ?

— Heu, pas exactement… mais au moins je sais comment lui faire savoir que c'est nous : quand on était petites, la cabane qui se trouve au fond de mon jardin nous servait de refuge, mais pour avoir le droit d'y entrer, nous avions établi un code secret. Si je me souviens bien, c'était quelque chose comme ça…

Et joignant le geste à la parole, elle appuya sur la sonnette en marmonnant :

— Trois coups brefs, deux coups longs.

Retenant leur respiration, elles attendirent anxieusement. Quand au bout de quelques secondes elles entendirent des pas s'approcher, Maëlle leva son pouce en signe de victoire et donna une petite tape sur l'épaule de Lily. Cette dernière était cependant bien trop angoissée pour s'en réjouir.

Quand la porte s'ouvrit enfin, Chiara ne sembla même pas étonnée de les voir toutes les trois réunies sur le seuil de l'appartement. Elle avait les traits tirés mais, contrairement à ce qu'elles avaient pu craindre, ses yeux étaient secs. Mélisande et Maëlle s'en réjouirent secrètement car elles se sentaient aussi mal à l'aise l'une que l'autre devant les larmes.

— Salut, fit leur amie d'une voix un peu plus rauque que d'habitude.

— Salut, répondirent-elles en chœur.

Lily ajouta :

— On peut entrer ?

— Oui, bien sûr, dit Chiara d'un ton indifférent en s'effaçant.

Sans rien dire, elles la suivirent jusqu'à sa chambre. En pénétrant dans la petite pièce, elles remarquèrent aussitôt un album de photographies ouvert sur le lit. Chiara se laissa tomber près de lui et, d'un geste rapide, elle le referma.

— Asseyez-vous où vous pouvez, je suis désolée, ce n'est pas très grand, ici.

— Mais plus c'est petit, plus c'est mignon ! lança Mélisande avec une bonne humeur qui sonnait faux, avant d'étouffer un petit cri de douleur : Maëlle venait de lui donner un coup de coude peu discret dans les côtes pour la rappeler à l'ordre. Mélisande, outrée, s'apprêtait à protester quand elle s'aperçut que Lily leur faisait les gros yeux. Cependant, malgré leur évident manque de discrétion, Chiara, les yeux dans le vague, semblait n'avoir rien remarqué.

— Ton père m'a appelée pour tout me raconter, commença doucement Lily en s'asseyant près de son amie. J'ai tout de suite appelé Maëlle et Mélisande pour les prévenir. Comme on ne t'a pas vue aujourd'hui, on a décidé de passer te voir pour te dire combien nous sommes tristes pour toi et… et que tu peux compter sur nous.

— Oui, dur, dur ce qui t'est arrivé. Si je peux faire quelque chose… proposa Maëlle en se laissant choir sur un petit tabouret.

— Et moi aussi, glissa Mélisande maladroitement, si je peux faire quelque chose…

Elle ignora avec superbe le regard moqueur que Maëlle lui lançait. Était-ce sa faute à elle si elle était rapidement à court de mots dans ce genre de situation ?

Chiara répondit posément :

— Ça va, ne vous en faites pas. Mais c'est chouette de vous voir toutes les trois réunies.

Lily se sentit alors terriblement coupable. Il avait fallu le décès de la grand-mère de son amie pour qu'elle en oublie leur dispute.

— C'est vrai et... je te demande pardon, murmura-t-elle.

— Ce n'est pas grave, fit la jeune fille brune, moi aussi j'avais tort.

— Non, tout est de ma faute, je n'aurais jamais dû te parler ainsi.

— Ce n'est pas grave, répéta Chiara sur le même ton d'indifférence.

Ce fut pour Maëlle la goutte d'eau qui fit déborder le vase. Sans prévenir, elle explosa :

— « Ça va », « Ne vous en faites pas », « Ce n'est pas grave » ! Oh ! S'il te plaît, Chiara, arrête ça ou je vais croire que l'on t'a clonée !

Ses amies, stupéfaites, tournèrent les yeux vers elle.

Bondissant du tabouret sur lequel elle s'était assise, Maëlle se mit à arpenter la chambre nerveusement.

— C'est vrai, quoi ! D'accord, c'est affreusement terrible de perdre la personne qui t'a élevée, sur ce point-là, y a rien à dire... Sauf que la Chiara que je connais aurait crié, tempêté, hurlé et pleuré, mais jamais elle ne se serait transformée en un droïde sans émotion qui emploie des expressions aussi plates qu'un iPod !

Les poings sur les hanches, la jeune athlète insista :

— Franchement, tu n'as vraiment rien d'autre à nous dire que « C'est chouette de vous voir toutes les trois réunies » ?

Les yeux fixés sur son amie qui avait baissé la tête, elle attendit une réponse, une réaction, quelque chose, n'importe quoi ! Mais rien ne vint. Elle balaya alors la pièce du regard et, voyant l'air choqué de Lily et celui, perplexe, de Mélisande, elle se dit qu'elle avait encore gaffé. Le syndrome « bulldozer » était de retour ! Embarrassée, elle regagna son tabouret et, s'adressant à Chiara, elle commença gauchement :

— Heu... Écoute...

— Quand mon grand-père et moi sommes rentrés de notre promenade, Mamée était dans le salon, assise sur son rocking-chair. Son ouvrage reposait sur ses genoux et le fauteuil oscillait encore. Je lui ai demandé si elle avait bien avancé, mais elle ne m'a pas répondu. Mon grand-père a ri en disant qu'elle avait dû s'endormir, que cela lui arrivait souvent, même si elle ne voulait jamais le reconnaître. Quand je me suis approchée, elle avait effectivement les yeux fermés. Alors je suis allée préparer le dîner. Enfin, préparer, c'est un grand mot. Elle avait déjà fait une soupe et je n'avais plus qu'à la réchauffer. Puis quand tout a été prêt, je suis allée la réveiller, parce que grand-père disait que si elle dormait trop longtemps à ce moment de la journée, après, elle faisait des insomnies et qu'elle avait horreur de ça...

Chiara fit une courte pause avant de poursuivre d'une voix atone :

— Sauf que je n'ai pas pu la réveiller.

Elle chassa une poussière imaginaire de son dessus-de-lit avant d'ajouter :

— Ni Papé. Ni le Samu. Ni personne.

Elle n'avait toujours pas relevé la tête et continuait à passer la main sur le tissu coloré.

Les trois autres filles échangèrent des regards déconcertés. Même Lily ne savait plus quelle attitude adopter face à la distance affichée par leur amie, quand cette dernière reprit :

— Je lui avais promis de lui raconter à mon retour combien ses collines étaient belles dans la lumière du soir. Je ne pourrai jamais tenir ma promesse.

Alors, Lily murmura :

— Tu peux le raconter. À nous.

Chiara releva la tête.

— À vous ?

— Oui, à nous, répéta la jeune fille avec un peu plus d'assurance. Ce qui comptait pour ta grand-mère, c'est que tu profites de la vie. Que tu remplisses ton regard de la beauté qui t'entoure et que tu apprennes à la partager avec d'autres. Je suis certaine qu'elle connaissait ses collines par cœur, en toute saison, mais elle savait que tu les admirerais d'autant plus si tu devais les lui décrire à ton retour. Si tu le fais maintenant avec nous, tu respecteras ta promesse faite à ta grand-mère, à son âme. Ce qui est bien plus important.

— Tu… tu crois ?

— Mais oui ! Allez, ne te fais pas prier ! Comment étaient ces collines ?

— Oui, raconte-nous ! s'exclamèrent Maëlle et Mélisande dans un ensemble et un enthousiasme si parfaits que cela fit sourire leurs deux amies.

Chiara ramena alors ses longues jambes sous elle et commença à parler lentement.

— D'abord, ce qui frappe, c'est la silhouette de la Sainte-Victoire qui se découpe sur le ciel teinté de mauve. Je dis mauve, mais quand c'est le crépuscule et que le ciel prend une couleur rouge zébrée de violet, le terme exact est « zinzolin »… J'ai toujours trouvé que c'était un drôle de mot. Mais Mamée disait toujours : « Un drôle de mot, peut-être, mais le mot exact sûrement. »

Elle s'interrompit. Une larme glissa le long de sa joue.

— Au pied de la montagne, les ombres se répandent telle une marée géante que nul ne peut arrêter. Il ne reste alors que quelques minutes pour admirer encore les champs de lavande aux fleurs fraîchement écloses.

D'autres larmes avaient succédé à la première, mais Chiara n'y prêta pas attention. Elle continua à parler, peignant pour ses amies le somptueux tableau qu'elle avait gardé en mémoire depuis deux semaines. Elle parla des pins parasols, du thym qui le disputait à la lavande pour embaumer l'air du soir, des derniers vols de fauvettes et des mille et un détails de la garrigue au printemps.

Et chacune de ses paroles, libérant son chagrin, adoucissait sa peine.

26

Ciel ! Mon ami !

Mercredi 4 mai, 16 h 30

C'est dans le métro qui le ramenait chez lui que Florian réalisa soudain qu'Adrien ne lui avait toujours pas rendu sa clé USB, prêtée lors de la séance du club informatique de lundi dernier. Adrien la lui avait empruntée afin de pouvoir copier plusieurs fichiers sur son ordinateur, sauf que, comme à son habitude, il avait oublié de la rapporter à son propriétaire. Or, Florian en avait besoin ce soir pour préparer un devoir de physique. Heureusement, son ami habitait près de la ligne de métro sur laquelle il se trouvait. Si Adrien était chez lui cet après-midi, il pourrait récupérer immédiatement sa clé. Florian sortit son téléphone portable de sa poche et commença à faire défiler les numéros enregistrés sur sa liste de contact.

C'est alors qu'un petit « bip » lui rappela qu'il avait, lui, oublié de recharger sa batterie. Avec une grimace, il referma son portable tout en se demandant quand quelqu'un inventerait enfin une pile solaire qui mettrait fin à ce genre de frustration ! Lui qui avait si souvent la tête en ébullition rêvait d'un monde où la jouissance de tous ces petits bijoux technologiques ne serait plus limitée par ce genre de détails pratiques. Il se consola cependant en se disant qu'il ne risquait pas grand-chose à tenter une visite. Au pire, si son ami était absent, il aurait perdu un quart d'heure.

C'est ainsi qu'à peine une dizaine de minutes plus tard, il sonnait à la porte de l'appartement d'Adrien.

« Super », songea-t-il soulagé quand il entendit des pas.

— Florian ? fit son ami étonné de le découvrir sur le pas de la porte.

— Eh oui, Florian ! Le pote à qui tu devais rendre sa clé USB ce matin au plus tard et qui l'attend toujours !

— Ah oui ! La clé USB ! Mince, j'avais complètement oublié !

— Effectivement, je m'en suis rendu compte.

— Et il te la faut ?

— Ben oui.

— Là ? Maintenant ?

— À ton avis, pourquoi je suis passé ? s'agaça Florian qui commençait à trouver son copain un peu lent à comprendre.

— Heu oui, évidemment…

Adrien se passa une main dans les cheveux.

— … c'est que je ne me rappelle plus exactement où je l'ai rangée. Tu aurais dû appeler avant, ajouta-t-il.

Bien que piètre psychologue, Florian ne put manquer de remarquer que cette phrase sonnait presque comme un reproche. Il se sentit obligé de se justifier :

— Ma batterie de téléphone était à plat.

Pris d'une inspiration subite, il lança :

— Je te dérange peut-être ?

— Non, non, pas du tout, démentit avec véhémence Adrien, qu'est-ce qui te fait croire ça ?

— Ben, je ne sais pas vraiment… Mais le fait que tu ne m'aies toujours pas proposé d'entrer y est peut-être pour quelque chose.

Adrien qui avait, depuis le début de leur conversation, la tête passée par l'entrebâillement de la porte, sembla gêné.

— Ah oui, oui, bien sûr.

Il jeta un regard par-dessus son épaule puis, comme à contrecœur, ouvrit plus largement le battant et s'effaça pour laisser le passage.

— Bon, ben, entre.

— Chouette enthousiasme, commenta Florian.

— C'est le bazar dans ma chambre, se contenta de dire son ami sans relever sa remarque, attends-moi ici, je vais essayer de la retrouver rapidos.

Et sur ces paroles, il s'engouffra dans le couloir qui menait à sa chambre.

Sidéré, Florian répéta tout bas : « Attends-moi ici, attends-moi ici… Qu'est-ce qu'il lui prend ? Ce n'est quand même pas la première fois que je vois sa chambre en désordre ! En fait, c'est plutôt le contraire qui n'est jamais arrivé ! » Mais il se tut brusquement lorsqu'il lui sembla entendre des bruits de voix étouffées.

« Eh, réalisa-t-il soudain, c'est qu'il n'est pas seul ! »

En temps normal, Florian Bressan était plutôt d'un naturel discret. Par principe et par goût, il ignorait les bruits de couloir et avait pour habitude de ne jamais s'occuper de la vie privée des autres. C'était d'ailleurs une ligne de conduite bien pratique quand on avait pour meilleur ami Adrien Nison. Cela évitait, d'une part, que toutes les filles qui se mouraient d'amour pour ce dernier ne viennent le supplier de faire passer tel ou tel message et cela lui permettait, d'autre part, de garder de bonnes relations avec toutes lorsque ce Casanova en puissance les abandonnait sans un regard en arrière.

Sauf que, depuis quelque temps, une nouvelle donnée était entrée dans cette équation parfaitement équilibrée. Depuis que l'on pouvait écrire « Adrien + Lily = amour », une inquiétude sourde ne l'avait plus quitté. Et ce sentiment, qui lui était auparavant totalement étranger, s'empara de lui avec une acuité nouvelle alors qu'il attendait dans le salon élégant de l'ex-Mme Nison.

Avant même d'en prendre la décision consciente, il se rendit compte qu'il était en train d'avancer à pas de loup dans le couloir conduisant à la chambre. Il eut à peine un soupçon de réticence lorsqu'il plaqua un œil dans l'entrebâillement de la porte qu'Adrien n'avait pas complètement refermée. Ce qu'il vit alors le sidéra.

Allongée de tout son long sur le lit, Bérénice regardait Adrien fouiller son bureau à la recherche de la fameuse clé USB. Elle semblait s'amuser de la situation car elle affichait un petit sourire ironique. Soudain, Florian l'entendit murmurer :

— Il va trouver bizarre que tu le laisses attendre dans le salon…

— Il vaut mieux qu'il trouve ça bizarre plutôt qu'il te voie ici.

Bérénice eut un haussement d'épaules.

— On ne va quand même pas se cacher tout le temps. Un jour ou l'autre, il faudra bien que tu le dises à Lily.

— Le plus tard sera le mieux.

Adrien poussa un cri de satisfaction : il venait de remettre la main sur la clé de son ami.

— Bon, je la lui rends et je m'en débarrasse. Surtout, ne fais aucun bruit.

Mais Florian n'entendit pas cette dernière phrase. En silence, il avait regagné le salon quelques secondes auparavant.

Quand Adrien le rejoignit pour lui remettre le petit objet, il remonta nerveusement ses lunettes sur son nez et se contenta d'un « merci, à plus » avant de tourner les talons à toute vitesse. Ce fut au tour d'Adrien de trouver son comportement un peu étrange, mais il avait déjà tellement de choses en tête qu'il ne s'y arrêta pas. Dès que la porte se fut refermée, il laissa échapper un petit soupir de soulagement et, après avoir fait craquer l'articulation de ses doigts, regagna sa chambre sans tarder.

Dimanche 8 mai, 17 h 45

Les championnats départementaux du Rhône se tenaient cette année-là au grand parc de Parilly. Sur les gradins du stade, de nombreux parents discutaient ou regardaient attentivement la piste pour voir si les épreuves, qui étaient régulièrement annoncées, concernaient leurs enfants.

Maëlle, le dossard n° 321 épinglé sur le maillot de son club, sautillait sur la ligne de départ. D'un regard rapide, elle balaya la foule des spectateurs, à la recherche de tout le soutien possible. Elle fut heureuse d'apercevoir le visage de sa mère. Cette dernière lui fit un petit signe et lui sourit. Maëlle regretta cependant qu'elle fût seule. Son père, parti en mission, était absent ce week-end. « Justement le jour des qualifications », déplora-t-elle une fois de plus. Elle ne se sentait pas en forme aujourd'hui, mais ce n'était pourtant pas le moment de flancher. Cette qualification, elle l'attendait depuis trop longtemps. « C'est tout à fait à ta portée ! lui avait assuré Philippe avant de la laisser prendre place pour cette finale, mais il faut que tu en aies vraiment envie. » Avec cette dernière phrase, il faisait allusion aux performances très moyennes qu'elle avait réalisées ces derniers temps lors des entraînements. Depuis, en fait, que Maxime ne venait plus y assister. Elle fronça les sourcils en repensant à ce paradoxe : c'était elle qui avait été à l'origine de leur rupture (et elle ne le regrettait en rien), mais cette décision l'avait laissée mélancolique. Peut-être le *boyfriend blues*, comme le lui avait dit Mélisande quand elle lui en avait parlé. Avec une précision anthropologique, elle lui avait expliqué que ce phénomène n'était pas rare lors d'une rupture avec son premier amour. « On pense souvent, au début, que l'amour va durer toujours. On se voit déjà en robe de mariée et puis, flop, soudain, tout part de travers ! Au mieux, tu romps, au pire, c'est toi qui te fais jeter. Crois-moi, avait-elle ajouté avec assurance, le second cas est bien plus douloureux que le premier. » Maëlle lui avait alors affirmé avec véhémence (et une once de mépris) qu'elle ne s'était jamais, pas même une seconde, imaginée en mariée. Les robes blanches, meringue-chantilly, ce n'était vraiment pas son genre. Ce qui était la stricte vérité, même si son amie l'avait considérée avec un sourire entendu. Maëlle avait ensuite orienté la conversation sur un autre sujet, omettant de lui confier qu'en revanche, elle avait souvent rêvé de parcourir le monde avec Maxime, sac au dos et boussole à la main, à la recherche d'aventures extraordinaires…

Les haut-parleurs, interrompant sa réflexion, annoncèrent le départ de la finale des 4 000 mètres. Sur sa droite, elle aperçut Farouk qui venait de se passer la tête sous l'eau après avoir été éliminé dès le premier tour. Visiblement, cela n'avait guère affecté son moral car il était en train de taper sur le dos d'un autre participant en riant à gorge déployée, arrosant copieusement. son voisinage à chaque mouvement de tête.

Elle ferma les yeux, cherchant à faire abstraction de toute pensée négative et tenta de se concentrer sur la course qui l'attendait.

« À vos marques, prêtes, partez ! »

Un dixième de seconde après les autres concurrentes (ce qui prouvait que ses efforts de concentration n'avaient guère porté leurs fruits), elle s'élança sur la piste.

Lundi 9 mai, 10 h 05

— C'est ton tour !

— Non, c'est le tien !

— Ah non, c'est moi qui l'ai apportée la dernière fois !

— Ah non, c'est moi !

— N'importe quoi ! Je te dis que c'est moi !

— Eh bien, alors, vas-y !

— Où ça ?

— Apporter la feuille !

— Certainement pas !

— Pourtant tu viens de dire que c'était à toi !

— Eh ! explosa Mélisande, tu le fais exprès ou quoi ! J'ai dit que c'était « moi », pas que c'était « à moi » !

— Ah bon, t'es sûre ?

— Oui, j'en suis…

Ulcérée, Mélisande s'interrompit et, d'un mouvement brusque, saisit la feuille des relevés d'absence qu'un des délégués devait remettre au bureau des surveillants pendant la récréation. Farouk l'avait eue à l'usure. Il la rendait folle, l'exaspérait, la tourmentait… et la faisait rire aux éclats.

— C'est bon, j'y vais. De toute façon, ce sera plus rapide que d'essayer de te faire entendre raison.

— Cool ! T'es une chouette meuf, Mel, j'adore être délégué avec toi.

Outrée d'être qualifiée si trivialement de « chouette meuf », la jeune fille foudroya Farouk de son regard émeraude. Ou tout du moins, elle essaya. Il lui était en effet toujours très difficile de faire avec Farouk ce qu'elle réussissait pourtant très bien avec toutes les autres personnes de son entourage. Il faut dire, à sa décharge, qu'il était extrêmement compliqué de toiser sévèrement un individu qui affichait si naturellement, et avec l'air le plus innocent, une mine aussi réjouie.

— Encore une fois, le tança-t-elle vertement, je te serai extrêmement reconnaissante de ne pas utiliser d'expressions aussi familières à mon égard.

Et, se pressant de lui tourner le dos pour ne pas lui laisser une chance de répliquer, elle partit à grandes enjambées vers le bureau des surveillants. Cependant, elle réalisa vite qu'elle ne s'en débarrasserait pas si facilement. Sans même se retourner, elle sut qu'il lui avait emboîté le pas. Deux secondes plus tard, il était de nouveau à sa hauteur.

— Mais qu'est-ce que tu fais ? demanda-t-elle sans ralentir l'allure.

— Ben, je pensais que c'était évident, je t'accompagne.

Elle s'arrêta brusquement, désorientée.

— Je croyais que tu ne voulais pas aller au bureau des surveillants…

— Je n'ai jamais dit ça ! fit-il avec une surprise réelle.

Mélisande ferma les yeux et se massa les tempes.

— *Mayday, mayday*[1], murmura-t-elle.

Comme s'il la prenait soudain en pitié, Farouk se fendit d'une explication :

— C'est pourtant simple, je ne voulais pas *apporter* la feuille au bureau des surveillants. Mais je n'ai jamais dit que je ne voulais pas *aller* au bureau des surveillants, nuance !

— Mais enfin, ce n'est quand même pas le poids d'une feuille de papier qui t'effraie ?

— Heu, ben non, c'est sûr, bien que je sois partisan de toujours mesurer mes efforts.

— Alors, POURQUOI tu n'as pas voulu prendre cette FICHUE feuille ? hurla Mélisande qui avait perdu tout son sang-froid.

— Eh cool ! Là aussi, c'est très simple, suffit de demander…

Comme s'il s'adressait à un enfant en bas âge, il articula :

— Si j'avais accepté de prendre cette feuille, tu n'aurais jamais eu l'idée de m'accompagner et je me

---

1. Terme utilisé internationalement par les aviateurs pour appeler au secours en cas de problème.

serais retrouvé tout seul. Tandis que moi, je l'ai eue, l'idée, et comme je devais te parler, c'était l'occasion idéale. Logique, non ?

Bouche bée, Mélisande le regardait en se demandant si c'était elle qui devenait bête ou s'il lui manquait, à lui, quelques grammes de cervelle.

— Et évidemment, finit-elle par dire, il ne t'est jamais venu à l'idée de me demander simplement si tu pouvais me parler ?

— Oh si, bien sûr, pour qui tu me prends ? Je ne suis pas idiot ! s'insurgea-t-il.

Puis, souriant à nouveau, il lui fit un clin d'œil avant d'ajouter :

— Mais reconnais quand même que cela aurait été vachement moins drôle !

27

Les masques tombent

Mercredi 11 mai, 17 h 50

Chiara baissa la tête et reprit son souffle. Pendant toute la tirade, elle avait respiré plus vite, emportée par la puissance du texte, comme s'il y avait une urgence profonde à ce que ces mots, ces phrases, soient entendus de tous.

Cet après-midi-là, après les exercices habituels, André Béranger leur avait distribué à chacun des tirades célèbres extraites de différentes tragédies. Était-ce à dessein ou le fruit du hasard ? Le fait est qu'il lui avait tendu un extrait d'*Antigone*, la pièce de Jean Anouilh. Dès la fin de sa première lecture, elle savait le texte presque par cœur.

Car tout comme Antigone, Chiara savait qu'elle n'était pas faite du même bois que les autres. Elle aussi voulait tout ! Elle aussi rejetait les demi-mesures ! La passion, l'exclusivité, les sommets, voilà ce à quoi son cœur aspirait.

Du moins en ce qui concernait le théâtre…

Elle réalisa soudain que le silence régnait dans la pièce. Lentement, elle releva la tête et s'aperçut que les autres élèves la fixaient, bouche bée. Les autres élèves et André Béranger. Ce dernier cependant présentait un visage de marbre qui ne laissait filtrer aucune émotion. Il sembla pourtant à Chiara, lorsqu'elle croisa son regard, voir dans ses yeux bleu glacier un certain trouble. Mais il battit des paupières et, un quart de seconde plus tard, tout avait disparu.

« Le fruit de mon imagination », se dit-elle. Qu'importe ! Elle n'avait pas joué pour lui. Que son interprétation lui plaise ou non, elle s'en fichait. Sa gorge se serra un instant tandis que ses pensées la ramenaient en arrière. Fort heureusement, à ce moment-là, quelqu'un commença à applaudir, bientôt suivi par tous les autres. Chiara eut un petit sourire crispé et se hâta de rejoindre le cercle.

— Pas mal, lui glissa à l'oreille une voix masculine, tu vois, j'avais raison, je t'ai fait faire de sacrés progrès.

La jeune fille brune tourna la tête et fut presque surprise de constater qu'elle se trouvait à côté d'Alexandre. Elle n'avait aucunement fait attention à lui en prenant place, mais à voir son air satisfait, il devait penser le contraire. Elle lui adressa un nouveau sourire crispé et choisit de ne pas répondre. À vrai dire, elle ne savait plus quoi faire de cette relation qui l'embarrassait plus qu'autre chose. Lorsqu'elle lui avait envoyé un SMS pour lui annoncer le décès de sa grand-mère, il avait mis un temps infini avant de lui répondre un lapidaire « Dsolé ». Pour être sincère, cela ne lui avait pas brisé le cœur, mais elle avait trouvé cela un peu léger. Elle savait aussi que leur histoire n'avait pas d'avenir et qu'il lui faudrait faire une mise au point un jour, mais elle se sentait encore fragile et n'avait pas envie de s'en occuper pour l'instant. De toute manière, ce n'était ni l'endroit, ni l'heure d'y réfléchir.

— Intéressant, reconnut à ce moment-là André Béranger qui avait attendu, pour faire son commentaire, que les applaudissements se calment.

Puis, alors que tous pensaient qu'il allait en dire plus, il sortit une fiche de la poche de sa veste et déclara d'une voix neutre :

— Bizarrement, j'ai reçu hier un appel téléphonique de William qui s'inquiétait de ce que nous n'ayons pas commencé à travailler une pièce de théâtre pour la fin de l'année.

Son regard balaya la salle, comme s'il recherchait l'infâme traître qui avait vendu la mèche, mais personne ne baissa les yeux. Alors il poursuivit :

— Comme il a particulièrement insisté, je distribuerai les rôles la semaine prochaine. Le spectacle aura lieu salle de la Ficelle à la Croix-Rousse, le samedi 2 juillet.

Il était clair que, s'il n'en avait tenu qu'à lui, la représentation serait passée à la trappe.

Un murmure d'excitation et de soulagement parcourut la salle. Ils avaient réussi ! L'e-mail écrit par

Chiara et signé de tous avait, malgré un retard considérable, enfin atteint son destinataire !

Comme quelques élèves prenaient la parole pour demander des renseignements, André Béranger coupa court d'un ton sec :

— Le choix de la pièce n'est pas encore définitif, donc inutile de me poser des questions. Nous devons en reparler avec William cette semaine, car il reste fort peu de temps pour vous préparer.

Cette déclaration mit fin au cours et, comme d'habitude, l'ancien comédien sortit le premier de la salle. Dans un brouhaha, les élèves ne tardèrent pas à le suivre en rouspétant à haute voix :

— Il est gonflé !

— Ouais, à qui la faute si on manque de temps ?

— À l'entendre, on croirait que c'est la nôtre !

Mais à peine eurent-ils franchi le seuil que tous se turent : contrairement aux autres fois, André Béranger n'avait pas disparu dans une autre pièce mais se tenait dans le hall d'entrée, occupé à classer des papiers posés en tas sur un bureau. Sans traîner, ils passèrent alors rapidement le seuil de la porte en silence.

Seule Chiara, pour une raison qu'elle ignorait elle-même, resta légèrement en arrière. Elle allait, bonne dernière, sortir à son tour, quand André Béranger releva la tête. Elle croisa alors son regard et en fut frappée. Il était chargé d'émotion, infiniment différent de celui qu'elle lui connaissait habituellement.

— Protégez votre cœur, jeune fille. La vie à laquelle vous aspirez n'est pas forcément telle que vous la pensez.

Interloquée, Chiara le fixa, attendant une explication, mais, sans rien ajouter à ces paroles sibyllines, il lui tourna le dos et s'éloigna à grands pas dans le couloir avant d'ouvrir une porte et de la refermer derrière lui.

Quand elle sortit quelques minutes plus tard dans la rue, Mélisande, seule, l'attendait. Les autres élèves s'éloignaient en petits groupes dans la rue.

— Ah ! Te voilà ! Je me demandais où tu étais passée.

— Je n'étais pas loin.

— Non, mais je te croyais derrière moi et quand je me suis retournée, il n'y avait personne.

Mélisande ne chercha cependant pas à en savoir davantage. Il était évident que Chiara était troublée, mais depuis le deuil qui l'avait touchée récemment, cela lui arrivait souvent. Plus encore qu'auparavant, il lui arrivait de s'échapper dans ses rêves, bien que ceux-ci aient désormais la couleur des souvenirs. Dans ces moments-là, Mélisande redoutait plus que tout de la voir s'effondrer en larmes. Que ferait-elle alors si Lily n'était pas dans les parages ? Sûr qu'elle dirait ce qu'il ne fallait pas ! Et quand elle était avec Chiara, elle semblait *passer* son temps à dire ce qu'il ne fallait pas. Pour le coup, la situation deviendrait vraiment catastrophique.

Alors qu'elles remontaient la rue commerçante, la jeune fille mit un point d'honneur à ne pas se laisser tenter par les mille et une choses qui l'attiraient dans les vitrines. Les yeux fixés droit devant, elle s'en sortait plutôt bien et était assez fière d'elle, mais à force de songer qu'elle ne devait pas regarder telle ou telle boutique, elle sentit l'envie devenir de plus en plus forte. Elle devint même quasiment insupportable quand elles passèrent à proximité de La boîte de Pandore, un de ses magasins de chaussures préférés, car il se trouvait qu'elle avait justement besoin d'une nouvelle paire de sandales assorties à la petite jupe-short qu'elle venait de s'acheter. Et puis son amie ne l'aidait guère en restant résolument silencieuse ! Sur le point de craquer, Mélisande se creusa la tête pour chercher un sujet de conversation qui ne soit pas risqué. Aussi, c'est avec un petit soupir de soulagement qu'elle lança :

— Super-nouvelle, ce spectacle ! On va enfin savoir si toutes ces bêtises ont servi à quelque chose !

— Ce ne sont pas des « bêtises ». Ce sont des exercices.

— OK, si tu veux… admit Mélisande, peu contrariante, avant de déclarer en rejetant son épaisse chevelure rousse en arrière : de toute manière peu importe, je n'aurais pas eu besoin de ça pour décrocher le premier rôle.

— Ah, parce que, bien sûr, tu vas décrocher le premier rôle ?

— Ben, évidemment, qui veux-tu que ce soit d'autre ? demanda-t-elle en ouvrant de grands yeux étonnés.

Chiara s'arrêta net mais ne répondit pas, se contentant de la fixer avec un mélange de stupeur et d'exaspération. Stoppant à son tour pour l'observer,

Mélisande commença à douter. Le sujet de conversation, qui lui avait paru absolument parfait de prime abord, semblait soudain très dangereux. Elle pensa une seconde l'abandonner quand, tout d'un coup, elle lut sur le visage de son amie la réponse à sa question. Et là, ce fut plus fort qu'elle.

— Quoi ? Tu pensais que... Attends, ne me comprends pas mal surtout, j'ai trouvé ta prestation vraiment bluffante tout à l'heure, mais tu es quand même d'accord avec moi que pour jouer les jeunes premières, tu manques un peu de... glamour !

— De GLAMOUR ? s'écria Chiara.

— Mais cela n'enlève rien à tes milliers d'autres qualités, fit précipitamment Mélisande.

— De GLAMOUR ! répéta Chiara avec écœurement sans prêter attention à ce que son amie venait de dire. Tu peux me dire ce que le GLAMOUR a à voir avec Antigone, Phèdre ou Bérénice ?

Mélisande fronça légèrement les sourcils.

— Heu, je ne suis pas certaine de connaître toutes ces personnes, mais c'est vrai qu'avec des noms pareils elles ne sont pas vraiment aidées côté glamour.

— Tu vois ! Même *toi* tu le reconnais !

— Admettons, mais si on joue *Roméo et Juliette*, y a pas photo ! En plus, Juliette était blonde et toi tu es brune !

— Et toi rousse ! 1-1, la balle au centre !

— Pas rousse ! Blond vénitien !

— Pff, de toute façon, les cheveux, on s'en fiche ! Les perruques, c'est pas pour les chiens !

— Perruque ou pas, ça ne change rien à l'affaire : pour jouer Juliette, il faut connaître les affres de l'amour et, de ce côté-là, tu es plutôt mal barrée !

Les yeux de Chiara se rétrécirent.

— Ah ouais ! Parce que Mademoiselle a l'apanage des histoires de cœur peut-être ?

Mélisande haussa les épaules et se força à prendre un air modeste.

— L'apanage, peut-être pas. Mais par rapport à certaines, une nette supériorité certainement !

— Et quand tu dis « certaines », tu as des noms en tête ?

Les boucles rousses s'agitèrent.

— Enfin Chiara, à quoi joues-tu ? Tu sais aussi bien que moi que tu n'es jamais sortie avec un garçon !

Mélisande fut stupéfaite de voir à ce moment-là un air triomphant se peindre sur le visage de son amie.

— Eh bien justement, NON, je ne le sais pas ! Et sache à ton tour que je sors avec un garçon super sexy depuis des mois !

Le regard interloqué que lui décocha Mélisande la récompensa alors de toutes les semaines d'ennui et de déception que sa relation avec Alexandre lui avait apportées.

— Mais… mais c'est qui ? balbutia son amie.

Aux anges, son interlocutrice déclara :

— Quelqu'un que tu connais bien.

— Fa… Farouk ?

Chiara leva les yeux au ciel.

— N'importe quoi ! Je t'ai dit qu'il s'agissait d'un garçon super sexy !

Constatant que son amie était à des années-lumière de la bonne réponse, elle enchaîna :

— Alexandre !

— Quoi « Alexandre ! » ? fit Mélisande en tournant la tête pour voir si le garçon arrivait.

— Pff, t'es pénible, tu sais ? Je te dis simplement que c'est avec Alexandre que je sors !

Si Chiara s'attendait à ce que son scoop produisît son effet, elle n'aurait cependant jamais imaginé qu'il eût été de cette envergure.

Mélisande, livide, la fixait sans rien dire. Avisant un banc qui se trouvait à proximité, elle franchit, avec difficulté, les trois pas qui l'en séparaient et se laissa tomber dessus. Sans réfléchir, son amie la suivit et l'entendit marmonner quelques mots entre ses dents.

— Qu'est-ce que tu dis ?

Se redressant soudain, Mélisande s'écria :

— Le salaud ! L'infâme, l'insupportable, le misérable salaud !

— Mais… qu'est-ce qui te prend ?

— Il me prend que je sors aussi depuis plusieurs mois avec lui !

— Tu veux dire…

— Oui ! Je veux dire que c'est *lui* mon correspondant mystérieux, et que je commence à comprendre pourquoi il tenait tant à ce que nous gardions notre relation si romantiquement secrète !

À son tour, la grande jeune fille brune se laissa choir sur le banc.

— Ça alors !

À ses côtés, Mélisande continuait à psalmodier une liste d'insultes toutes plus « colorées » les unes que les autres.

— Quand je pense qu'il a osé me faire ça à moi, une Sicilienne ! siffla Chiara entre ses dents.

— Et à moi, une Saint-Sevrin !

— Il ne va pas s'en tirer comme ça…

— Ça non, je vais l'étriper…

— Et l'écharper…

— Le massacrer…

— Le réduire en bouillie…

— Ah non !

— Comment ça, non ? Tu ne vas pas le défendre tout de même !

Mélisande prit un air choqué.

— Certainement pas ! Je disais « Ah, non ! » parce que tu m'as piqué mon idée ! J'avais, moi aussi, une irrésistible envie de le réduire en bouillie. Tu sais, cette matière molle et gluante qui ressemble à s'y méprendre à ce truc infect que les Anglais mangent au petit déjeuner…

— Le porridge ?

— Oui, c'est ça, le porridge ! Beurk, je n'ai jamais pu en avaler une cuillerée quand j'étais dans la famille de ma correspondante en troisième.

À ce moment-là, Chiara éclata de rire.

— Qu'est-ce qui te prend ? s'étonna Mélisande à son tour.

— Oh rien ! lâcha son amie entre deux rires, trois fois rien… Juste que je trouve assez hilarant de passer d'une trahison infâme au porridge anglais.

En entendant cela, Mélisande se joignit soudain à elle et elles durent attendre plusieurs minutes avant de pouvoir reprendre leur sang-froid.

— Bon, ben, je suis contente de voir que tu le prends plutôt bien, constata Chiara. Je croyais que tu étais folle amoureuse de ton amoureux mystérieux.

— Oh, fit son amie en haussant les épaules, ce n'était pas si mal : il est plutôt beau gosse, il sait bien s'habiller et m'aidait à oublier que j'avais gâché la plus belle histoire d'amour que j'aie jamais eue. Mais, entre nous, je repensais à Lisandro toutes les fois où l'on s'embrassait.

Chiara fut tentée de lui demander son évaluation de sa technique, mais n'osa finalement pas franchir le pas. Si elle lui annonçait qu'il assurait dans ce domaine, cela voudrait dire que c'était elle, Chiara, qui avait un problème.

Et ça, elle n'était pas encore prête à l'assumer.

Ignorante du cours de ses pensées, Mélisande lança alors :

— Bon, concrètement, qu'est-ce qu'on fait maintenant ?

Les yeux de son interlocutrice se mirent à briller.

— Ce qu'aurait fait chacun de mes ancêtres siciliens si on s'était joué de lui !

Un sourire carnassier se peignit sur les lèvres délicatement maquillées de Mélisande.

— On se venge ?

— On se venge !

28

Une fille au parfum

Samedi 14 mai, 14 h 45

C'était une journée idyllique. Le soleil dardait ses rayons dans un ciel sans nuage et une légère brise printanière rafraîchissait l'atmosphère. À l'orée des bois, le camaïeu violet des campanules se mêlait au blanc des derniers brins de muguet dont le parfum, au gré du vent léger, se répandait tout autour, ravissant les promeneurs qui flânaient sur le sentier.

Une parfaite journée de mai.

Avec un petit soupir de satisfaction, Lily ferma les yeux. À l'ombre d'un merisier, allongée sur le dos, sa tête reposait sur le meilleur coussin qui soit : les genoux d'Adrien. Lui-même, assis contre le tronc de l'arbre, jouait nonchalamment avec ses bouclettes serrées.

Saxo, le labrador de la famille Berry, qui avait fourni l'excuse d'une sortie dans le petit bois qui se trouvait non loin de la maison familiale, gambadait comme un jeune chiot, excité par les voltiges des papillons qui lui échappaient constamment.

Lily se mit à fredonner l'air de la 9e symphonie de Beethoven, que son orchestre était en train de travailler. Elle était heureuse, tout allait pour le mieux dans le meilleur des mondes : les quatre filles étaient enfin réunies sous le signe de l'amitié ; Chiara se remettait petit à petit de son deuil ; et elle-même sortait (et elle s'en émerveillait chaque matin) avec le garçon le plus craquant de tout le lycée !

Comble de bonheur, il s'était enfin mis au travail ! Au point qu'ils avaient même du mal, parfois, entre ses activités et les siennes, à se voir en dehors du lycée. Mais elle ne s'en plaignait pas, trop heureuse qu'il ne fasse plus pression sur elle pour qu'elle l'aide dans ses devoirs.

Et puis quel soulagement de ne plus se sentir tiraillée en permanence ! Sans compter qu'elle devait bien admettre que cela la flattait d'avoir, elle, la modeste Lily Berry, réussi à influencer l'orgueilleux Adrien Nison. Sans rien en dire à personne (sauf à son fidèle journal bien sûr !), elle était très fière de cette victoire. En fait, il ne manquait qu'une chose pour que leur relation soit vraiment parfaite : qu'il réussisse à s'intégrer à son cercle familial. Car depuis l'invitation à dîner qu'il avait acceptée quelques mois plus tôt, il faisait tout pour éviter de se retrouver à nouveau dans la famille de Lily. Mais bon, cet après-midi-là, bercée par le chant des oiseaux et les aboiements joyeux de Saxo, Lily restait confiante. Il ne s'agissait que d'une question de temps.

Elle sentit Adrien bouger mais elle ne se décida pas à ouvrir les yeux. À vrai dire, il avait déjà opéré ce mouvement depuis qu'ils paressaient, là, à l'ombre de ce magnifique merisier. Il repliait ses jambes lentement et la tête de Lily s'élevait, s'élevait… Un sourire se peignit sur ses lèvres. Dans quelques secondes, elle le savait, sa bouche se poserait sur la sienne. Et alors ce serait… Comment décrire ça ? Elle ne savait pas vraiment, mais c'était encore plus délicieux qu'une coupe glacée vanille-fraise-noix de coco (ses trois parfums préférés) surmontée d'une montagne de crème chantilly ! Entrouvrant les lèvres, elle s'en délectait par avance quand une sonnerie de portable vint gâcher l'instant.

Les jambes d'Adrien se rallongèrent et la tête de Lily suivit le même chemin.

— Allô ?

— …

— Ah ! Salut, Bérénice !

Elle fit la grimace. Adrien haussa les épaules en geste d'impuissance. Lily apporta alors une note rectificative à son état des lieux… Il y avait une ombre au tableau : l'envahissante Bérénice.

— …

— OK, je te la passe, dit-il tandis que Lily se mettait à faire de grands signes de dénégation.

Avec une moue d'excuse, il couvrit le téléphone et, tout en le lui tendant, il murmura :

— Trop tard !

Résignée, Lily prit l'appareil.

— Allô.

— Salut, Lily, je ne te dérange pas ?

— Heu, j'étais avec Adrien.

— Je m'en doute, fit la voix dans l'appareil avec un petit rire.

— Qu'est-ce que tu voulais ? coupa Lily, espérant, en allant droit au but, se débarrasser au plus vite de cet appel importun.

— Eh bien voilà, j'ai un problème…

Bérénice fit une pause et Lily fronça les sourcils. Cela s'annonçait mal. Baissant la voix, elle poursuivit :

— … J'ai lu dans un magazine que les garçons étaient très sensibles au parfum.

— Oui, peut-être, admit Lily qui ne voyait pas en quoi cette découverte la concernait.

Bérénice baissa encore d'un ton au point qu'elle dut tendre l'oreille.

— Voilà… J'ai… J'ai rencontré un garçon qui me plaît beaucoup et je veux mettre toutes les chances de mon côté. Alors je me demandais si tu accepterais de venir avec moi pour choisir un parfum qui m'aille bien, qui soit « moi », comme disent les magazines.

Lily sourit. Quelle bonne nouvelle ! Si la jeune fille se trouvait un petit copain, elle serait certainement moins étouffante.

— OK, mercredi prochain, tu es libre ?

— Heu, c'est que je le vois demain. J'avais pensé qu'on pourrait faire ça cet après-midi. Ce sera rapide, je te promets. Je prendrai celui que tu voudras. Mais bon, si tu ne peux pas, tant pis. J'espère juste qu'il ne tombera pas amoureux d'une autre, parce que ça me ferait mal… très mal. Mais… je peux tout à fait comprendre que tu aies d'autres priorités.

Lily retint un soupir.

— C'est bon, je viens…

Intérieurement, elle pria très fort pour que le garçon en question soit ensorcelé par ce fichu parfum pour un long, long moment.

— C'est vrai ? Génial, tu es un ange… Heu, juste une dernière chose…

Sa voix devint un murmure :

— … Tant que rien n'est fait, c'est un secret ! Pas un mot à personne ! Ni même à Adrien, d'accord ?

Samedi 14 mai, 15 h 45

— Oh oui, tu as raison ! Celui-ci est fabuleux. Je le prends !

Heureusement surprise, Lily suivit Bérénice qui se dirigeait vers la caisse.

— Tu vois, pérorait cette dernière, je te l'avais promis, hein, que ce ne serait pas long !

« Ouais, pensa Lily, sauf qu'il m'a fallu trois quarts d'heure de bus pour venir jusqu'ici et autant pour retourner chez moi ! » Mais enfin, Bérénice était ravie et, avec un peu de chance, le garçon le serait aussi.

Pendant qu'elles étaient dans la file d'attente, sa compagne continuait son babillage.

— Tu comprends, c'est la première fois que je suis amoureuse comme ça. Toutes les fois que je le vois, ça me fait un effet dingue. Je me sens prête à tout pour le séduire… Mais bon, tu connais ça, toi qui es amoureuse d'Adrien depuis le collège.

— Ah non, corrigea Lily, amusée. Au collège, je le détestais ! Celui qui me faisait craquer, c'était F…

Elle s'interrompit, embarrassée.

— Ça alors, je n'en reviens pas ! Tu n'étais pas amoureuse d'Adrien ? Mais de qui donc alors ?

Comme sa camarade hésitait, elle insista :

— Allez, raconte, quelle importance cela peut-il avoir puisque tu sors maintenant avec le plus beau mec du lycée ?

— Tu as raison, cela n'a plus vraiment d'importance. Et puisque tu veux tout savoir, il s'agissait de Florian Bressan.

— Florian ? Le copain d'Adrien ? s'écria Bérénice en ouvrant de grands yeux. Mais il est complètement quelconque.

Son jugement piqua Lily.

— Il n'est pas quelconque ! Il est très gentil, très bosseur et il a beaucoup de charme quand on le connaît un peu.

— Ah ! Et toi, tu le connais bien ?

— Bien sûr, on a été des années dans la même classe. On travaillait souvent ensemble.

— Et lui ?

— Quoi « Et lui ? » ?

— Ben, il craquait aussi pour toi ?

— Ça, il ne me l'a jamais dit, mais…

— Mais ?

Lily sentit qu'elle s'aventurait sur un terrain dangereux, mais elle ne résista pas au plaisir de dire à voix haute ce qu'elle pensait tout bas depuis le réveillon.

— Mais je crois que je ne lui étais pas complètement indifférente.

— Oh ! Et vous ne vous êtes rien dit jusqu'à ce que tu tombes sous le charme ravageur du bel Adrien. Que c'est triste et beau ! On dirait une tragédie grecque !

Lily sentit ses joues s'empourprer.

— N'exagérons rien. Et puis je me suis certainement trompée, ajouta-t-elle précipitamment car elle regrettait déjà son aveu.

— Oh, certainement, fit son amie avec un petit sourire entendu.

Alors qu'il ne restait plus qu'une personne devant elles dans la file d'attente, Lily posa sa main sur le bras de Bérénice et souffla :

— Tu m'as demandé de garder ton secret tout à l'heure. Tu… tu feras pareil pour moi, hein ?

Le sourire de sa camarade s'accentua.

— Bien sûr. Tes secrets sont en sécurité avec moi ! Et puis, on l'a déjà dit, tout ceci n'a plus vraiment d'importance.

— Oui, oui, approuva Lily, tout ceci n'a plus vraiment d'importance.

Mais alors qu'elle prononçait ces paroles, elle se demanda si elle ne cherchait pas simplement à se rassurer elle-même.

29

Conciliabules

Samedi 14 mai, 14 h 30

— Alors, dis-nous, pourquoi tu nous as convoquées ?

— Attends plutôt que Lily soit là pour tout expliquer, cela t'évitera de répéter deux fois la même chose.

— Lily ne viendra pas. Et je ne vous ai pas convoquées ! Je vous ai juste *demandé* de venir, corrigea Maëlle qui avait décidé de faire des efforts pour gommer le côté « bulldozer » de son caractère.

— « Juste demandé » ? releva Mélisande avec ironie. Je cite ton SMS : « RDV Kfé d ange. 14 h 30. URGENTISSIME. » Et comme tu nous l'as envoyé il y a moins d'une heure, cela ressemble fort à une convocation !

Comme Maëlle fronçait les sourcils, prête à se justifier, Chiara intervint.

— Laisse tomber, on s'en fiche. Moi, ce qui m'intéresse, c'est de savoir pourquoi Lily ne viendra pas. Le café des Anges, c'est notre repaire à nous quatre. J'espère qu'il n'y a pas de nouvelles embrouilles dans l'air !

Maëlle avala une gorgée de son milk-shake à la vanille avant de répondre.

— Justement si, il y a des embrouilles, d'énormes embrouilles même. Mais pas avec nous, ajouta-t-elle très vite pour rassurer ses amies qui la regardaient d'un air inquiet.

— À voir ta tête, je ne sais pas si on doit s'en réjouir, fit Mélisande.

— Pour une fois, tu as raison, approuva Maëlle avec son manque de tact habituel.

Mais son amie eut à peine le temps de pincer les lèvres que la jeune athlète poursuivit :

— Notre Lily est tombée dans un joli nid de vipères !

Pressée par ses amies, elle se dépêcha d'expliquer :

— Florian m'a téléphoné en tout début d'après-midi pour me raconter une drôle d'histoire : il est convaincu qu'Adrien sort avec Bérénice !

Les cris de surprise de ses deux compagnes firent retourner quelques têtes dans le café, mais aucune n'y prêta attention.

— Attends, qu'est-ce que c'est que cette histoire ? s'écria Chiara. Elle est absolument insignifiante ! Je suis sûre que même si elle restait la seule fille au monde, les garçons ne la remarqueraient pas !

— *My sentiments exactly!* Et son style ? Vous avez vu son style ? Non, bien sûr, ce qui est complètement normal puisqu'elle n'en a absolument aucun !

Devant ce déluge d'incrédulité, Maëlle s'empressa de raconter ce que Florian lui avait appris quelques heures à peine auparavant. Comment, ne pouvant se taire plus longtemps, même pour couvrir son meilleur ami, il lui avait confié sa visite surprise chez ce dernier et ce qu'elle lui avait permis de découvrir.

— Non !

— Si, je vous dis ! Il l'a vue comme je vous vois maintenant, étendue de tout son long sur le lit.

— Ah bon ? Parce que tu nous vois actuellement étendues de tout notre long sur le lit ? interrogea Mélisande en ouvrant de grands yeux. Dis-moi, tu es sûre que le serveur n'a pas rajouté quelque chose d'un peu trop fort dans ton milk-shake ?

— Ne plaisante pas, intervint Chiara, c'est trop sérieux cette histoire. Moi ce que j'en conclus, c'est que les garçons sont vraiment incompréhensibles… et infidèles ! Visiblement une fille ne leur suffit pas !

— Eh ! Ne généralise pas, corrigea Maëlle, Maxime n'a jamais été infidèle.

— Et Lisandro non plus, glissa Mélisande avec une pointe de nostalgie.

— OK, il y a peut-être quelques exceptions à la règle, mais le comportement de notre cher Alexandre ne fait que confirmer mes dires.

Ce fut au tour de Maëlle d'ouvrir de grands yeux.

— Alexandre ? Qui est Alexandre ?

Le regard émeraude, étincelant de fureur, croisa celui de braise, confus, pendant qu'un troisième, bleu saphir, allait de l'un à l'autre.

— On avait dit qu'on le garderait secret ! explosa Mélisande.

— OK, OK, se défendit Chiara, la voix encore plus rauque que d'habitude, j'ai gaffé. Mais de toute façon, les secrets, ce n'est vraiment pas mon truc !

Boudeuse, Mélisande se renfonça dans sa chaise et croisa les bras.

— Regarde où cela nous a menées ! insista son amie. Si nous n'avions pas fait tant de cachotteries, on n'en serait pas là.

— Pardonnez-moi d'insister, mais quelqu'un pourrait me dire qui est cet Alexandre ?

Comme Mélisande, les yeux fixés sur un des angelots joufflus qui décoraient le plafond, ne faisait pas mine d'ouvrir la bouche, Chiara se résolut à tout dévoiler.

— Alexandre, c'est l'amoureux mystérieux de Mademoiselle et, accessoirement, c'est le garçon avec qui je sors, ou plutôt avec qui je sortais, depuis quelques mois.

Maëlle, qui était en train de siroter son milk-shake, manqua de s'étrangler. Mélisande abandonna sa contemplation angélique pour darder sur elle un regard désapprobateur. Mais la jeune fille était bien trop stupéfaite pour s'excuser.

— Toi ? Tu sortais avec… un garçon ?

Chiara tordit la bouche.

— Ouais, ben, c'est bon, hein ! Ce n'est quand même pas si extraordinaire !

Sans même l'écouter, Maëlle poursuivit :

— Et qui plus est avec le petit copain de Mélisande !

Elle avait à peine fini de prononcer ces mots qu'elle éclata de rire.

— Tu vois pourquoi je voulais garder tout ça secret ? grinça Mélisande à l'intention de Chiara.

— Heu, oui, je commence à voir, marmonna cette dernière.

— Excusez-moi, balbutia Maëlle entre deux éclats de rire, c'est… c'est nerveux… Quelle horreur… Quelle…

— Tu lui donnes une baffe ou je m'en charge ? demanda aimablement Mélisande à Chiara. Il paraît qu'il n'y a rien de tel pour calmer les hystériques.

— Oh, je t'en prie, laisse-moi ce plaisir, gronda sa compagne d'infortune d'un ton menaçant.

Maëlle leva aussitôt les mains en l'air en suppliant :

— Pitié, pas de baffes, c'est promis, je me calme !

Effectivement, quelques gorgées de milk-shake glacé plus tard, elle avait repris contenance. À force de supplications et de plates excuses, elle parvint même à obtenir un récit complet des malheurs de ses deux amies.

— Wahou ! Il s'en passe de belles derrière mon dos ! N'empêche, quelle crapule, ce type ! Il vous a drôlement bien menées en bateau ! J'espère que vous lui avez dit votre façon de penser.

Les deux autres filles baissèrent la tête d'un air penaud.

— Eh bien, finit par avouer Chiara, on avait bien décidé de se venger…

— Oui ! Je voulais l'étriper !

— Et moi, l'écharper !

— À moins que ce soit l'inverse.

— Enfin, bref, lui faire vraiment regretter son comportement et surtout lui faire passer l'envie de recommencer.

— Parce que juste lui dire qu'on l'envoyait promener, ce n'était pas suffisant.

Maëlle prit un air pensif.

— Hum, hum, je vois. Toutes ces idées me paraissent fort plaisantes mais malheureusement assez peu réalisables.

— Oui, c'est bien là le problème, soupira Chiara avec regret. Ah ! Si on vivait à Athènes en 700 avant Jésus-Christ, comme les choses seraient faciles ! Un petit oracle en, notre faveur et Alexandre le Grand se serait fait foudroyer par Zeus…

— Charmante perspective, effectivement, mais une fois de plus assez hors propos, fit remarquer Mélisande avec résignation.

— Quand je pense qu'il a encore eu l'audace de m'appeler tout à l'heure pour me fixer un autre rendez-vous car celui qu'il avait chez le dentiste venait d'être annulé !

— Il t'a appelée ? À quelle heure ?

— Je ne sais plus exactement, vers treize heures trente.

— Le cochon ! Le dentiste c'était MOI ! Je devais le voir cet après-midi pour lui dire ses quatre vérités.

— Attendez ! Vous êtes sûres de ce que vous dites les filles ? intervint Maëlle. Vous pouvez vérifier les heures d'appel sur vos portables ?

Quelques secondes plus tard, les soupçons étaient confirmés.

Maëlle tapa dans ses mains, soudain enchantée.

— Mes jolies, je crois que je la tiens, votre vengeance !

Se penchant en avant, elle les prit chacune par les épaules avant de leur dévoiler le plan infernal qui avait germé dans son esprit fertile. Au sourire ravi qui éclaira le visage de ses deux amies, elle comprit qu'elles le trouvaient, elles aussi, tout à fait à leur goût.

— Et pour Lily, fit alors la grande fille brune, qu'est-ce qu'on fait ? On lui en parle ?

— Tu plaisantes ? désapprouva Mélisande. Dès qu'on ouvrira la bouche et qu'elle entendra les noms de Bérénice et Adrien, elle prendra leur défense et c'est encore à nous qu'elle en voudra.

— Pour une fois, tu as raison ! déclara Maëlle. Je crois que pour l'instant, il faut qu'on ouvre l'œil et qu'on mène l'enquête discrètement jusqu'à ce qu'on ait des preuves irréfutables.

— Cela fait deux fois, susurra Mélisande.

Confrontée au regard étonné de ses deux camarades, elle adressa un sourire éblouissant à Maëlle et s'expliqua :

— Cela fait deux fois que tu dis que, pour une fois, j'ai raison. Cela fait donc deux fois que j'ai raison. Par conséquent, j'aimerais bien que tu arrêtes de faire cette erreur de calcul inacceptable pour une scientifique de ton envergure.

Interloquée et un peu confuse, Maëlle la regarda la bouche entrouverte jusqu'à ce que Mélisande sorte son portable et la cadre dans son objectif en riant.

— J'adore quand tu fais cette tête-là ! Il faut absolument que je fixe cette pose pour l'éternité !

Jeudi 19 mai, 18 h 05

Toute la journée, Lily s'était interrogée. Trouverait-elle le courage de parler à Adrien de ce qui la préoccupait ? Plus la fin des cours se rapprochait, moins elle s'en sentait la volonté. Il faut dire qu'elle trouvait le garçon un peu étrange en ce moment. Susceptible et parfois lointain. Un comportement qui était loin de lui faciliter les choses. Pourtant, quand ils se retrouvèrent dehors, sous le préau, elle sut qu'il lui serait encore plus insupportable de rentrer chez elle sans avoir de réponse claire. C'est donc au moment où Adrien se penchait de sa haute taille pour déposer un baiser d'au revoir sur ses lèvres qu'elle se lança, comme un chat échaudé se jette dans l'eau froide.

— Dis, j'ai eu une super-idée pour les vacances, enfin, moi, je la trouve super et j'espère bien qu'il en sera de même pour toi. Mes parents ont loué un gîte dans les Alpes cet été pour faire de la randonnée. C'est vraiment très chouette, on l'a déjà fait l'année passée. Ça te dirait de venir avec nous ?

Elle avait tout dit d'une traite, prenant à peine le temps de respirer entre les phrases de peur qu'il l'interrompe pour lui signifier son refus. Elle comprit malheureusement assez vite que sa précipitation n'éviterait pas le naufrage du *Titanic*.

— Partir en vacances ? Avec ta famille ?

À la grimace qu'il fit en prononçant ces paroles, elle eut mal au cœur. C'était fichu, assurément.

— Si encore cela avait été seul avec toi…

Lily ferma les yeux. Dire qu'elle n'avait pas osé lui proposer cette option par timidité, de peur qu'il la trouve trop « collante » ! Bon, bien sûr, l'autorisation familiale n'aurait pas été aisée à négocier, mais qui sait ?

— Parce qu'avec moi, tu… commença-t-elle doucement.

— Heu, désolé, l'interrompit-il assez sèchement. Ce n'est pas que je n'aurais pas aimé, mais figure-toi que moi aussi j'ai une famille et des projets avec elle.

Étonnée, car il n'abordait jamais ce sujet-là, Lily essaya de garder son optimisme.

— Super ! Quand est-ce que ta mère prend ses vacances ? Peut-être pourrions-nous quand même arranger quelque chose à votre retour.

— Je ne pars pas avec ma mère. Mon père m'a téléphoné cette semaine pour m'inviter à passer tout l'été avec lui. Il travaille en Afrique en ce moment, au Burkina Faso.

Il avait donné cette explication avec nonchalance, comme s'il s'agissait de la chose la plus naturelle au monde. Mais Lily savait bien qu'il n'avait pratiquement pas revu son père depuis le divorce de ses parents, il y avait des années de cela. Son instinct la prévint alors qu'elle s'aventurait sur des sables mouvants. Comment aurait-elle réagi à sa place ? Elle n'en savait rien, mais certainement pas avec ce détachement glacé dont il faisait preuve. Cette nouvelle expliquait cependant ses sautes d'humeur des derniers temps et cela la rassura un peu. Elle regretta une fois de plus qu'il soit si hermétique à ce sujet. Une huître défendant sa perle aurait été plus coopérative.

Ne sachant plus vraiment quoi dire, elle se contenta d'une réponse banale qui, elle l'espérait, ne le contrarierait pas davantage.

— Eh bien, c'est génial ! Vous allez avoir des tonnes de choses à vous raconter !

Adrien posa sur elle un regard insondable. Il se demandait ce qu'elle pouvait comprendre à ce qui lui arrivait, elle qui vivait dans la chaleur d'un foyer aimant depuis sa naissance. Oui, que pouvait-elle bien comprendre au bonheur qu'il avait ressenti en entendant la voix de son père au bout du fil, voix qu'il avait immédiatement reconnue même après toutes ces années de silence, et à l'amertume fielleuse qui l'avait presque aussitôt envahi, détruisant en un instant toute cette joie enfantine ? Comment comprendrait-elle qu'il allait pourtant accepter d'aller le rejoindre en Afrique, alors qu'il ne le comprenait pas lui-même ?

Il haussa les épaules sans rien laisser transparaître du tumulte des sentiments qui l'agitaient.

— Ouais, comme tu dis, ce sera génial.

Lily lui sourit. Il fallait qu'elle arrête de s'inquiéter sans cesse.

Tout irait bien.

Il n'y avait aucune raison que ce ne soit pas le cas.

30

C'est dans le besoin…

Mardi 17 mai, 18 h 10

Maëlle laça lentement ses chaussures de course. Autour d'elle, les autres athlètes riaient et bavardaient. Certaines, déjà prêtes, se dirigeaient vers la piste du stade. La jeune fille prenait délibérément tout son temps, espérant bien éviter ainsi qu'on lui adresse la parole. Ce manège, qu'elle reproduisait depuis quelques entraînements, fonctionnait assez bien. Cela lui avait évité jusqu'à présent de devoir répondre à des questions embarrassantes ou de subir des remarques pleines de commisération.

— Allez, Maëlle ! Un peu de nerf, bon sang ! s'exhorta-t-elle tout bas. C'est vrai, quoi, tu n'as pas à rougir. Tu l'as obtenue, cette qualification. Tu as fait ce qu'il fallait faire. Maintenant, il faut penser à l'avenir. Tout oublier et ne plus penser qu'à l'avenir…

Mais elle avait beau se répéter ce genre de discours régulièrement, elle n'arrivait pas à s'en convaincre. Elle ne se souvenait que trop bien de sa dernière prestation, lors des championnats du Rhône. Celle-ci n'avait pas laissé une forte impression : après une course lourde et tendue, elle n'avait réussi à se qualifier pour les championnats de France qu'au dixième de seconde près. Philippe, à l'arrivée, affichait un sourire crispé. Quant à Farouk, sourcils levés, il s'était abstenu de tout commentaire, ce qui, venant de lui, valait toutes les longues phrases. L'entraîneur avait été le premier à lui chanter le couplet qu'elle se répétait avant chaque entraînement, mais l'un et l'autre savaient bien que cela n'y ferait rien. Si elle ne retrouvait pas ce désir de gagner qui rendait sa foulée si fluide et légère, jamais elle ne parviendrait en finale le mois prochain. Et quelle honte ce serait alors !

Un coup de sifflet provenant de l'extérieur la rappela à l'ordre. Les échauffements avaient démarré et ce n'était pas le moment d'arriver en retard.

À petites foulées, elle traversa le stade pour aller rejoindre le petit groupe. Un quart d'heure plus tard, Philippe hurlait de toute la force de ses poumons :

— En piste et que ça saute, on court dix minutes !

Maëlle sourit à peine en entendant Farouk claironner :

— Ben, faudrait savoir, on saute ou on court ?

Heureusement pour lui, il était déjà trop loin pour que le 45 « fillette » de Philippe puisse atteindre son postérieur. Ce dernier se vengea néanmoins en lui annonçant de sa voix de stentor une minute supplémentaire rien que pour lui. Un rire perlé, provenant des gradins, accueillit cette annonce. Tournant la tête dans cette direction, Maëlle eut l'immense surprise de découvrir Mélisande, vêtue d'un joli slim noir et d'une chemise à carreaux cintrée, nonchalamment assise sur une des planches de bois qui servaient de banc.

— Houhou, Maëlle !

Apercevant son amie parmi les coureurs, la jeune fille rousse descendit les quelques marches de béton qui conduisaient aux pistes avec une grâce admirable compte tenu de la hauteur des degrés et de celle de ses talons. Profitant de l'entrée de Philippe dans les vestiaires, Maëlle s'arrêta à sa hauteur.

— Mais qu'est-ce que tu fais ici ?

— Je suis venue t'encourager, évidemment ! Tu ne m'as pas entendue ? J'ai fait : « Houhou, Maëlle ! »

— Oui, j'ai entendu. Mais ce n'est pas ma question ! Pourquoi es-tu ici ?

Mélisande plissa les yeux et se mordit la lèvre inférieure. Elle hésitait.

— Bon, qu'est-ce qu'il y a ? s'impatienta son amie.

— Ah là, là, qu'est-ce que tu es stressante ! Avec toi il n'est pas possible de réfléchir cinq minutes.

— Réflé…

— Et attention à ce que tu vas dire, l'interrompit Mélisande en agitant un doigt menaçant sous son nez, parce que sinon, je repars *illico*, et même si Farouk m'arrache des larmes en décrivant dans quel état de détresse morale tu te trouves, j'annule tout !

Elle s'arrêta soudain et, couvrant sa bouche rosée de sa main, elle dit faiblement :

— Oups !

— Bon, fit Maëlle en mettant ses deux poings sur les hanches, maintenant, tu as intérêt à tout me raconter.

Mélisande se dandina, cherchant à retrouver un équilibre plus stable car, depuis quelques minutes, ses talons s'enfonçaient dangereusement dans la terre meuble détrempée par la pluie de la veille.

— OK, accepta-t-elle joyeusement, après tout, je n'ai promis à personne de garder le secret !

Décochant un sourire étincelant, elle confia :

— Que veux-tu, à force de faire des cachotteries, je ne sais plus ce que je peux dire ou non…

— Mélisande…

— OK, OK ! Bon, voilà, Farouk t'a trouvée en petite forme lors de ta dernière compétition et il pense que c'est parce que Maxime n'est plus là pour t'encourager.

Comme Maëlle relevait le menton pour démentir catégoriquement, Mélisande, tout en soulevant régulièrement ses talons pour ne pas s'enfoncer complètement, enchaîna très vite :

— Alors bien sûr, tu me connais, je lui ai cloué le bec en disant que ce n'était certainement pas une petite rupture de rien du tout qui allait t'abattre. Mais en *réfléchissant* un peu…

Elle avait ralenti son rythme de parole pour accentuer fortement le mot, tout en dardant un regard qui en disait long à son amie.

— … j'ai pensé que ce serait sympa de venir te faire un petit coucou, histoire d'essayer de comprendre ce qui te faisait courir comme ça.

Son regard s'attarda sur les garçons en short qui passaient à ce moment-là près d'elles.

— D'ailleurs, je ne suis pas venue pour rien : je commence déjà à avoir quelques indices.

Farouk, qui arrivait en queue de peloton, les doubla en flèche et se retourna pour lancer :

— Sympa, ta danse des canards, Mel !

Les yeux d'émeraude virèrent au vert océan par un soir de tempête. Se redressant de toute sa hauteur malgré son problème de chaussures, elle chercha à répliquer, mais le temps qu'elle trouve quelque chose à dire le garçon était déjà loin.

— Pas grave, marmonna-t-elle, je vais le garder à l'œil et je l'aurai au prochain passage.

— Heu, c'est pour lui ou pour moi que tu es venue ? demanda Maëlle.

— Pour toi, évidemment ! Quelle question ! Comme si j'avais du temps à perdre avec un garçon pareil !

— Ah ! Me voilà rassurée…

Baissant les yeux, Maëlle avoua :

— En tout cas, c'est sympa…

Mais relevant la tête, elle ajouta très vite :

— Même si, comme tu l'as si bien deviné toute seule, je m'en sors très bien… Bon, il va falloir que j'y aille. Si Philippe me trouve sur le bord de la piste à papoter, je vais me faire massacrer.

— Alors, je retourne sur les gradins, fit Mélisande avec soulagement, pas mécontente de retrouver un sol ferme sous ses talons.

— Et… et tu penses revenir les autres fois aussi ? demanda la jeune athlète alors que son amie commençait déjà à gravir les marches.

Mélisande se retourna et répondit avec une grimace :

— Non, pas toutes les fois quand même, je ne peux pas me permettre de bousiller deux paires de salomé par semaine !

— Ah.

— Mais si je me souviens bien, poursuivit-elle en se frottant le menton, je crois que la prochaine fois c'est Lily qui s'y colle, puis ce sera au tour de Chiara… puis à moi à nouveau et ainsi de suite jusqu'à ce que médaille s'ensuive ! D'or, de préférence !

Rayonnante, Maëlle partit en courant.

— D'or ou de chocolat, je la partagerai avec vous !

Elle revint cependant sur ses pas pour préciser :

— Encore un truc : je crains que ton « houhou, Maëlle ! » ne soit pas *totalement* suffisant pour rebooster ma confiance, à supposer bien sûr que j'en aie besoin et je ne dis pas que c'est le cas ! Mais si par le plus grand des hasards tu pouvais trouver quelque chose de plus… *musclé* à hurler, ce serait vraiment génial !

Mélisande fit une petite moue et d'un signe de tête montra qu'elle y songerait.

Sur un rapide sourire, son amie se retourna et partit en longues foulées.

Tout en s'asseyant à la place qu'elle occupait auparavant, la nouvelle supportrice observait le coureur dégingandé qui s'approchait des gradins à grandes enjambées élastiques. Encore une fois elle s'étonna que sa sœur, élevée dans le raffinement et la sophistication, ait pu tomber amoureuse d'un garçon tel que lui. Tout les opposait, et assurément leur relation aurait été vouée à l'échec avant même d'éclore. Elle laissa échapper un petit soupir de soulagement. Heureusement, toute cette histoire était sortie de la tête de cette écervelée de Pauline. Depuis leur sortie au parc de la Tête d'or et la course de rollers qu'elle n'avait pas accepté de perdre (bon, c'est vrai, ses aînés n'avaient pas été complètement fair-play, mais après tout, c'était aussi ça la vie, il fallait bien qu'elle l'admette), Farouk était tombé du piédestal sur lequel elle l'avait placé d'autorité. Et son amour tout neuf n'y avait pas survécu. À cette pensée, un petit sourire satisfait se dessina sur ses lèvres soigneusement maquillées. Au moins elle avait réussi, sans trop de mal, à mener à bien cette mission délicate. Son sourire se figea cependant lorsque Farouk, arrivé à sa hauteur, lança un retentissant « coin-coin ».

Bondissant de son banc, elle leva un poing vengeur et, de toute la force de ses poumons, lança un vigoureux :

— Va donc, eh patate !

— Merci… Je n'en demandais… pas tant ! s'exclama ironiquement Maëlle entre deux inspirations.

La jeune fille blonde avait déjà rattrapé son retard et dévorait à chaque foulée l'espace qui la séparait de Farouk.

Mélisande, rougissante, corrigea, les mains en porte-voix :

— Non ! Ce n'est pas pour toi, c'est pour lui !

Mais son amie, en plein effort, ne prit pas le temps de la regarder. Seul le rire complice (vite réprimé par le manque d'oxygène) qui s'échappa de sa gorge au moment où elle passait devant elle prouva qu'elle n'avait cependant rien perdu de l'échange…

31

Alexandre le gland

Mercredi 18 mai, 14 h 05

Assises côte à côte sur la margelle de la fontaine Bartholdi, place des Terreaux, Mélisande et Chiara semblaient n'avoir d'yeux que pour l'écran du portable rose extraplat sur lequel la première tapait à toute allure un texto.

— Et voilà ! fit avec satisfaction l'élégante jeune fille rousse en appuyant sur la touche « envoi ». Maintenant, il n'y a plus qu'à croiser les doigts pour que ça fonctionne.

— Ça fonctionnera, fit avec conviction sa voisine, les plans de Maëlle fonctionnent toujours.

— J'espère de tout cœur que tu as raison ! Oh là là, est-ce que tu crois qu'il existe une sainte patronne des copines trompées à qui on pourrait adresser une petite prière ?

Chiara se mit à pouffer.

— Laisse les saints là où ils sont ! Je te dis que ça fonctionnera !

Mélisande se mordilla un ongle. Elle ne partageait pas l'assurance inébranlable de son amie.

— Mais imagine qu'il y ait encore d'autres filles dans notre cas…

— Eh, quand même ! Il s'appelle Alexandre, pas Casanova !

Tout à coup, les traits de Mélisande se détendirent et un fou rire, aussi soudain qu'incompréhensible, la saisit.

— Qu'est-ce qui te prend ?

Comme son amie, incapable de prononcer une parole, ne lui répondait pas, Chiara, sa main en coupe, récupéra un peu d'eau dans le bassin derrière elle et la lui lança à la figure. Mélisande avait atteint un tel état d'hilarité qu'elle ne s'en offusqua même pas. Elle se contenta de lever les mains pour se protéger d'une nouvelle attaque tout en essayant d'articuler un mot entre deux inspirations nerveuses. Stupéfaite de ce manque de réaction, Chiara se pencha en avant pour essayer de comprendre ce qu'elle disait. Enfin, elle pensa avoir saisi ce que son amie répétait convulsivement.

— Le gland ? fit-elle d'une voix interrogative. Pour ça, tu as raison, quel gland, ce mec ! Mais je ne vois pas pourquoi cela te met dans cet état…

Alors, prenant une profonde inspiration, Mélisande parvint à dire :

— Parce qu'il s'appelle Alexandre, Alexandre… le gland !

La seconde suivante, elles étaient deux à se tordre de rire sous l'œil impassible des chevaux de plomb de la fontaine. Quelques minutes plus tard, calmées, Mélisande reprit :

— Bon, supposons que tu aies raison. Combien de temps faudra-t-il attendre avant qu'il…

Elle s'interrompit en entendant sonner le portable de Chiara.

Les deux filles échangèrent un regard.

— C'est lui, murmura Chiara.

D'un geste vif, elle décrocha.

— Allô ?

— …

— Oh, eh bien, tant mieux.

— …

— Quelle bonne idée ! Au parc de la Tête d'or ? Ah non, en revanche, je n'aurai pas le temps. Place des Terreaux, ce serait beaucoup mieux.

— …

— OK, à tout' !

Et elle raccrocha.

— Il arrive, fit-elle avec un sourire. Il n'était pas très content parce qu'il lui faudra près d'une demi-heure pour venir.

— Et il le sera encore moins lorsque tu l'appelleras pour lui dire que tu ne peux pas le rejoindre.

— Le pauvre ! Heureusement que son rendez-vous chez le dentiste a ENCORE été annulé !

— Quel cochon ! fit Mélisande furieuse qu'il ait utilisé à nouveau cette excuse bidon.

Chiara lui fit un clin d'œil.

— Mais non, ma chère : quel gland !

Mercredi 18 mai, 16 h 05

— Vu le peu de temps qu'il nous reste, nous travaillerons une version écourtée des *Femmes savantes*, de Molière. William et moi ayant présenté cette pièce il y a quelques années à l'occasion d'un festival, le texte condensé est donc déjà prêt.

Un murmure déçu parcourut la salle. Les élèves avaient espéré être impliqués dans le choix de la pièce. Certains auraient aimé une pièce moderne, d'autres, comme Émilie et les trois sœurs, rêvaient de quelque chose de plus romantique. Mélisande, il y a encore peu, aurait partagé leur point de vue, mais les derniers chamboulements de sa vie amoureuse l'avaient dégoûtée pour un temps des grandes déclarations d'amour.

— Dommage, lança soudain Chiara à haute et intelligible voix, quitte à choisir Molière, il me semble que *Le Tartuffe* aurait été mieux adapté.

Sa déclaration lui valut des regards perplexes de la part de tous ses camarades ainsi qu'un coup d'œil exaspéré d'André Béranger.

— Je ne comprends pas pourquoi vous dites cela, mais de toute façon le choix n'est pas discutable. Il nous reste bien trop peu de temps déjà pour présenter quelque chose de correct.

Mais Mélisande, elle, avait compris. Elle se tortillait sur place pour lutter contre son envie de rire. Elle n'imaginait que trop bien Alexandre en Tartuffe ! Sentant le regard de ce dernier peser sur elle, elle prit mille et une précautions pour ne pas le croiser. Sinon, elle en était sûre, elle ne pourrait plus se retenir. Rien qu'au souvenir de ce qui s'était passé un peu plus tôt dans l'après-midi, l'hilarité la reprenait. Elle le revoyait, arrivant en sueur au rendez-vous que Chiara lui avait fixé place des Terreaux, regardant à droite, à gauche, sans l'apercevoir. Il s'était assis à l'emplacement même où elles lui avaient téléphoné une demi-heure auparavant. Sauf qu'elles ne s'y trouvaient plus. Bien au frais, attablées devant un délicieux banana split, elles l'avaient observé depuis la vitrine du glacier qui se trouvait sur cette même place. Invisibles derrière les lamelles du store, elles s'étaient régalées de plus d'une façon. Le portable de Chiara coupé, elles l'avaient vu téléphoner encore et encore, laissant message sur message et s'impatientant davantage à chaque minute qui passait. À quinze heures quinze, Mélisande l'avait alors appelé pour lui dire qu'elle s'était libérée plus tôt que prévu et qu'elle serait ravie de le voir. Bien sûr, comme elle se trouvait vers La Part-Dieu, ce serait bien qu'il vienne la rejoindre. Il était alors reparti au pas de course vers la bouche de métro, disparaissant de leur vue. Mais quel délice cela avait été d'assister à sa déconvenue ! Elles regrettaient de ne pas avoir pu contempler sa tête quand il était arrivé sur le lieu du nouveau rendez-vous pour constater qu'il n'y avait pas de Mélisande à l'horizon, mais comme elles n'avaient aucune envie de courir pour être à l'heure à leur cours de théâtre, elles s'étaient résignées. Quand il était finalement arrivé au cours Saint-Émilien, elles étaient déjà là. Il était beaucoup plus rouge que d'habitude (et moins bien coiffé aussi comme le fit discrètement remarquer Mélisande à l'oreille de son amie) mais, malgré une évidente frustration, il se trouvait dans l'incapacité d'obtenir la moindre explication puisqu'elles étaient ensemble et censées ignorer l'une et l'autre le rendez-vous raté de la voisine. Ce n'était que partie remise bien sûr, cependant cela ne les dérangeait guère. L'explication en question était déjà prête : Chiara lui dirait que son père lui avait confié une course urgente, et que, parce que sa batterie était vide, elle n'avait pu le prévenir. Quant à Mélisande, elle lui expliquerait qu'ayant rencontré Chiara sur le chemin elle s'était vu contrainte de changer ses plans, secret oblige !

Avec de gros efforts, elle parvint à retrouver son calme. Il était temps car André Béranger venait de saisir une liasse de photocopies et commençait à les faire passer.

Quand tout le monde eut un exemplaire en main, le professeur résuma en quelques mots l'intrigue de la pièce et commença aussitôt à distribuer les rôles. Mélisande hérita de celui d'Henriette, fille cadette de la famille, qui espère épouser Clitandre. Elle retint un haut-le-cœur quand elle entendit que ce dernier serait interprété par… Alexandre ! Dire que quelques semaines plus tôt elle aurait adoré jouer ce rôle ! Maintenant, elle allait devoir faire appel à tous ses talents de comédienne pour arriver à le rendre crédible ! Tournant délibérément le dos au garçon qui paraissait, lui, enchanté de cette distribution, elle fit une grimace de dégoût à l'intention de Chiara. Cette dernière, luttant à son tour contre une irrépressible envie de rire, entendit à peine qu'elle devrait jouer Philaminte, mère d'Henriette, « femme savante » par excellence et un des personnages principaux de la pièce.

Quand son amie, bonne joueuse, vint la féliciter d'avoir décroché ce rôle, Chiara haussa simplement les épaules. Sans qu'elle sache vraiment pourquoi, cela lui semblait maintenant de moindre importance. Ce qui la tracassait, en revanche, c'était le regard étrange que le vieux professeur posait de temps en temps sur elle. S'il lui semblait généralement totalement impénétrable, il lui arrivait parfois, comme par exemple lorsqu'il lui avait annoncé qu'elle jouerait Philaminte, de voir une lueur fugitive le transformer. De quoi s'agissait-il vraiment ? Elle n'en savait rien, mais cela la perturbait et elle aurait donné cher pour avoir une réponse à ses interrogations.

Elle n'eut cependant pas le loisir de s'appesantir sur la question. D'un claquement sec des mains, André Béranger venait de lancer la lecture de la première scène.

Samedi 21 mai, 11 h 25

— Dis, Maman, à quoi reconnaît-on les sentiments véritables ?

Penchée sur le lavabo en émail blanc qui occupait un angle de l'atelier de sa mère, Lily lavait à grande eau des pinceaux de toutes tailles. Quand elle était plus jeune, ces samedis matin passés à regarder sa mère travailler et à lui donner des petits coups de main étaient une tradition qu'elle n'aurait manquée pour rien au monde. En grandissant, cependant, au fur et à mesure des changements de son emploi du temps, elle avait peu à peu perdu l'habitude de tenir compagnie à sa mère. Mais ce matin-là, par un concours de circonstances imprévu (le chef d'orchestre avait attrapé les oreillons, ce qui pour un musicien était un comble !), elle s'était soudain retrouvée disponible et avait, avec un bonheur si intense qu'elle en avait été la première surprise, repris le chemin du sous-sol.

Sa mère posa le papier aquarelle qu'elle était en train de ranger et se tourna vers elle.

— En voilà une question grave ! Que veux-tu dire exactement ?

Lily ferma le robinet, s'essuya les mains et s'appuya contre le lavabo. Sa mère était dos aux grandes baies vitrées exposées nord-est qui diffusaient une lumière inchangée en cours de journée, éclairage idéal pour une artiste. De là où elle se tenait, Lily ne pouvait cependant distinguer ses traits à cause du contre-jour. Elle savait pourtant, au ton de sa voix, qu'elle l'écoutait avec attention.

— Eh bien… commença la jeune fille avec précaution, comment peut-on savoir que la personne avec qui on est vous apprécie vraiment… Que ses sentiments sont sincères ?

Mme Berry ne répondit pas tout de suite. Après une courte réflexion, elle avança enfin :

— Je crois qu'il est très difficile de connaître vraiment le cœur d'une autre personne. Même le nôtre nous est parfois mystérieux. Mais si on veut considérer les faits avec raison, je pense que le temps et le chemin parcouru ensemble sont des facteurs essentiels pour répondre, un peu, à cette question.

— On dit pourtant que le cœur a des raisons que la raison ignore !

— On dit aussi que l'amour est aveugle. Ce qui peut être une bonne chose car personne n'est parfait, mais aussi, parfois, une mauvaise. Un aveugle ne voit pas le danger.

Lily soupira.

— Tu ne m'aides pas beaucoup, tu sais.

— Et si tu me disais ce qui te préoccupe vraiment ?

Sa fille hésita une seconde et finit par se lancer.

— J'avais invité Adrien à fêter mon anniversaire dimanche prochain, et il a refusé. Il ne m'a même pas dit pourquoi !

— Peut-être parce qu'il s'agit d'une réunion familiale. Il ne m'a pas semblé tellement à l'aise la dernière fois qu'il est venu.

Lily tortilla nerveusement l'une de ses soyeuses boucles châtaines.

— Oui, il m'a dit qu'on formait une tribu mais qu'il n'avait pas l'intention d'en faire partie. Il sait pourtant combien c'est important pour moi ! Et puis, des fois, il agit bizarrement. Il peut être adorable une minute et tout à fait distant la suivante. C'est parfois… difficile.

Mme Berry passa un bras réconfortant autour des épaules de sa fille.

— Les relations humaines sont compliquées. Quand on a des doutes, il faut être doux comme un agneau mais prudent comme un serpent. Avec le temps et suivant les personnes, tu sais peu à peu si tu dois être davantage « agneau » ou « serpent ».

Elle déposa un baiser léger sur la joue de sa fille avant de conclure :

— Et surtout, tant que tu n'es pas sûre, protège ton cœur !

32

L'amour du risque

Mardi 24 mai, 14 h 15

À l'instant où Maëlle s'était proposée pour travailler en binôme avec lui, Florian s'était douté qu'elle tramait quelque chose. Non pas qu'il soit surprenant que leurs noms soient associés en classe : ils avaient prouvé plus d'une fois qu'ils formaient un tandem redoutable d'efficacité. Mais leur coopération se limitait généralement à certaines matières : physique-chimie, SVT ou mathématiques. Cependant, chaque mardi après-midi, de quatorze heures à seize heures pour être exact, Maëlle s'ingéniait toujours à l'éviter comme la peste. Cette plage horaire hebdomadaire était consacrée à ce que Florian appelait en lui-même la « séance de torture » et qui semblait au contraire ravir sa camarade de classe : en d'autres mots, il s'agissait du cours d'EPS !

Un ballon de basket sous le bras, la jeune athlète se dirigea vers lui. Ils étaient censés traverser la longueur du terrain en se faisant des passes puis revenir en marchant jusqu'au point de départ pour recommencer à nouveau.

— On y va ? lança-t-elle en sautillant sur place.

— Ben… Ouch !

Florian n'avait pas eu le temps de finir sa phrase qu'il dut encaisser un boulet de canon.

Maëlle était déjà plusieurs mètres devant lui, attendant impatiemment qu'il lui retourne le ballon. Mollement, Florian fit une tentative, mais le projectile finit sa trajectoire au beau milieu du terrain.

— Trop court ! râla-t-elle.

— C'est toi qui es trop loin, marmonna Florian dans sa barbe.

La jeune fille, qui n'avait rien entendu, courut récupérer la balle et la renvoya avec une précision diabolique sur son partenaire.

— Ouch ! fit-il à nouveau sous l'impact. En plein estomac cette fois !

— Vite ! hurlait Maëlle. On est en train de créer un bouchon !

Soufflant et soupirant, Florian parvint à lui renvoyer le ballon. Quelques échanges du même style plus tard, ils atteignirent enfin l'extrémité du terrain.

Le visage rouge, Florian grommela aussitôt :

— Bon, dis-moi ce que tu as à me dire.

— Ah ! fit Maëlle un peu surprise. Tu as deviné ?

— Oui, j'ai deviné. Alors ?

La jeune fille s'assura qu'il n'y avait personne autour d'eux susceptible d'entendre ce qu'elle allait lui confier.

— J'ai besoin de tes talents, chuchota-t-elle.

— Mes talents ?

— Oui, j'ai repensé à toute cette histoire… Adrien, Lily, Bérénice. Ce n'est pas clair. Je les ai encore vus déjeuner ensemble ce midi et, même si je ne sais pas expliquer pourquoi, je suis sûre qu'il se trame quelque chose de louche.

Florian ne répondit rien, mais son regard était éloquent. Il partageait son point de vue.

— Il faut qu'on découvre ce qu'il se passe avant qu'il ne soit trop tard, poursuivit Maëlle.

— Moi, je veux bien, mais je ne vois vraiment p…

— Mon petit Florian, fit son interlocutrice en plissant les yeux, tu te sous-estimes beaucoup trop. C'est dommage, bien dommage. Mais cette fois-ci, j'ai besoin de toi pour découvrir le pot aux roses.

— Le pot…

— Les ordinateurs, c'est ton truc, non ?

— Ah ! Pour ça…

— Génial, et le piratage, ça ne te fait pas peur ?

— Le pira…

— Cool ! Alors voici…

— Heu, mais c'est illégal !

— Oh, tout de suite les grands mots ! Je ne vais pas te demander de t'en prendre au Pentagone ou de piller les comptes de la banque centrale ! Il s'agit juste…

— Peu importe, c'est illé…

— Oh ! Et puis, arrête de m'interrompre, sinon on ne va pas s'en sortir. Si je te dis que le bonheur de Lily est en jeu, ça te suffit ?

— Heu…

— Parfait, alors voici ce que j'attends de toi…

La jeune fille se pencha à son oreille et lui murmura quelques mots.

— C'est possible ?

— Tout est possible avec une bonne bécane et une connexion internet.

— J'en étais sûre ! Alors, tu le feras, hein ?

Le garçon soupira et finit par maugréer :

— OK, mais à une condition !

— Laquelle ?

— Que tu promettes de ne plus jamais te mettre avec moi en sport !

Dimanche 29 mai, 15 h 35

— Veux-tu une seconde part de flan, Chiara ?

La jeune fille, qui observait distraitement la collection de masques africains que Valérie avait rapportés au cours de ses voyages, tourna la tête.

— Non merci, dit-elle avec un rapide sourire, je n'ai plus faim.

Elle espéra que son hôtesse ne lui ferait pas remarquer que, faim ou pas, elle refusait rarement de se resservir. Cependant, elle n'avait aucune envie d'avaler une bouchée supplémentaire de ce flan à la pistache trop sucré et immangeable ! Si elle avait réussi à finir son assiette malgré tout, cela n'avait été que pour atténuer la méchanceté de Nolan, qui avait comparé le flan à une « bouillie sucrasse ». Et aussi pour ne pas blesser davantage Valérie qui avait accusé le coup en entendant la remarque de son fils. Chiara songea cependant qu'elle n'était pas sûre de pouvoir renouveler son exploit et qu'il serait temps que quelqu'un se dévoue pour la convaincre de ne plus enfiler une toque de cuisinière. Car les rares autres fois où Valérie, complexée de ne pas être une mère traditionnelle, s'était essayée aux fourneaux, le résultat n'avait guère été meilleur. Heureusement, elle était tellement dépassée par les événements lorsqu'il s'agissait de cuisiner qu'elle ne s'aventurait à préparer qu'un seul plat par repas, le reste provenant (pour le plus grand soulagement de ses hôtes) du magasin de surgelés voisin.

Chiara, un œil sur le flan qui s'affaissait de minute en minute, chercha un nouveau sujet de conversation qui éloignerait définitivement la menace d'une seconde part. Incroyablement, le secours lui vint de son père.

— Et dis donc, toi, tu n'as pas des textes à réviser pour ton bac de français ?

Qui aurait cru, pensa-t-elle, qu'une telle question soit un jour une perche qu'elle saisirait avec bonheur ?

Avec bonheur, certes, mais néanmoins avec angoisse.

— Oui, il va falloir que je rentre, répondit-elle en s'assombrissant.

Elle sentit la panique la gagner à la pensée de tout le travail qui l'attendait. Et si encore ses efforts servaient à quelque chose ! Mais non, à son grand désespoir, sa tête était une véritable passoire et Mme Docile ne savait plus comment s'y prendre avec elle. Chiara repensa au jour où elle avait ramené un 7/20 après son oral blanc. Elle s'était alors dit qu'elle pourrait faire une croix sur les cours de théâtre car son père ne le lui pardonnerait jamais. Elle était même prête à l'accepter sans se rebeller, convaincue qu'elle était nulle en tout et bonne à rien. Mais les choses ne s'étaient pas déroulées comme elle l'avait cru. M. Palermo avait encaissé la nouvelle sans faire de commentaires, assurant même, bien que d'une voix dépourvue de conviction, qu'elle ferait mieux la prochaine fois.

Chiara avait aussitôt compris que Valérie avait dû lui faire la leçon en prévision de cette annonce. Depuis le décès de sa grand-mère, la jeune femme avait tenté, autant que ses déplacements le lui permettaient, de créer un cocon protecteur autour de Chiara. Tout d'abord indifférente, cette dernière avait fini par y être sensible. Elle appréciait particulièrement de ne plus être aux prises directes avec la frustration et la colère paternelle.

— Je sais que ce n'est pas facile pour toi… commença Valérie.

— Bon, on y va ? l'interrompit une voix impatiente. Tu as dit qu'on partirait après manger !

Nolan, accoudé à la mezzanine qui surplombait la salle à manger, avait sa tête des mauvais jours (« mais en avait-il de bons ? » se demanda Chiara). La jeune fille regretta qu'il soit présent ce jour-là. Ce n'était peut-être guère charitable, mais elle se trouvait bien, dans cet ancien appartement qu'avait rénové Valérie. Les grandes fenêtres déversaient à flot le soleil de cette splendide journée de mai, et, sans lui, elle aurait plus apprécié ce repos dominical (à l'exception du flan, bien sûr, qui, soleil ou pas, était raté !).

— Oui, on va y aller, mais laisse-moi terminer cette conversation avec Chiara. Les péniches partent toutes les demi-heures, si on en rate une, on prendra la suivante.

Nolan souffla aussi fort qu'un soufflet de forge avant de replonger sur sa console.

— C'est bon, fit Chiara en repoussant sa chaise, de toute façon, il faut que j'y aille.

Valérie se mit à rire :

— On croirait entendre Marie-Antoinette montant à l'échafaud !

— Il y a un peu de ça, reconnut la jeune fille brune très sérieusement.

— N'exagère pas ! intervint son père. Moi, à ton âge, je passais tous mes week-ends à ramasser des fruits en plus d'étudier.

— Figure-toi que je préférerais mille fois aller planter des choux plutôt que de me dessécher sur des textes inintéressants. Et puis, après tout, c'est toi qui insistes pour que je passe ce fichu bac !

Voyant que le ton montait dangereusement, Valérie posa une main apaisante sur le bras de M. Palermo et glissa :

— Cette fois, c'est ta mère que je crois entendre. Elle non plus n'aimait guère les études.

En entendant ces paroles, Chiara se souvint soudain de ce que lui avait raconté sa grand-mère.

— Mais tu as réussi à l'aider, n'est-ce pas ?

La nostalgie perça dans le regard de Valérie.

— Oui, un peu.

— Comment ? Comment as-tu fait ?

La jeune femme sourit fugitivement.

— Oh, rien d'extraordinaire, je t'assure. Comme elle n'avait aucun problème à mémoriser de longs extraits de pièces de théâtre, on a cherché ensemble comment elle pourrait « interpréter » ses textes de français et leurs explications. Et, pour la plupart, nous avons trouvé ! Tout à coup, les textes ont pris du sens et elle a passé l'oral avec succès !

Chiara, le coude sur la table et le menton en appui sur sa main, devint songeuse.

— Si seulement la même chose pouvait m'arriver…

— Et pourquoi pas ? s'exclama Valérie. Je suis là, à ta disposition, et si je cherche bien je suis sûre que je retrouverai ma baguette magique. Le temps de la dépoussiérer et on se met au travail !

Chiara se redressa.

— C'est vrai ? Tu crois vraiment que…

— J'en suis sûre. Et si ton père accepte d'accompagner Nolan faire un tour de péniche, on peut même commencer aujourd'hui !

— C'est une idée géniale, ma chérie, s'enthousiasma Antonio Palermo, je suis sûre que tu vas faire des merveilles !

Son regard allait de l'une à l'autre et Chiara se demanda à qui il s'adressait vraiment. Était-ce elle, sa chérie, ou bien Valérie ? Elle repoussa cependant la pointe de jalousie qui montait en elle. Quelle que soit la réponse à cette question, elle réalisait que la présence de Valérie avait amélioré ses relations avec son père. En contrepartie, elle devait accepter de le partager. Chiara sourit, heureuse que tout le monde soit satisfait de ce dénouement. Elle aurait été cependant moins affirmative si elle avait levé les yeux vers la mezzanine.

Nolan, la console entre les mains, les regardait d'un œil sombre et orageux.

33

Florian les doigts d'argent

Mercredi 1er juin, 7 h 40

Maëlle, un cardigan de coton enfilé à la hâte sur un tee-shirt bleu vif, marchait d'un pas rapide dans la rue commerçante qui menait au lycée. La plupart des boutiques étaient encore fermées à cette heure matinale, à l'exception d'une boulangerie qui embaumait le quartier de ses odeurs de pain chaud. Ce n'était donc pas une envie pressante de faire du shopping qui avait poussé la jeune fille blonde à se passer de petit déjeuner ce matin-là. Pas plus qu'un désir soudain et bizarre d'arriver en avance devant les lourdes portes de bois du lycée Honoré-de-Balzac pour pouvoir les contempler à sa guise. Non, ce qui l'avait fait sauter dans son jean et enfiler ses baskets à toute allure, c'était la cascade de grelots qui, lorsqu'elle avait allumé son portable peu après son lever, avait tinté gaiement pour lui annoncer qu'elle avait reçu un SMS.

« Ai réussi. Doi te voir o + to. »

Il provenait du mobile de Florian et avait été envoyé à… minuit trente-deux !

Il n'avait pas eu besoin d'en dire davantage pour qu'elle sache de quoi il parlait.

Un frisson d'excitation et de crainte mêlées l'avait aussitôt parcourue. Même si une part d'elle-même s'inquiétait de ce qu'il avait découvert, une autre ne pouvait s'empêcher de se réjouir de l'action qui se profilait à l'horizon. En quelques mouvements du pouce, elle lui avait répondu et, dans la seconde, Florian lui fixait rendez-vous devant Balzac, un quart d'heure avant le début des cours. Sachant qu'il ne s'était couché que bien après minuit, Maëlle en déduisit qu'il n'avait guère dormi.

Elle n'avait pas encore atteint l'angle de la rue quand un jeune homme surgit devant elle, les cheveux en bataille et les lunettes basses sur le nez.

— Florian ?

— Ah ! Maëlle ! Enfin…

— Eh ! Je ne suis pas en retard !

— Heu non, mais j'avais peur qu'on n'ait pas le temps.

— Pas le temps ? De faire quoi ?

— D'aller au Bercy.

— Le café ? Attends ! Ne me dis pas que j'ai sacrifié mon repas préféré de la journée pour qu'on aille boire un café derrière le lycée. En plus, c'est loin d'être mon favori !

— Mais non ! Enfin, on peut boire un café aussi, mais c'est surtout parce qu'il s'agit d'un cybercafé.

— Ah ! Bercy, cyber, je comprends maintenant ! Je me demandais aussi pourquoi ils avaient donné ce nom à leur bistrot alors qu'on se trouve à 500 kilomètres de Paris…

Tout en parlant, la jeune fille avait suivi Florian qui, sans attendre, avait bifurqué dans une petite rue perpendiculaire.

— Et si tu m'en disais un peu plus ? demanda-t-elle alors qu'il filait à toute allure.

— Je préfère que tu le voies toi-même, répondit-il sans se retourner. Moi, j'explique mal, et je me trompe peut-être.

Maëlle n'insista pas. C'était inutile : ils étaient déjà arrivés.

Florian poussa la porte et s'engouffra à l'intérieur. Malgré l'heure matinale, des habitués étaient déjà accoudés au comptoir bleu fluo, en train de déguster leur premier « petit noir » de la journée. Sur sa lancée, Florian interpella la serveuse en train de préparer un espresso.

— NÂ 3, lança-t-elle en réponse à sa question. Tout quart d'heure entamé est dû.

Le garçon, sans se préoccuper de Maëlle, fonça vers l'ordinateur qu'on venait de leur attribuer. Bien obligée de le suivre à nouveau, cette dernière le vit frapper les touches du clavier à la vitesse de l'éclair. Avant qu'elle ait compris ce qu'il se passait, elle vit s'afficher le contenu d'une boîte mail sur l'écran et Florian, tendu, se retourna.

— Voilà, fit-il, vise un peu ça !

La jeune fille se pencha en avant.

Il avait ouvert le dossier « Boîte de réception » et cliqué sur l'e-mail que Lily avait envoyé à Bérénice pour lui fixer rendez-vous chez Miss Me.

— Tu y es arrivé ! s'exclama-t-elle avec un sourire ravi, tu as réussi à pirater sa boîte ! Florian, tu as des doigts d'argent !

Son ami haussa les épaules humblement.

— J'ai eu du mal. Je n'ai réussi qu'hier soir. Un vrai hacker te l'aurait fait en trois minutes.

— Et moi, même en cent ans, je n'y serais pas arrivée ! Ne sois pas si modeste !

Une légère rougeur envahit les joues de Florian, qui se dépêcha d'enchaîner :

— Regarde, Bérénice avait dit qu'elle n'avait jamais reçu l'e-mail de Lily.

— Ah non, corrigea Maëlle, elle a juste dit qu'elle avait eu un problème avec sa boîte mail. Cela ne prouve donc rien.

Florian se retourna, cliqua deux fois avec la souris et cette fois-ci le dossier « Messages envoyés » apparut. Il ouvrit un e-mail adressé à Adrien Nison.

Il commençait par « Cher Adrien », confirmait que Bérénice serait ravie de venir chez lui et se terminait par : « Je t'embrasse. » Il y en avait plusieurs de semblables.

Sans rien dire, Florian cliqua à nouveau avec la souris et une réponse d'Adrien s'afficha. Celle-ci était beaucoup plus sobre et succincte, mais mentionnait surtout : « Et pas un mot à Lily. »

— J'en étais sûre, il la trompe ! En soi, cela ne m'étonne guère venant de lui, mais qu'il ait choisi Bérénice, ça, ça me dépasse totalement.

— Tu vas prévenir Lily ?

Maëlle se mordilla la lèvre.

— Je ne sais pas… C'est plutôt délicat.

Elle réfléchit une minute et finit par déclarer :

— Pour l'instant, gardons le secret ! Je veux en discuter avant avec Chiara et Mélisande.

Mercredi 1er juin, 12 h 15

La décoration du café des Anges n'avait vraiment rien de comparable à celle du Bercy. En lieu et place des froids néons bleus et verts fluo, des appliques Arts déco diffusaient une agréable lumière dorée ; partout, le bois et le bronze supplantaient le plastique. C'était d'ailleurs grâce à sa chaleureuse ambiance rococo que ce café avait été élu « lieu de rencontres et de confidences » officiel par les quatre amies, bien qu'il soit plus éloigné du lycée que son concurrent.

Et une fois de plus il s'apprêtait, en cette fin de matinée printanière, à remplir son rôle.

— Non ! Je n'y crois pas… murmura Chiara quand Maëlle eut fini de leur raconter ce que Florian avait découvert.

— Eh bien, moi si, j'y crois tout à fait ! répliqua Mélisande avec nonchalance. En fait, je n'en suis pas du tout surprise. Je me demandais juste quand nous découvririons une histoire de ce genre. Que peut-on attendre d'un garçon comme Adrien ?

— Mais quand même, qu'est-ce qu'ils ont tous ces garçons à vouloir sortir avec deux filles en même temps ? C'est nous qui portons la poisse ou quoi ?

— Ne dis pas de bêtises, coupa Maëlle, la poisse n'a rien à voir là-dedans ! Pour Lily, c'est juste un mauvais choix de départ. Elle savait pourtant bien comment il était. Elle a juste préféré fermer les yeux. Quant à Alexandre… Eh bien…

— C'était juste la poisse, conclut Mélisande avec un sourire.

Maëlle la foudroya du regard avant de se mettre à rire. Elle avait beau se creuser la tête, elle ne trouvait pas d'autre explication.

— Bon, se reprit-elle, que fait-on maintenant ? On lui dit ou pas ?

— Vas-y si tu veux ! lança Mélisande en levant les mains. Moi, je n'ai pas envie qu'elle m'en veuille pour le restant de ses jours… et des miens.

Maëlle souffla.

— Je n'en ai pas plus envie que toi ! J'en ai ma claque de jouer les Cassandre…

Les deux filles se tournèrent alors vers Chiara. Celle-ci pencha la tête sur le côté et réfléchit une seconde avant de déclarer :

— D'un côté on ne peut pas laisser Adrien se moquer d'elle en toute impunité… De l'autre, il y a un facteur non négligeable que vous n'avez pas pris en compte.

Comme ses deux amies la fixaient toujours, attendant la suite, elle articula :

— Le bac de français !

Se redressant vivement, elle s'expliqua :

— Les épreuves commencent bientôt. Lily sera effondrée en apprenant tout ça et elle risque d'échouer.

Maëlle se frappa le front.

— Tu as raison !

— Bon, eh bien, c'est décidé, on remet ça à plus tard, approuva Mélisande visiblement soulagée.

— C'est vrai que le timing ne pouvait pas être plus mauvais, reprit Maëlle. Sans compter que je ne pourrai pas être très disponible pour lui remonter le moral : j'ai intérêt à réviser sérieux. Avec mes entraînements, j'ai pas mal négligé le français et je dois avouer que lorsque j'ai eu les résultats du bac blanc, c'était plutôt chaud à la maison !

— Bah, tu es en « S », le coefficient n'est que de 4, fit remarquer Mélisande. Ce qui compte pour toi, ce sont les maths.

— Va dire ça à mon père ! Quand il a vu mes notes, il m'a dit que j'avais intérêt à avoir au moins 12 de moyenne entre l'écrit et l'oral. Il a horreur de ces scientifiques incapables d'écrire une page correctement.

— Tu as de la chance.

— Ah ouais, tu trouves ?

— Oui. Le mien ne sait même pas combien j'ai eu. Il s'en fiche bien. Je crois qu'il ne sait même pas que les épreuves du bac blanc ont eu lieu. En ce moment, il vit au rythme de la bourse de Shanghai et il est tout le temps à cran. Je trouve d'ailleurs qu'il ferait mieux de déménager là-bas, ce serait préférable pour tout le monde.

Mais avant qu'une de ses amies puisse exprimer leur compassion, elle enchaîna :

— Et toi Chiara ? Comment t'en es-tu sortie ?

Leur amie fit la grimace.

— 9 à l'écrit et… 7 à l'oral.

Maëlle siffla.

— M. Palermo non plus n'a pas dû apprécier, commenta Mélisande d'un ton circonspect.

Chiara rejeta ses longs cheveux en arrière et dit avec une indifférence forcée :

— Depuis le décès de ma grand-mère, il ne s'énerve plus contre moi.

Mais en son for intérieur, la jeune fille savait bien que son père était très mécontent. Et triste. Elle aurait tant aimé pouvoir lui présenter de meilleures notes la fois suivante. Pour le bac, le vrai. L'aide de Valérie le lui permettrait-elle ? Elle n'osait l'espérer…

Alors qu'elle se laissait emporter par ses pensées, les deux autres filles échangèrent un regard embarrassé. Comme le silence menaçait de s'installer, Maëlle relança la conversation sur un sujet qui lui convenait beaucoup mieux.

— N'empêche, ça me rend dingue de savoir que cette Bérénice se prétend être son amie, fulmina-t-elle. Je suis sûre que, malgré ses airs de sainte-nitouche, c'est elle qui a provoqué la rencontre entre Adrien et Lily chez Miss Me !

Chiara, oubliant pour un temps ses préoccupations, s'insurgea à son tour :

— Et Lily m'a raconté que, l'autre jour, elle a dû écourter son rendez-vous avec lui car Bérénice l'avait suppliée de venir l'aider à choisir un parfum ! Quel culot !

— Mets-toi à sa place, glissa Mélisande en jouant avec son verre, elle non plus ne doit pas être ravie de partager Adrien. Elle a tout intérêt à ce qu'il rompe avec Lily.

Comme les filles se désespéraient de ne pouvoir mettre fin à cette situation insupportable, Maëlle prit soudain un air inspiré et, les deux mains plaquées sur la table, elle interrogea ses amies :

— Savez-vous ce qui a entraîné la chute de Napoléon ?

Devant ses amies éberluées, elle livra sans attendre la réponse.

— Une trop grande confiance en lui ! assena-t-elle avec force.

— Heu, quel est le rapport ? susurra Mélisande.

— Voyons, c'est évident, plus le temps passe, plus l'impatience doit gagner Bérénice. Et comme jusqu'à présent elle pense que personne ne se doute de rien, je suis certaine qu'elle tentera de nouveau quelque chose pour récupérer Adrien pour elle toute seule avant les vacances.

— Mais cette fois, nous serons là ! s'enthousiasma Chiara en tapant du poing sur la table, et nous déjouerons ses noirs desseins en les révélant au monde entier.

— Exactement ! approuva Maëlle.

Mélisande eut une moue dubitative et dit sur un ton plein d'ironie :

— Génial, laissez-moi juste le temps d'enfiler un collant bleu et ma cape rouge de Superman et je vous suis…

La jeune athlète la considéra d'un petit air supérieur et lâcha avec assurance :

— Femme de peu de foi ! Attends, et tu verras…

34

Vous ici ?

Samedi 4 juin, 15 h 10

Debout près de l'imposante statue de Louis XIV à cheval dominant l'immense place Bellecour, un jeune homme au look soigné et au charme certain triturait nerveusement l'étui de son téléphone portable. Il était quinze heures dix. Un coup d'œil à sa montre le lui confirma. Bon, il avait encore cinq minutes. Il aimait arriver en avance à ses rendez-vous. Cela lui permettait d'arborer une attitude décontractée et de se préparer tranquillement à la rencontre en se remémorant ce qu'il avait bien pu dire la fois d'avant pour séduire la fille. C'est que courir plusieurs lièvres à la fois exigeait d'être vigilant. Pas question de confondre deux rendez-vous ni, par un lapsus malheureux, de prononcer un prénom pour un autre ! Oui, ce jeu demandait quelques efforts supplémentaires, mais cela en valait assurément la peine : il était infiniment plus excitant de jongler avec plusieurs relations plutôt que de se contenter d'une seule ! D'autant que les filles étaient d'une bêtise ! Aucune ne s'était jamais rendu compte de rien. Elles adoraient tant les secrets, les mystères ! Depuis qu'il avait découvert cette tendance toute féminine, il s'en donnait à cœur joie. Il sourit. Quelles idiotes ! Non seulement elles avalaient sans difficulté tout ce qu'il pouvait bien leur raconter mais, en plus, chacune croyait être unique. Comme si une seule d'entre elles était suffisamment intéressante pour le satisfaire totalement !

Il regarda à droite, puis à gauche. Même si la ponctualité n'était pas son point fort, elle ne devrait plus tarder maintenant.

Son téléphone se mit à sonner. D'un geste preste et énervé, il le sortit de son étui. Pourvu que… Il laissa échapper un juron en voyant le numéro affiché. Non, elle n'allait pas encore remettre ça ! Il laissa retentir une sonnerie supplémentaire, se força à se calmer et se décida à décrocher.

— Allô ?

— C'est moi, je suis affreusement désolée…

— Ne me dis pas que tu as un empêchement une fois de plus !

— Non, non, rassure-toi, je viens ! Crois-moi, je ne manquerais ce rendez-vous pour rien au monde. Depuis le temps que j'attends ça…

— Oui, ça fait plusieurs semaines qu'on n'arrive plus à se voir.

— Je sais, c'est terrible. Heureusement que tu es compréhensif… Tous les garçons ne sont pas comme toi, j'en suis bien consciente. Mais ne t'inquiète pas. J'ai juste cinq minutes de retard parce que le métro est tombé en panne. Je voulais te le dire. Toi, tu es toujours tellement prévenant…

— Bon, ce n'est pas grave, répondit-il à la fois soulagé et flatté, mais dépêche-toi quand même, la séance est à quinze heures trente-cinq.

Son interlocutrice lui promit avec chaleur de lui prouver sa reconnaissance et il raccrocha en se demandant jusqu'où il pourrait pousser cet avantage dans la salle obscure du cinéma.

En rangeant son portable dans sa poche, il se permit un clin d'œil à une jolie fille blonde qui le croisait. Avec un sourire satisfait, il constata qu'elle n'y était pas indifférente. Mais il se détourna. Ce n'était pas le moment de tout gâcher. Il sentait qu'il arrivait à un tournant dans la relation. Il ne devait pas le rater.

Il fit quelques pas pour surveiller la sortie de métro. Il se sentait particulièrement content de lui. Certes, il y avait bien eu quelques petits contretemps désagréables ces dernières semaines, mais généralement les choses fonctionnaient plutôt bien. Et puis, en jouant finement, il se faisait même fort d'utiliser ces quelques rendez-vous ratés à son avantage. Elle se sentait coupable, c'était évident, il l'avait entendu à sa voix. S'il manœuvrait bien, il pourrait obtenir d'elle ce…

— Alexandre ? Quelle surprise !

Le garçon pivota d'un bloc.

— Chiara ? Mais qu'est-ce que tu fais ici ?

— Quelle question ! La même chose que toi, j'imagine, je profite de ce magnifique soleil pour me promener !

Avec enthousiasme, elle s'élança pour lui passer les bras autour du cou, mais il détourna la tête au moment où elle allait déposer ses lèvres sur les siennes.

— Eh bien, que t'arrive-t-il ? Tu ne veux pas m'embrasser ?

Le garçon, le regard fixé sur la bouche de métro, répondit distraitement :

— Heu non, ce n'est pas ça, bien sûr que non ! Je…

Il se mit à tousser.

— … Comme tu peux le voir, je suis juste un peu malade. Je ne veux pas te contaminer.

Dénouant ses bras, il recula d'un pas et ajouta :

— D'ailleurs, tu devrais rester à distance, ce serait plus prudent.

— Oh, ne t'en fais pas pour ça, susurra-t-elle en s'approchant pour renouer cette fois-ci ses bras autour de sa taille, j'ai une santé de fer. Je vais pouvoir prendre soin de toi.

Tout en cherchant à se dégager, il répliqua nerveusement :

— Heu, c'est très gentil, mais… je dois justement aller chez le médecin.

— Tu as raison, il ne faut d'ailleurs pas tarder, dit-elle en prenant une mine inquiète.

Passant une main sur son front, elle ajouta :

— Mon pauvre, tu transpires ! Tu dois même avoir de la fièvre.

— Oui, tu vois… Il faut que j'y aille. Je t'appelle dès que je vais mieux, OK ?

— Oh, mais tu ne crois quand même pas que j'ai le cœur assez dur pour te laisser partir seul dans cet état ? Tu me déçois… Je pensais que tu me connaissais mieux que ça. Je t'accompagne bien sûr, et c'est non négociable !

Sans paraître remarquer l'embarras d'Alexandre, Chiara le prit par le bras et le força à avancer.

— Tu sais, lui murmura-t-elle à l'oreille en donnant à sa voix rauque des inflexions câlines, je crois que j'ai une solution encore meilleure…

Bon gré mal gré, Alexandre se laissait guider par la jeune fille qui lui faisait contourner le piédestal de la statue. Elle ajouta sur le ton de la confidence :

— … Tu vas rire, j'ai une amie qui rêve d'être infirmière. Je suis sûre qu'elle sera enchantée de s'occuper de toi. Et puis franchement, le hasard fait trop bien les choses. Figure-toi que, justement, elle est là !

En même temps qu'elle prononçait ces derniers mots, Chiara poussa brusquement son compagnon sur la droite. Il fit un pas pour retrouver son équilibre et resta pétrifié : plus royale que Louis XIV lui-même, Mélisande l'attendait au tournant.

Alexandre ouvrit la bouche mais aucun son ne sortit de sa gorge.

— Surpris ? demanda avec hauteur la belle jeune fille rousse.

Mais ce fut Chiara qui répondit :

— Sois gentille avec ce pauvre garçon, dit-elle pleine de commisération, il est malade…

— Oh, c'est trop triste, passe-moi un mouchoir, je sens que je ne vais pas pouvoir retenir mes larmes.

Alexandre, qui venait de comprendre que son subterfuge était découvert, retrouva soudainement la parole :

— Vous avez fini de vous moquer de moi ?

— Eh ! T'es gonflé ! s'écria Chiara dont le sang sicilien se mettait à bouillir, tu peux me dire qui se moque de qui dans cette histoire ?

— Ainsi, c'était un coup monté !

— Que veux-tu, lança Mélisande avec des éclairs dans les yeux, on a eu un excellent professeur.

— Et il faut dire qu'on est plutôt douées, hein, Mélisande ? On apprend vite, nous ! C'est comme au tennis de table, on est de vraies championnes.

Alexandre la regarda d'un air surpris.

— Toi, visiblement, tu ne comprends pas très vite, soupira Mélisande. Ping, j'annule le rendez-vous et je te l'envoie…

— Pong, j'annule à mon tour et je te le renvoie.

— Ping…

— Pong ! conclut Chiara avec un sourire éclatant.

Saisissant qu'elles se jouaient de lui depuis plusieurs semaines, le garçon s'empourpra de colère.

— Je…

— Ah, au fait, avant que j'oublie, je voulais te dire que nous t'avons trouvé un petit nom charmant.

— Qui, entre nous, te va comme un gant.

Et en parfait accord, elles chantonnèrent :

— « Alexandre le gland » !

— Et en plus, ça rime, s'enthousiasma Chiara.

Mélisande éclata de rire, attirant l'attention des passants.

C'en fut trop pour Alexandre, qui s'emporta :

— Vous vous croyez malignes toutes les deux, mais vous allez me le payer, je vous jure que vous allez me le payer !

Et sur ces paroles pleines de menaces, il tourna les talons et s'en alla presque en courant. Chiara, vaguement inquiète, se tourna vers Mélisande qui, nullement affectée par ces propos, mit ses mains en porte-voix et, solidement campée sur ses jambes, cria d'une voix de stentor :

— C'est ça, cours toujours, pauvre gland ! Bouh, on tremble déjà !

L'inquiétude dans le regard de Chiara se transforma en stupéfaction. Mélisande, si sophistiquée, ne l'avait guère habituée à ce type de comportement.

— Où est-ce que tu as appris à hurler comme ça ? demanda-t-elle.

Avec un sourire de fausse modestie, son amie répondit :

— Sur le stade, en encourageant Maëlle.

Puis, avec un clin d'œil, elle ajouta :

— Mais je ne suis pas la seule à réserver des surprises : depuis quand annonces-tu à la ronde que je veux devenir infirmière ?

Les deux filles se mirent alors à pouffer. Elles rirent longtemps avant de reprendre leur calme. Mélisande soupira.

— Quand même, c'était un moment absolument délicieux.

— Oui, confirma Chiara, et je crois qu'à l'avenir il y pensera à deux fois avant de recommencer…

35

De Waterloo à Austerlitz

Dimanche 5 juin, 15 h 10

Les haut-parleurs grésillèrent. Depuis l'un des bureaux vitrés surplombant le stade, une voix féminine dont la propriétaire restait invisible annonça :

— Mesdames et messieurs, votre attention s'il vous plaît. Nous demandons aux athlètes qualifiées pour la finale du 5 000 mètres féminin catégorie cadette de bien vouloir se préparer. Le départ de la course sera donné dans quelques instants.

Maëlle sentit son estomac se tordre douloureusement. Elle déglutit et but une dernière gorgée d'eau enrichie en sels minéraux avant de se lever du banc sur lequel elle s'était assise pour attendre ce moment. Philippe, qui était allé encourager un autre athlète du club, traversa le terrain à petites foulées pour la rejoindre.

— Comment te sens-tu ?

— Aussi bien que Napoléon le matin de Waterloo.

Philippe lui donna une petite tape d'encouragement sur l'épaule.

— Ne dis pas n'importe quoi. Tu as mérité ta place en finale. Ce n'est pas le moment de craquer.

C'était aussi ce que la jeune fille ne cessait de se répéter.

Mais si son cerveau réussissait à s'en convaincre, son cœur, lui, était moins coopératif. Elle savait bien que, depuis son arrivée à Paris et le début des épreuves qualificatives qui avaient démarré la veille, elle n'était pas arrivée à donner le meilleur d'elle-même. Et Philippe avait beau dire, elle n'aurait pas pu s'aligner sur la ligne de départ si la fille qui avait couru devant elle lors de la demi-finale ne s'était pas tordu la cheville à 200 mètres de l'arrivée…

Maëlle offrit à l'entraîneur un sourire nerveux en guise de réponse, puis elle fit quelques pas. Elle se mit à sautiller sur place pour s'échauffer un peu, bien qu'elle ait déjà soumis son corps à une préparation dans les règles. Du coin de l'œil elle repéra sa mère, assise à la même place qu'hier sur les gradins. Une fois de plus, elle avait été la seule à l'accompagner, son père étant en mission quelque part à l'étranger pour la semaine. Il lui avait pourtant promis lors de sa dernière absence d'être présent le jour J. Sauf que la raison d'État ne lui avait pas laissé le choix.

« Souviens-toi que tu es forte, lui avait-il dit en partant, souviens-toi que tu n'as besoin de personne. » Maëlle avait hoché la tête, mais elle se rendait à compte à présent que ce n'était pas vrai. Elle n'était pas forte. Pas assez visiblement, ou pas encore en tout cas. Elle avait besoin des autres. Cette compétition, elle aurait dû la faire avec Maxime. À deux, tout aurait été différent. Ou bien avec le soutien de ses amies. Un sourire fugace passa sur son visage au souvenir, au fil des dernières semaines, de leur transformation en supportrices fidèles et acharnées, au style aussi différent que complémentaire. Mais Paris, c'était bien loin de Lyon et aujourd'hui, pour des raisons diverses et compréhensibles, aucune n'avait pu faire le déplacement. Bien sûr, elles l'avaient assaillie de messages hier soir ; bien sûr, elle leur avait promis de rapporter une médaille. Mais maintenant, seule face à la piste qu'elle venait de rejoindre, elle ne s'en sentait plus capable.

Les haut-parleurs grésillèrent de nouveau. La voix désincarnée se fit plus pressante.

— Mesdames et messieurs, votre attention s'il vous plaît. Le départ de la finale du 5000 mètres féminin catégorie cadette va être donné dans moins d'une minute.

Maëlle avait rejoint la ligne de départ. Elle fit quelques moulinets avec les bras avant que la présentation des athlètes commence.

— Élise Dumorier, dossard 3210, club AS du Morbihan. Solène Torino, dossard 3700, club de l'Olympique lillois…

Maëlle tiqua. Cette Solène était redoutable. Première de la demi-finale, elle semblait voler au-dessus des autres avec ses jambes qui n'en finissaient pas.

— Maëlle Tadier, dossard 3 012, club…

— Vas-y Maëlle ! Déchire tout !

— T'es la meilleure !

— Montre-leur un peu ce que tu as dans le ventre !

— Allez, ma fille ! Fais-leur voir ce que vaut une Tadier !

— Donne tout, gazelle ! C'est maintenant ou jamais !

— Yé yé yé, championne ! *You're the best!*

Maëlle, qui s'était levée pour saluer, se figea. Lentement, elle se tourna vers la tribune et ouvrit de grands yeux incrédules qui lui confirmèrent ce qu'elle venait d'entendre : ils étaient tous là ! Mélisande, Chiara, Lily, Farouk… Maxime, son père ! Ils souriaient et certains riaient de son air incrédule.

« Par quel miracle ? » se demanda-t-elle.

Mais la voix sortant du haut-parleur avait fini l'appel des compétitrices. Sans émotion, elle poursuivait :

« À vos marques, prêtes, partez ! »

Un second miracle se produisit. Comme si soudain tout se remettait en place, son esprit se focalisa entièrement sur la course et ses jambes, telle une mécanique bien rodée, s'élancèrent en avant.

Les quinze minutes et quelques secondes qui suivirent laissèrent un souvenir étrange à la jeune athlète. Elles lui parurent avoir passé en un instant tandis que tout son corps, une fois la ligne d'arrivée franchie, protesta du contraire. Ses poumons étaient en feu et son sprint final avait soumis ses muscles à la torture. Pourtant, elle revoyait encore les longues jambes de Solène Torino la devancer. Inaccessibles, imbattables. Elle s'effondra sur la piste en fermant les yeux, cherchant à oxygéner son corps. Le battement de son cœur l'assourdissait.

Et puis soudain, il lui sembla être noyée sous une pluie de baisers. Soulevant les paupières, elle aperçut tous ses amis penchés au-dessus d'elle. Puis une main robuste saisit la sienne et la souleva de terre. L'instant d'après, le colonel Tadier l'étouffait à moitié dans une embrassade digne d'un grizzli.

— Je n'ai pas gagné, murmura-t-elle, le souffle court.

— Et alors ? C'était une course magnifique, une course de guerrière.

— Vice-championne de France ! La classe intégrale ! souligna Farouk en lui lâchant une grande claque dans le dos.

— Tu m'as entendue cette fois, hein ? gazouilla Mélisande. Allez, reconnais-le ! C'est un peu grâce à moi que tu as gagné…

— Je n'ai pas gagné, répéta Maëlle.

— Bien sûr que si ! la contredit Chiara avec sévérité. Tu as gagné une fabuleuse médaille en argent. Bon, je comprends que tu sois un peu déçue, moi aussi je le suis : une médaille en chocolat, cela aurait été tellement mieux ! Tu aurais pu nous la faire goûter…

— Arrête de l'embêter, la gronda gentiment Lily, tu vois bien qu'elle n'est pas en état de se défendre. La vérité, c'est qu'on était tous bluffés. Ah ! On n'a pas regretté les cinq heures de minibus. Adrien et Florian ont vraiment raté quelque chose. Ils auraient bien aimé venir, remarque, mais ils avaient chacun un empêchement.

Maëlle grimaça un sourire. Par-dessus la tête de Lily, elle croisa le regard de Mélisande qui leva les yeux au ciel, n'osant rien dire.

— Ce n'est pas grave, ce n'est vraiment pas grave. C'est déjà absolument génial que vous ayez été là ! Mais comment…

— Je suis rentré plus tôt, coupa son père. J'avais réservé un minibus de l'armée et prévenu Lily que je pourrais conduire un petit groupe jusqu'à Paris. Elle s'est chargée de faire passer le message à tous tes amis… Et voilà ! Mais j'avais apposé le sceau « Top secret » sur la mission !

Cette fois-ci le sourire de Maëlle atteignit ses yeux. Puis elle se retourna, à la recherche de quelqu'un. Elle vit alors celui qu'elle cherchait. Maxime, un peu gêné, était resté en tribune près de Mme Tadier, elle-même toujours très pudique en public. Alors la jeune athlète, qui avait retrouvé un peu de souffle, franchit l'espace qui la séparait des gradins et monta les escaliers pour les rejoindre.

— Bravo, Maëlle, lui dit sa mère en lui effleurant la joue.

— Merci, répondit-elle.

Puis elle se tourna vers Maxime, qui dit alors :

— Chouette course. Une vraie foulée de gazelle.

— Merci. Et merci d'être venu.

Embarrassée par la présence de sa mère, Maëlle n'en dit pas plus. Mais elle espéra, en souvenir de leur complicité passée, qu'il saurait lire dans son regard combien elle était heureuse de voir que leur amitié, au moins, avait survécu.

Leur échange ne dura cependant pas. L'instant suivant, Philippe venait de la prendre dans ses bras. Son entraîneur, qui par respect s'était tenu en retrait jusqu'alors, venait de la rejoindre. Il fit claquer deux baisers sonores sur chacune de ses joues et s'écria en riant à moitié :

— Tu avais raison : il y avait du Napoléon dans l'air ! Mais c'était celui d'Austerlitz et non celui de Waterloo !

36

Terrain miné

Mercredi 8 juin, 16 h 10

— Bien, commençons !

Mélisande et Chiara se regardèrent, vaguement inquiètes.

— Mais, monsieur, osa la première, Alexandre n'est pas encore arrivé. Comment allons-nous faire pour répéter sans lui ?

— On ne peut pas l'attendre éternellement. Vous avez suffisamment insisté pour que l'on monte une pièce. Respectons notre public. Pas question maintenant de ne pas présenter quelque chose de qualité. Et croyez-moi, ce n'est pas gagné !

Il darda son regard sur la jeune fille qui fronçait les sourcils, et décréta d'un ton péremptoire :

— Pour aujourd'hui, j'interpréterai son rôle.

Mercredi 15 juin, 16 h 05

Après leur petit numéro de la place Bellecour, Mélisande et Chiara avaient réfléchi à la meilleure attitude à adopter lorsqu'elles se retrouveraient face à Alexandre lors du prochain cours de théâtre. Pour la réussite de la pièce, elles avaient finalement décidé de mettre de côté leurs griefs et de faire comme si de rien n'était. Cela leur avait paru être une évidence : il fallait privilégier coûte que coûte leur projet commun. Mais l'absence d'Alexandre à la répétition suivante leur avait donné à penser que tout le monde ne réagirait peut-être pas de la même manière.

D'un air dégagé, Mélisande avait suggéré :

— Bah, il est peut-être malade… Ou de nouveau à la chasse !

— Tu plaisantes ? Il n'a jamais manqué un cours depuis le début de l'année, avait rétorqué Chiara, nettement plus inquiète.

Mais en haussant les épaules, la jolie fille rousse avait affirmé :

— Il aime trop les feux de la rampe. Il reviendra, tu verras !

Mais, comme l'avenir allait le prouver, Mélisande avait encore bien à apprendre de la nature humaine.

À seize heures cinq, en pleine répétition, leur téléphone à toutes deux sonna simultanément. Malgré le regard incendiaire d'André Béranger, elles s'en saisirent pour lire le texto qu'elles venaient de recevoir.

« J'arrete le Téâtre. Votre pièce va tombé à l'o, C votre fote ! »

« Quel s... ! » rugit Mélisande avant de s'interrompre pour annoncer la nouvelle, en version édulcorée, à l'ensemble du groupe.

Pendant que le brouhaha enflait, Chiara se dit qu'Alexandre avait bien calculé sa vengeance. Il savait qu'il serait impossible de trouver quelqu'un pour reprendre son rôle. Certes, il se privait lui-même de jouer, mais visiblement il préférait se noyer aussi pour jouir du plaisir de voir le bateau couler !

Alors que le découragement envahissait les jeunes comédiens, André Béranger prit la parole pour rétablir le calme.

— Allons ! Souvenez-vous du mot d'ordre du monde du spectacle : *the show must go on!*

Il frappa dans ses mains avec autorité et chacun se remit au travail.

Tout en allant se mettre en position, Chiara se sentit gagnée par le doute. Certes, la semaine dernière, leur professeur avait composé un Clitandre remarquable, se transformant en quelques secondes en amoureux inconditionnel d'Henriette, interprétée par une Mélisande un peu perturbée, mais son âge détonnait au sein du groupe d'adolescents. Il ne serait pas crédible une seconde le jour de la représentation...

Samedi 18 juin, 16 h 05

Devant l'écran de son ordinateur portable, Adrien lisait une fiche de lecture admirablement structurée.

L'essentiel à retenir pour l'oral de français était là. Au prix de gros efforts, il s'évertuait à en mémoriser le contenu, comme il l'avait déjà fait pour une dizaine d'autres au cours des jours précédents. Les cours étaient terminés et dans une semaine les épreuves du bac commenceraient. L'écrit, même si sa moyenne était brillamment remontée grâce à d'excellents devoirs faits à la maison, l'inquiétait terriblement. Il savait qu'il ne pourrait, au mieux, que limiter la casse. Il misait donc tout sur l'oral pour ne pas avoir de points de retard à récupérer l'an prochain… et surtout pour atteindre l'objectif qu'il s'était fixé.

Il s'apprêtait à passer au texte suivant quand la sonnerie de son portable résonna dans sa chambre. Il se balança adroitement sur la chaise pour atteindre le téléphone reposant sur sa table de chevet et décrocha aussitôt.

— Allô ?

— …

— Ah, salut Bérénice.

— …

— Je révisais. Trop cool tes fiches.

— …

— Non, demain je vois Lily.

— …

Adrien sursauta en entendant les paroles de son interlocutrice et faillit tomber de sa chaise.

— Non, tu as dû mal comprendre. C'est tout à fait impossible !

— …

— N'importe quoi ! Je vais l'appeler pour…

— …

— Tu crois ? demanda-t-il hésitant.

— …

— Oui, bien sûr, je peux faire ça mais…

— …

Finalement convaincu par les arguments de Bérénice, il accepta :

— OK, je vais essayer. Après tout, ça ne me coûte rien. Mais tu verras, je suis sûr qu'il s'agit d'une erreur.

Quelques instants plus tard, il cherchait fébrilement sur sa liste de contacts le numéro de sa petite amie. À la cinquième sonnerie, ce fut elle qui répondit enfin. Se forçant à adopter un ton naturel, il bavarda de tout et de rien, lui demanda où elle en était de ses révisions et, quand il estima avoir suffisamment noyé le poisson, posa la question qui lui brûlait les lèvres :

— Au fait, tu fais quoi lundi en début d'après-midi ? Je me disais qu'on avait bien mérité une petite pause ciné si on travaille comme des bêtes pendant tout le week-end…

À l'autre bout du fil, Lily soupira.

— Ça tombe mal, j'ai déjà promis à Bérénice de la retrouver en ville ce jour-là. Peut-être que l'on pourrait remettre ça à plus tard ? Pour une fois qu'elle ne s'y prend pas à la dernière minute, je ne peux pas la laisser tomber.

— Bien sûr, je comprends, fit-il, bon, eh bien, salut.

Et il raccrocha abruptement. Lily, stupéfaite, regarda le récepteur. Pourquoi Adrien avait-il répondu sur ce ton empli d'ironie ? Et pourquoi cette réaction sèche et brutale ? Perplexe, elle raccrocha lentement à son tour. Il n'était pas facile d'encaisser ses sautes d'humeur. Un jour, il était tout à fait charmant, un autre, complètement distant.

Sa mère avait raison, elle avait intérêt à protéger son cœur… Mais n'était-ce pas déjà trop tard ?

37

Révélations

Lundi 20 juin, 14 h 30

Bien que l'on soit à la veille de l'été, le temps était resté couvert et lourd depuis le début de la matinée. En se rendant à la rencontre de Bérénice, Lily regretta de ne pas avoir pensé à prendre son parapluie. Il était probable qu'un orage éclate d'ici à la fin de l'après-midi. En hâtant le pas car elle était en retard, elle se demanda à nouveau ce que Bérénice attendait d'elle cette fois-ci. La jeune fille était restée très mystérieuse au téléphone, se bornant à lui confier que cette sortie lui réserverait une jolie surprise. Cette journée s'annonçait donc sous des auspices plutôt sympathiques, mais Lily était envahie par un malaise diffus et indéfinissable depuis qu'elle avait accepté de retrouver son… amie. *Son amie*, pourquoi peinait-elle tant à associer ce mot avec Bérénice ? Elle n'en savait rien. C'était juste un sentiment comme ça, désagréable. La jeune fille ne lui avait pourtant fait que du bien, et Lily s'en voulait d'être aussi ingrate. Bien sûr, plus d'une fois elle avait interféré dans sa relation avec Adrien, mais c'était chaque fois le fruit du hasard, elle ne pouvait décemment pas lui en tenir rigueur ! Quant à sa présence quasi continuelle au lycée, elle semblait être la seule à la trouver pesante. Adrien lui-même n'y trouvait rien à redire. Il n'empêche, elle espérait bien que l'an prochain elles ne seraient plus dans la même classe.

Elle tourna à droite, déboucha rue de la République et avisa l'enseigne du salon de thé où elle lui avait donné rendez-vous. En un rien de temps, elle franchit la distance qui l'en séparait… et s'arrêta net, médusée.

— Florian ? Qu'est-ce que tu fais là ?

Le garçon, qui était assis devant un jus d'orange, rougit brusquement quand ses yeux rencontrèrent ceux de la jeune fille. Il se leva trop vite et entraîna la chaise métallique dans son mouvement. Celle-ci bascula dangereusement en arrière et le garçon se précipita pour la retenir. C'était oublier un peu vite qu'il avait négligé de nouer correctement ses lacets avant de partir. Il fit un pas, voulut en faire un autre et se sentit partir avec la chaise. Lançant désespérément le bras, il s'accrocha à la main que Lily venait de tendre par réflexe. La suite fit beaucoup de bruit et leur valut, pendant quelques minutes, l'attention exclusive de la clientèle.

Cramoisie, Lily, étendue de tout son long sur Florian, tenta de se relever au plus vite. Elle maudit l'idée qu'elle avait eue de se mettre en jupe et, dès qu'elle eut enfin retrouvé son équilibre, se tortilla pour la réajuster.

— Heu… Ça va ? bredouilla Florian en redressant ses lunettes.

— Super ! fit Lily, furieuse. J'adore montrer ma culotte au beau milieu de l'après-midi dans la rue la plus passante de Lyon !

— A… Attends, là, elle est encore retournée.

— Quoi ?

— Ta jupe, sur le côté, elle est encore retournée.

Cherchant à l'aider, il brossa le tissu de sa main pour le remettre en place.

— Ne te gêne pas surtout !

Florian sursauta pour la seconde fois de la journée et retira sa main comme s'il venait de se brûler. Car la voix qui venait de l'interpeller si sèchement n'était certainement pas celle de Lily. Cette dernière, aussi surprise que lui, se retourna vers le nouveau venu.

— Adrien ? Mais…

Son petit ami la regardait avec incrédulité et dégoût. Pivotant vers la personne qui se tenait derrière lui et qui était jusque-là restée invisible aux yeux des deux maladroits, il gronda :

— Tu avais raison. Dire que je ne voulais pas te croire !

— Bérénice ? murmura Lily, de plus en plus perdue.

La maigre jeune fille hocha la tête. Ses yeux brillaient de plaisir malgré les efforts qu'elle s'imposait pour ne pas le laisser voir trop ostensiblement.

— Je te l'avais dit qu'elle était amoureuse de lui. Bien avant de sortir avec toi, d'ailleurs. Sous ses airs de sainte-nitouche, elle s'est bien moquée de toi.

Lily ouvrit la bouche, mais resta sans réaction. Elle entendait ce qui se disait, mais elle n'arrivait pas à y trouver du sens. Cette scène ne pouvait pas être réelle. Elle devait forcément être endormie, en train de faire un horrible cauchemar.

L'irréalité de la situation augmenta encore d'un cran l'instant d'après. Sans qu'elle ne les ait vues venir, Mélisande, Chiara et Maëlle apparurent soudain.

— Bérénice, cracha cette dernière, s'il y avait des championnats olympiques du mensonge et de la pourriture, tu remporterais sans conteste le premier prix !

— Quant à toi, Adrien, siffla l'élégante jeune fille rousse qui semblait prête à fondre sur lui, je te trouve rudement gonflé.

— Oui, ironisa Chiara à son tour, c'est vraiment l'hôpital qui se fout de la charité !

— Mais… émit faiblement Lily.

— Figure-toi qu'il sort derrière ton dos avec Bérénice depuis des semaines !

— Adrien ? murmura Lily, confuse.

Elle repensa à toutes les fois où il avait eu un comportement si étrange et l'incrédulité se dissipa. Elle eut soudain très mal. La souffrance agrippa son cœur, mais aussi tout son être. Elle songea alors que ses tentatives de protection, malgré tous ses efforts, n'avaient pas dû être très efficaces.

— N'importe quoi ! s'insurgea le garçon. C'est la plus grosse c… que j'aie jamais entendue ! De toute façon, vous n'avez jamais accepté mon histoire avec Lily. À croire que vous êtes jalouses !

— Ja… jalouses ? Nous ?

Maëlle s'étouffa presque d'indignation en prononçant ces paroles. Chiara, outrée, le foudroya du regard. Quant à Mélisande, elle éclata simplement de rire.

Humilié, Adrien s'apprêtait à répliquer vertement quand soudain Lily explosa :

— Arrêtez ! Arrêtez tous !

Comme un seul homme, ils se tournèrent vers elle. Dans le silence revenu, elle poursuivit :

— Je ne comprends rien ! Que se passe-t-il ? Je devais simplement retrouver Bérénice à quatorze heures trente, c'est tout !

Malgré les propos blessants et incompréhensibles que cette dernière avait tenus, Lily se tourna vers elle, presque suppliante :

— Dis-le, toi, que tu m'avais demandé de venir ici, que la présence de Florian est juste un hasard !

Les regards se braquèrent alors sur Bérénice qui, ouvrant de grands yeux innocents, protesta :

— Mais… Mais non, Lily. Et même pour te couvrir, tu comprends bien que je ne peux pas mentir.

— Quoi ? Mais c'est toi qui mens !

Sans tenir compte de la stupéfaction de Lily, Bérénice poursuivit :

— Et pourquoi ne pas demander à Florian pourquoi il se trouve justement là aujourd'hui ?

— Oui, c'est vrai ça, lança agressivement Adrien, dis-nous ce que tu faisais là avec ma copine, les jambes en l'air.

Florian répondit spontanément :

— Heu… pour la position, c'était un accident. Sinon, je suis là parce que j'ai reçu un e-mail de Lily qui me donnait rendez-vous à cet endroit.

Le visage de Lily se décomposa.

— C'est… C'est… impossible, murmura-t-elle tout bas, je… je n'ai jamais envoyé d'e-mail…

En plein désarroi, elle regarda ses amies, mais aucune ne vola à son secours. Lily commença à se demander si elles pensaient aussi qu'elle était en train de mentir.

— J'aimerais te croire, Lily, fit Adrien, mais c'est ta parole contre celle de mon meilleur ami.

— Oh, mais il y a un moyen très simple de savoir qui dit vrai, glissa insidieusement Bérénice, il suffit d'aller vérifier dans ta boîte mail s'il y a oui ou non un message envoyé.

— Un message ? Dans ma boîte mail ?

— Il y a justement un cybercafé tout proche, avança Bérénice, on peut aller vérifier.

— Comme le hasard fait bien les choses, murmura ironiquement Maëlle.

Mais étrangement, elle ne fit rien pour s'opposer à cette suggestion.

Totalement dépassée par les événements, Lily ne s'y opposa pas non plus. Comme un automate, elle se laissa entraîner par les autres jusqu'au café en question.

Quelques instants plus tard, installée devant un écran d'ordinateur, elle ouvrit sa messagerie. Poussée par Bérénice, elle cliqua sur le dossier « Messages envoyés ». La tension devint palpable dans le petit groupe lorsque la nouvelle page s'afficha.

— Eh bien voilà, fit Lily, dont le cœur malmené s'emplit de soulagement à l'idée qu'elle n'était pas complètement folle, il n'y a aucun message envoyé à Florian !

La jeune fille maigre, qui avait affiché jusqu'à présent un air serein et triomphant, changea soudain de physionomie.

— Quoi ? Mais ce n'est pas possible ! Tu l'as mis à la corbeille, hein ?

Bousculant Lily, elle lui arracha la souris des mains pour cliquer sur la corbeille. Son contenu était vide, ce qui lui fit pousser un cri de frustration.

Elle était tellement prise par son idée qu'il lui fallut quelques minutes pour réaliser que tous la regardaient fixement.

— Quelque chose qui cloche ? demanda négligemment Maëlle.

— Heu, non, rien du tout, répondit très vite Bérénice en se reprenant.

— Tu as l'air très surprise.

— Mais non, pas du tout !

— Si, si, j'insiste. Tu aurais dû voir ta tête quand elle a ouvert sa messagerie.

Deux taches rouges s'imprimèrent sur les joues de Bérénice, qui commença à s'agiter.

— Voyons, chercha-t-elle à se rattraper, c'est juste qu'elle m'avait parlé de cet e-mail…

— Mais enfin, tu racontes n'importe quoi ! se révolta Lily. Je ne t'ai parlé de rien du tout.

La sincérité de cette dernière semblait tellement flagrante que le doute se peignit sur le visage d'Adrien. Bérénice s'emporta :

— Enfin, tu as des yeux ! Tu les as vus comme moi ! Ils avaient l'air plutôt intimes…

C'est à ce moment que Florian fit une suggestion d'un ton détaché :

— Peut-être faudrait-il regarder dans sa boîte de réception. Si ce que tu dis est vrai, j'ai bien dû lui envoyer d'autres messages compromettants.

Ignorant le regard éploré de la pauvre Lily qui se sentait de plus en plus perdue, il saisit à son tour la souris. En un clic, la boîte de réception s'ouvrit.

— Oh, fit-il, tu as un nouveau message. Il n'est pas de moi, dommage. Le sujet a cependant l'air intéressant…

— « Révélations », lut Mélisande à haute voix, je me demande de quoi il peut bien s'agir…

— Il vient de moi ! s'écria alors Bérénice, horrifiée. Qu'est-ce que c'est que cette histoire ! Je ne t'ai jamais envoyé de message !

— Tiens donc, s'exclama Chiara, chacun son tour !

— Et si on ouvrait cet e-mail au contenu prometteur plutôt que de bavarder ? intervint Maëlle avec un sourire charmeur.

Florian lui rendit son sourire et, docilement, cliqua sur le message. D'un seul mouvement, tous les jeunes gens approchèrent le visage de l'écran. Tour à tour étonnés, choqués et scandalisés, ils découvrirent les « révélations » suivantes :

« Chère Lily,

Mes mensonges pèsent trop lourd sur ma conscience. Je dois tout avouer : j'ai utilisé ta messagerie pour donner rendez-vous à Adrien chez Miss Me le jour où nous devions nous y retrouver. Je voulais que tu aies l'air ridicule devant lui. J'ai récidivé la semaine dernière pour envoyer un message à Florian. Je voulais qu'Adrien vous surprenne tous les deux et qu'il se décide enfin à rompre. On s'aime et je ne supporte plus de le partager avec toi.

Bérénice. »

Adrien fut le premier à réagir. Saisissant Bérénice par le bras, il la secoua en s'écriant :

— Tu es dingue ou quoi ? Pourquoi as-tu fait ça ? Et c'est quoi cette histoire ? On s'aime ? Et depuis quand ? Tu peux me le dire ?

Bérénice, qui s'était préparée à tout nier en bloc, vacilla en entendant les dernières paroles du garçon.

— Mais oui, on s'aime ! protesta-t-elle. Avec tout le temps qu'on passe ensemble, c'est obligé.

— T'es vraiment dingue ! répéta Adrien en la lâchant brusquement.

Ce fut au tour de Bérénice de s'accrocher à lui :

— Ce n'est pas ce que tu disais lorsqu'on passait des après-midi entiers dans ta chambre. Tu n'oses pas dire la vérité parce qu'ils sont là, hein ? Mais moi, j'ai bien vu dans ton regard que tu m'aimais !

Mélisande s'interposa alors et dit calmement :

— Adrien regarde toutes les filles avec ce genre de regard. Cela ne veut rien dire. Chez lui, c'est une seconde nature.

— Tais-toi ! s'écria Bérénice. Tu n'y connais rien !

Puis se tournant à nouveau vers le garçon, elle le supplia.

— Dis-leur, toi, qu'on a passé des moments merveilleux tous les deux. Tu voulais même à tout prix que Lily ignore nos rencontres.

— Mais enfin, on étudiait, c'est tout. Et si je voulais que Lily n'en sache rien, c'était pour pouvoir l'épater. Comment as-tu pu imaginer une seconde que je pourrais tomber amoureux d'une fille comme toi ?

Bérénice se décomposa et même Lily ferma les yeux en entendant cette réplique cruelle.

— Je sais bien que je ne suis pas belle, murmura-t-elle, et à cause de ça, même si je t'aime depuis le début de l'année, jamais je n'avais osé t'approcher. Mais quand j'ai vu que tu sortais avec Lily au retour des vacances de Noël, je me suis dit que c'était possible. Après tout, si tu étais tombé amoureux de Lily qui est petite, grosse et banale…

— Je t'interdis de dire ça ! l'interrompit violemment Adrien. Lily n'est pas grosse. Elle a des rondeurs… très féminines qui plus est. Elle est aussi loin d'être banale. C'est la fille la plus exceptionnelle que je connaisse. Quant à sa taille…

Oubliant Bérénice, il fixa son regard sur Lily – toujours assise sur son tabouret qu'elle avait fait pivoter pour suivre les échanges –, et se mit à rire.

— C'est vrai qu'elle n'est pas grande, mais c'est pour qu'on puisse mieux la protéger !

Et dans un mouvement spontané, il se pencha en avant et l'embrassa passionnément.

Ce baiser fut de trop pour Bérénice ! Laissant échapper un cri de rage, elle tourna brusquement les talons et s'enfuit en courant.

Des cris de joie et un tonnerre d'applaudissements saluèrent son départ. L'exaltation, cependant, retomba très vite et un silence embarrassé s'installa.

— Bon, fit Maëlle en prenant les choses en main, je crois que quelques explications s'imposent.

— Oui, s'il te plaît, soupira Lily, car j'ai l'impression que mon cœur a fait les montagnes russes plusieurs fois de suite pendant cette dernière demi-heure…

Son amie lui décocha un regard compatissant et s'excusa :

— Désolée, on ne voulait rien te dire pour ne pas te perturber avec le bac de français qui arrive, mais les choses se sont précipitées quand Florian a reçu cet e-mail étrange venant de ta boîte. Quand il m'en a parlé, j'ai tout de suite senti le coup fourré. Cela faisait longtemps que je soupçonnais Bérénice d'utiliser ta messagerie à ton insu. Mais aussi, quelle idée de choisir un mot de passe aussi facile à deviner !

— Ah, fit, penaude, sa copine, parce que…

Maëlle pencha la tête de côté et prit un air condescendant :

— « Adrien », quelle originalité ! Même Mélisande l'a deviné quand j'ai fait un test ! Alors pour Bérénice qui est plutôt maligne…

— Y a-t-il un message caché dans cette phrase ? s'insurgea Mélisande en plissant le front.

— Allons donc, où vas-tu chercher ça ? répliqua Maëlle qui enchaîna aussitôt : alors, avec Florian, on lui a rendu la pareille et on a piraté sa boîte mail. C'est là qu'on a découvert tous les messages qu'elle avait envoyés à Adrien. Ces e-mails ajoutés au fait que Florian l'avait surprise dans sa chambre… On a cru que la conclusion s'imposait !

— Et vous vous êtes bien plantées ! s'écria le garçon qui n'avait toujours pas avalé la fausse accusation portée contre lui.

— Tu l'as cherché, aussi ! intervint Chiara. Quelle idée de faire toutes ces cachotteries !

Il prit un air embarrassé avant d'avouer :

— Je voulais que Lily soit fière de moi.

Celle-ci se leva d'un bond pour nouer ses bras autour de son cou et lui prouver à sa manière qu'elle était effectivement très fière de lui.

Mélisande toussota et, assez fort pour que les deux amoureux l'entendent, elle claironna :

— Tu disais donc, Maëlle ?

— Je disais donc que l'on a décidé de laisser les choses suivre leur cours et d'utiliser son propre piège pour le retourner contre elle.

— Hum, hum, vous ne croyez pas que là, on devrait partir ? glissa Florian, mal à l'aise, car Lily et Adrien étaient toujours en train de s'embrasser.

— Je crois que tu as raison, constata Chiara avec un sourire.

— En tout cas, ironisa Mélisande, si quelqu'un avait des questions quant à la véracité du dicton qui prétend que les amoureux sont seuls au monde, je pense que ses doutes sont levés !

Mais les deux tourtereaux ne réagirent pas davantage, prouvant ainsi la justesse de la remarque. Leurs amis, riant sous cape, prirent la direction de la sortie.

Qui sait ? Peut-être qu'Adrien et Lily, un jour, prendraient quand même conscience de leur départ…

38

The show must go on!

Mercredi 22 juin, 15 h 50

Mélisande attendait Chiara en bas de la rue qui menait jusqu'au cours Saint-Émilien. Elle espérait qu'elle ne tarderait pas car elle avait besoin de lui parler de la pièce. À moins de trois semaines de la représentation, aucune solution n'avait été trouvée au désistement d'Alexandre et si elle devait continuer à jouer les amoureuses avec André Béranger, elle allait devenir hystérique. Celui-ci, en effet, ne manquait pas une occasion de relever chacun de ses défauts d'élocution ou d'interprétation, sans tenir compte une seconde du fait qu'il était loin de l'inspirer dans le rôle de son fiancé. Bien sûr, elle n'en avait rien dit car elle était suffisamment fine pour savoir à l'avance qu'il aurait rétorqué quelque chose du style :

« Mademoiselle, c'est justement dans ces cas-là que l'on juge les talents de comédien d'une personne ! »

Ah ! Ce pourri d'Alexandre avait bien réussi son coup. Tout était gâché à cause de lui. Une fois de plus, elle se demanda comment elle avait pu être aveugle à ce point. À croire qu'elle n'avait pas plus de jugeote que Pauline ! Mais tout au fond d'elle-même, une petite voix lui disait que ce genre d'histoire était prévisible et avait même de fortes chances de se reproduire. Malgré ses fermes déclarations de ne plus vouloir s'intéresser à l'amour, elle était retombée dans le piège. Et pour cause ! Elle avait une soif inextinguible d'être aimée. Après le choc de sa rupture avec Lisandro, Alexandre était arrivé à point nommé. Chic et séduisant, il était le portrait type du garçon que la jeune fille désirait voir à ses pieds. Son approche habile et originale avait suffi pour faire tomber les fragiles remparts qu'elle avait tenté d'ériger autour d'elle.

Avec soulagement, elle vit son amie apparaître au coin de la rue. Elle n'aimait pas ces petits moments d'introspection qui lui donnaient parfois le vertige.

— Salut ! lança-t-elle en lui faisant la bise.

— Hello ! Tu m'attendais ?

— Oui, admit-elle alors qu'elles se mettaient en marche côte à côte, j'avais besoin de parler à quelqu'un pour me préparer psychologiquement à jouer les amoureuses transies avec un vieux barbon à moitié chauve et complètement misanthrope. Je te jure que s'il ne trouve pas une autre solution AUJOURD'HUI, je jette l'éponge !

— Tu plaisantes, s'inquiéta Chiara, souviens-toi : *the show must go on*.

— Inutile de sortir les grandes phrases avec moi, je n'ai aucun sens du sacrifice ! Ton *show* me laisse complètement froide !

La grande jeune fille brune eut un demi-sourire.

— Je vois que tu n'as pas perdu ton sens de l'humour, c'est déjà ça !

Mélisande haussa les épaules et déclara avec nonchalance :

— C'était facile ! Et puis, il faut dire que je suis un bon entraînement depuis quelque temps !

Comprenant à qui elle faisait allusion, Chiara se mit à rire.

— Oui, c'est vrai que tu es à bonne école avec Farouk !

— Ne m'en parle pas ! C'est infernal ! Avec lui, tu ne sais jamais sur quel pied danser… et pourtant, j'ai du métier. Je crois que j'ai fait une erreur monumentale en acceptant d'être déléguée avec lui.

— Pourtant, remarqua son amie d'un ton léger, tu n'avais pas l'air de lui en vouloir tant que ça le jour des championnats de France.

Mélisande lui lança un regard inquiet et s'éclaircit la gorge avant de répondre :

— Qu'est-ce que tu veux dire exactement ?

— Oh, rien, ou alors peut-être ai-je été un peu surprise lorsque tu lui as sauté au cou lorsque Maëlle a franchi la ligne d'arrivée.

Le visage de son amie resta impénétrable. Pas un de ses traits fins ne trahit son embarras. Dire qu'elle avait espéré que personne, à part le principal concerné bien sûr, n'aurait remarqué ce mouvement irréfléchi. Mais qu'importe ! Prudente, elle avait déjà préparé sa défense, au cas où…

— L'enthousiasme du moment. J'aurais fait la même chose avec n'importe qui. Y compris avec cet abominable dictateur d'André Béranger !

— Je te trouve dure avec lui.

— Tiens donc ! Pauvre chou ! Tu ne vas pas prendre sa défense maintenant ?

— Non, non, fit son amie sans conviction… mais… je ne sais pas, il y a quelque chose…

— Ma pauvre Chiara, on te retourne vraiment comme une crêpe dès qu'il s'agit du théâtre. Il te glisse deux mots mystérieux, te lance un regard un tantinet moins sadique que d'habitude et te voilà prête à tout lui pardonner !

Consciente qu'il y avait une grande part de vérité dans ces propos, la grande fille brune rejeta ses cheveux en arrière et préféra garder le silence. De toute façon, elles étaient arrivées.

Comme Mélisande ne montrait guère d'entrain, Chiara appuya sur le bouton de la sonnette et patienta en se demandant bien comment tout cela allait se terminer. Quand la porte s'ouvrit, Mélisande affichait déjà son masque de « princesse-qui-vous-regarde-de-haut-et-qui-n'est-guère-de-bonne-humeur » quand soudain une voix jeune et pleine de charme le fit voltiger.

— Bonjour, les filles !

— William ! s'exclamèrent-elles à l'unisson. Mais que fais-tu là ?

— Surprise !

Il les fit entrer et leur expliqua :

— Les deux dernières semaines de représentations de ma tournée ont été annulées ! Le théâtre où l'on devait se produire se trouvait un peu trop près d'une rivière. Il y a eu trois jours de fortes pluies, la rivière est sortie de son lit et a tout inondé. Bref, gros dégâts et beaucoup de travaux en perspective.

— Oh ! Je suis vraiment désolée pour toi ! compatit Chiara.

— Oh, oui, moi aussi bien sûr, susurra son amie, bien que son air radieux apportât un sérieux bémol à son affirmation. Mais c'est quand même chouette de te revoir !

— Merci. Je suis aussi content d'être là... D'après ce que j'ai appris, la situation est un peu compliquée par ici.

Il ouvrit la porte de la salle où quelques-uns des élèves étaient déjà là. Avec un sourire en coin, il écouta leurs doléances et finalement, quand tout le monde fut arrivé, il prit la parole :

— Bien ! D'abord laissez-moi vous dire que je suis désolé que les choses ne se soient pas mieux passées avec André Béranger. Cependant, je suis sûr que vous avez fait plus de progrès avec lui que vous ne le pensez.

Comme certaines grimaces dubitatives s'affichaient sur les visages, il n'insista pas et poursuivit :

— Enfin, je pense avoir une bonne nouvelle pour vous : j'ai trouvé quelqu'un pour reprendre le rôle de Clitandre.

Des murmures joyeux et surpris se firent entendre, et bientôt la question fusa de toutes les lèvres :

— Qui est-ce ?

Alors William fit une révérence en saluant avec un chapeau imaginaire et déclara :

— Votre serviteur !

Quelques minutes plus tard, lorsque l'agitation se fut calmée, il leur expliqua qu'il avait déjà tenu ce rôle et qu'il lui serait facile de se le remettre en mémoire. Puis la répétition démarra.

Il était un peu plus de dix-sept heures quand elle s'acheva. Les apprentis comédiens, fatigués mais ravis, quittèrent la salle. Mélisande et Chiara venaient de passer le seuil de l'immeuble quand cette dernière réalisa qu'elle avait oublié son texte.

— Désolée, fit son amie, je ne peux pas t'attendre. J'ai promis à Pauline d'aller la chercher à son cours de danse, et si je suis en retard, elle va m'assassiner !

— *No prob' !* À plus…

Elle retourna à l'intérieur, gravit les escaliers quatre à quatre et pressa à nouveau sur le bouton de la sonnette. Quand William lui ouvrit, elle lui adressa un sourire nerveux et lui expliqua la raison de sa présence. Peu après, elle tenait entre ses mains les feuillets polycopiés. William, constatant qu'elle ne se pressait pas pour gagner la sortie, lui adressa un regard interrogateur.

Prenant son courage à deux mains, elle se lança.

— Je voulais te demander… André Béranger… On ne le reverra plus ?

William l'étudia attentivement et répondit par une autre question :

— Pourquoi me demandes-tu ça ? Il m'avait semblé comprendre que vous n'aviez guère envie de le revoir.

Chiara piqua du nez, embarrassée. Finalement, elle se résolut à lui rapporter les deux échanges un peu étranges qu'elle avait eus avec lui et qui l'avaient pourtant profondément marquée.

— Ah ! fit succinctement William.

Il l'invita à s'asseoir sur une des chaises de la salle de répétition, puis il commença à raconter.

— Quand j'ai rencontré André, il était au sommet de son art. Son cours fonctionnait très bien et il fallait réussir des auditions très sélectives pour pouvoir y entrer. Déjà, il était réputé pour sa sévérité et son exigence, je dois l'admettre, et ce n'était pas toujours drôle d'être l'un de ses élèves. Cependant, il avait un tel don pour découvrir les jeunes talents et leur faire donner le meilleur d'eux-mêmes que personne ne s'en plaignait. Et puis, quand même, il n'avait pas cette dureté qui le caractérise maintenant. Un jour, l'une de ses élèves, au talent incontestable, réussit à décrocher l'un des rôles les plus en vogue de la saison parisienne. Elle hésitait pourtant à l'accepter car le metteur en scène était connu dans le milieu pour son caractère lunatique et emporté. Il pouvait un jour encenser une actrice, et le lendemain la mettre plus bas que terre. Or cette élève, comme souvent les grands artistes, était fragile émotionnellement et doutait de ses capacités à tenir le choc. André, ne voyant que la formidable opportunité que ce rôle pourrait apporter à sa carrière, la poussa à accepter. Elle avait en lui une confiance aveugle et elle obtempéra. Les répétitions débutèrent, avec les hauts et les bas inhérents à ce genre de situation, mais la jeune comédienne s'en sortait plutôt bien. André, fier comme un paon, nous la donnait fréquemment en exemple. Elle incarnait sa réussite en tant que professeur et il lui prédisait un avenir extraordinaire dans le monde du spectacle. Enfin, le jour de la première arriva. André, qui avait assisté aux dernières répétitions, clamait partout que ce serait fabuleux... Malheureusement, par un hasard que même les grands hommes ne contrôlent pas, son actrice fétiche tomba malade quelques heures avant le lever de rideau. Le metteur en scène refusa pourtant de repousser la première. Il la contraignit à sortir de son lit malgré la fièvre en la menaçant de briser sa carrière si elle ne se présentait pas. Il avait organisé un énorme battage médiatique autour de la pièce et il jouait aussi sa réputation. Il ne pouvait pas décevoir les journalistes qui l'attendaient au tournant. Son nom et son orgueil surtout étaient en jeu. Bien sûr, l'actrice monta sur la scène le soir même. Bourrée de cachets, elle n'était plus que l'ombre d'elle-même. Les critiques, maniant ironie et sarcasmes, ne l'épargnèrent pas. Dans sa fureur et dans sa déception, le metteur en scène se joignit au chœur des détracteurs et proclama haut et fort qu'elle était une comédienne instable sur laquelle personne ne pouvait compter. Bref, pour sauver sa peau, il fit en sorte que sa carrière finisse avant même d'avoir commencé.

Quand la comédienne lut les journaux, elle fut bouleversée. Incapable de prendre de la distance, elle reçut chaque attaque comme une flèche en plein cœur…

William baissa la tête.

— Lorsque André comprit ce qui se passait, il fonça chez elle. Personne ne répondit à ses coups de sonnette répétés. Alors il entra en utilisant le double des clés qu'il avait en sa possession. Il la trouva inconsciente, allongée sur son lit. À côté d'elle, deux tubes de somnifères étaient vides ; le Samu arriva juste à temps pour la sauver. Si André était arrivé un quart d'heure plus tard, elle n'aurait pas survécu. À la fin du mois, il ferma les portes de son cours et quitta Paris. Bien qu'il s'en défende, je sais qu'il a ensuite traversé une grave dépression. Depuis, il se méfie terriblement du monde du spectacle et, malgré tous ses succès, n'a gardé qu'amertume et rancune de ses années d'enseignement. Il est toujours écrasé par la culpabilité d'avoir poussé cette jeune actrice à accepter ce rôle et considère le monde du théâtre comme une antichambre de l'enfer.

William releva la tête.

— Mais moi, je lui dois beaucoup et j'ai pensé que de redonner des cours à des jeunes motivés l'aiderait à se souvenir que le théâtre était aussi drôle et enrichissant. Malheureusement, j'avais sous-estimé la profondeur de sa détresse. Quand j'ai reçu votre courrier, j'ai bien compris qu'il cherchait surtout à vous dégoûter.

— C'est tellement triste, souffla Chiara, ébranlée par ce qu'elle venait d'apprendre.

— Quant aux réflexions qu'il t'a faites, elles trouvent leur source dans ta ressemblance avec son ancienne élève. Il s'inquiète pour toi. Il a peur qu'avec ton talent tu veuilles aller plus loin et que tu te retrouves un jour dans une situation identique.

— Mon… mon talent ?

William sourit en levant les mains.

— Je ne fais que rapporter ses propos. Mais je pense qu'il a raison. Tu as changé depuis mon départ. Tu me fais penser au papillon qui sort de sa chrysalide, prêt à prendre son envol.

Chiara rougit en entendant cela. À la fois terriblement heureuse et effrayée, elle chercha à détourner la conversation.

— Et… et cette jeune actrice, elle s'appelait comment ?

— À la scène, Sarah Fontaine. À la ville, Sarah Béranger, mais nous sommes très peu à le savoir.

— Béranger ? Comme « André Béranger » ?

— Tout pareil.

— C'était…

Chiara laissa sa phrase en suspens.

— Oui, termina William à sa place, c'était sa fille.

Lundi 27 juin, 9 h 45

Dans le couloir long et froid que n'éclairait aucune fenêtre, des lycéens, appuyés contre le mur à la peinture bleue écaillée, se succédaient depuis le début de la matinée. L'un d'eux, un garçon grand et bâti comme un rugbyman, avait accueilli Chiara à son arrivée par ces mots encourageants : « Bienvenue dans le couloir de la mort ! »

Devant son air exagérément macabre, elle avait voulu rire, mais le rire en question était resté coincé en travers de sa gorge. Il est vrai que la majorité des élèves présents affichaient un visage stressé, voire tourmenté pour quelques-uns. Suivant leur tempérament, certains révisaient de petites fiches qu'ils serraient convulsivement, d'autres se rongeaient activement les ongles, tandis que quelques rares décontractés discutaient au téléphone ou envoyaient des SMS.

Hésitant sur l'exemple à suivre, la jeune fille choisit finalement de s'offrir un petit tour dans ses souvenirs. Il serait toujours temps, le moment venu, de s'angoisser.

Le visage de sa grand-mère s'imposa alors à elle. Elle la revit, se promenant à ses côtés, entourée de ses chers oliviers, s'affairant dans sa cuisine ensoleillée pour préparer l'un des délicieux petits plats dont elle avait le secret, l'écoutant enfin, attentive, tout en cousant une couverture en boutis sur sa chaise à bascule. À l'évocation de ces images, une vague de chaleur et de tristesse mêlées l'envahit. Avec son amour et sa sagesse, la vieille dame avait toujours accompagné sa petite-fille. Dans les moments heureux comme dans ceux qui l'étaient moins… C'était en partie grâce à elle que la jeune fille se tenait là, dans ce couloir, sans avoir perdu tout espoir de « survivre » à cet oral de français. Car c'était elle, une fois de plus, qui l'avait encouragée à laisser Valérie l'aider. L'idée s'était révélée excellente. Les conseils et les astuces de la jeune femme avaient fait merveille. En cherchant à découvrir les extraits de l'intérieur, en s'appropriant les personnages évoqués, Chiara avait ouvert une autre dimension à ses études de texte. Oh, bien sûr, elle ressentait toujours de l'aversion pour les termes techniques de Mme Docile, mais cette nouvelle approche lui avait néanmoins permis de comprendre plus de textes qu'elle ne l'aurait jamais espéré.

La porte s'ouvrit et un homme au front dégarni et portant de petites lunettes rondes appela :

— Chiara Palermo.

— Bon courage, souffla son voisin rugbyman sur le ton d'une oraison funèbre.

La jeune fille le remercia d'un mouvement de tête. Elle avait la gorge trop serrée pour parler.

Une fois à l'intérieur de la salle, elle tendit son dossier et sa liste de textes à l'examinateur. Sans un mot, celui-ci l'observa quelques secondes et fit son choix.

— « Le Loup et l'Agneau », de La Fontaine. Vous avez vingt minutes pour le préparer.

Chiara déglutit. C'était en signe de soulagement, mais le professeur, le prenant pour une manifestation de stress, s'humanisa un peu.

— Allons, fit-il, vous n'êtes pas l'agneau et je ne suis pas le loup. Vous au moins avez l'assurance de sortir en un seul morceau de cette salle !

Elle lui répondit par un sourire. S'il savait ! C'était l'un des textes de sa liste qu'elle préférait !

Il n'empêche, quand elle se présenta à nouveau devant l'examinateur, le doute s'empara d'elle. Et si elle s'était trompée en préparant son analyse ? Et si elle était complètement hors sujet ? Et si…

— Je vous écoute.

Toutes ses incertitudes se cristallisèrent en une énorme boule dans sa gorge. Elle ouvrit la bouche, mais aucun son n'en sortit. Elle revoyait le visage de son père, plus tendu encore qu'elle ne l'était au petit déjeuner. Il s'attendait à ce que cette épreuve soit catastrophique, elle le savait bien… Elle se souvint de son oral blanc et de la prestation minable qu'elle avait produite… Puis elle se força à tout oublier et à se concentrer sur ces dernières semaines où, grâce à Valérie, elle avait développé une approche complètement nouvelle. La boule se délita doucement.

« Le Loup et L'Agneau »
« *La raison du plus fort est toujours la meilleure :*
Nous l'allons montrer tout à l'heure… »

Au fur et à mesure qu'elle avançait dans sa lecture, l'examinateur changeait de posture. Sa tête se releva, le stylo cessa de tourner entre ses doigts, et, derrière ses petites lunettes rondes, son regard, enfin, s'éclaira.

« *… Là-dessus, au fond des forêts*
Le loup l'emporte, et puis le mange,
Sans autre forme de procès. »

La jeune fille venait à peine d'achever sa lecture que trois lents claquements de mains se firent entendre.

— Eh bien, bravo, mademoiselle, vous venez de me sortir de l'ennui dans lequel m'avaient plongé vos congénères. Je suis là depuis plus de trois heures, et c'est la première fois que j'entends quelqu'un qui sache lire !

Chiara poussa intérieurement un soupir de soulagement et remercia silencieusement André Béranger. Tout au long de sa lecture, elle avait fait très attention à ne pas surjouer…

— Bon, passons maintenant à l'analyse puisqu'il le faut, bien que je ne doute pas que pour avoir interprété cette fable de cette façon, les subtilités du texte n'ont guère dû vous échapper !

Le sourire hésitant de Chiara retrouva de l'assurance.

Repensant à la remarque du professeur à son arrivée, elle se dit qu'il avait raison : elle n'était pas l'agneau de la fable, bien au contraire ! En cet instant, elle se sentait plutôt loup.

Un loup affamé de bonnes notes et prêt à tout dévorer…

39

Tea time and theater

Vendredi 1er juillet, 16 h 40

— Moi, je vous dis qu'on ferait mieux de rentrer. Je sens que ça va craquer d'un instant à l'autre.

En disant cela, Mélisande arborait une mine boudeuse et regardait avec inquiétude le ciel chargé de nuages.

— Ce que tu peux être pessimiste parfois ! lança Maëlle. On est bien mieux dehors.

— Et puis, se retrouver en fin d'année sur un plaid au beau milieu de la pelouse des Berry, c'est un peu comme une tradition, appuya Chiara.

— Une tradition ? Ce n'est que la deuxième fois qu'on se réunit à cette occasion ! En tout cas, s'il pleut, mes nouvelles boucles d'oreilles en daim seront fichues !

— En daim ? fit Maëlle stupéfaite. Quelle drôle d'idée !

— Voyons très chère, l'art, c'est l'innovation, le travail de la matière primaire… Quelques grammes de finesse dans un monde de brutes !

Chiara, qui venait de prononcer ces paroles d'un ton affecté et pompeux, reçut une poignée d'herbe en pleine figure. Elle riposta aussitôt en se précipitant sur Mélisande pour tenter de lui en faire avaler quelques brins. Saxo, qui passait par là, se joignit spontanément à ces joyeux ébats et la confusion, abondamment accompagnée de cris aigus et d'aboiements ravis, régna quelques secondes avant que Lily ne parvienne à maîtriser son chien… et ses deux amies !

Chiara, restée étendue par terre, riait aux éclats avec Maëlle tandis que Mélisande la maudissait en essayant de remettre de l'ordre dans sa tenue. Heureusement, Lily prononça une phrase magique :

— Wahou ! C'est vrai qu'elles sont belles, tes boucles d'oreilles. Tu pourrais me faire les mêmes pour aller avec ma tunique blanche ?

Aussitôt, Mélisande retrouva sa bonne humeur. Le ton sincèrement admiratif de son amie lui avait plu.

— Bien sûr. Mais pour toi, je pense qu'il faudrait que je travaille le daim un peu différemment… Je pourrais le torsader pour qu'il rappelle tes boucles, mais choisir une couleur qui tranche…

— Ohé, les filles, intervint Maëlle, je croyais qu'on était là pour parler du bac et des vacances…

Mélisande la regarda d'un air accablé avant de lâcher du bout des lèvres :

— Barbare…

— Ce n'est pas grave, on en reparlera après, fit Lily à l'intention de la créatrice de bijoux, et ne t'inquiète pas pour tes boucles, en cas d'orage on peut toujours se replier dans ma chambre !

Sans attendre davantage, Chiara, qui visiblement trépignait d'impatience, reprit la parole. Changeant soudain de physionomie et mastiquant un chewing-gum imaginaire, elle dit d'une voix volontairement plus rauque que d'habitude :

— Puisque vous ne me le demandez pas, les filles, je vous le dis quand même : l'écrit, c'était pas de la balle… mais à l'oral, j'ai déchiré GRAVE !!!

Et redevenant elle-même, elle leur offrit un petit spectacle dans lequel un loup, un agneau et un professeur tenaient les rôles principaux !

Après avoir ri à gorge déployée, ses amies partagèrent à leur tour les impressions que leur avaient laissées ces premières épreuves du bac. Pour Maëlle, leur souvenir n'était guère impérissable et la jeune scientifique était heureuse que le bac de français soit maintenant derrière elle. Mélisande était plutôt satisfaite de ses prestations et attendait avec sérénité ses notes. Quant à Lily…

— Oh, dit-elle en réponse aux questions de ses amies, c'est à peine si je l'ai vu passer, ce bac. Je m'inquiétais tellement pour Adrien…

— Tu es vraiment incorrigible, la gronda gentiment Chiara.

Son amie lui fit un petit sourire d'excuse.

— Bon, se força Maëlle, j'espère au moins qu'avec tout ce soutien, il a réussi.

— Il n'a pas voulu en parler. Il a dit qu'il préférait attendre les résultats.

— Bonne idée ! lança Mélisande. Comme ça, si cela ne va pas, tu seras là pour le consoler !

— Même pas, la corrigea Lily avec les yeux un peu trop brillants. Il est parti le lendemain de son oral.

— Parti ? Mais où ça ?

— Chez son père, en Afrique. Il y passe tout l'été.

— Ça alors, s'exclama Maëlle, moi qui croyais que vous deviez passer les vacances ensemble !

Lily eut un petit rire gêné.

— Oui, eh bien, ce sera pour une autre fois.

— Ah ! C'est fou, ça ! remarqua Mélisande. On se retrouve donc toutes célibataires cet été. Et, en ce qui me concerne, sans rien à faire. Bon, je sais bien que mon père va débarquer un de ces quatre avec des billets pour une destination quelconque, mais cette année, cela ne me tente pas du tout. Il est vraiment bizarre en ce moment.

— Bizarre, risqua Chiara, ça peut être une évolution intéressante.

— Pas dans son cas. C'est pas bizarre sympa, c'est plutôt bizarre désagréable. Il est plus souvent à la maison, enfin, physiquement je veux dire, parce que visiblement sa tête est ailleurs, mais ce n'est pas un cadeau. Il pique des crises pour des trucs auxquels il n'a jamais prêté attention auparavant. Alors, partir en vacances avec lui, ma mère, et Pauline qui me fait toujours plus ou moins la tronche, non merci, je préfère rester à Lyon.

— Mais pourquoi rester à Lyon ? lança Maëlle.

— Que veux-tu dire ? l'interrogea Lily.

— Je veux dire, pourquoi rester à Lyon alors que le monde est là qui nous tend les bras ?

— Houlà ! s'inquiéta Chiara.

— Je ne suis pas certaine que mes parents soient d'accord pour me laisser partir à Tombouctou, ajouta Lily en riant.

— Non, mais sérieusement, vous souvenez-vous de ce dont nous avions parlé ? Faire un voyage linguistique, aucun parent ne peut s'y opposer ! Rappelez-vous, les filles, l'an prochain, c'est le bac, il faut qu'on bosse notre anglais !

— Oh oui ! Ce serait génial, s'enthousiasma Mélisande, Londres, c'est la Mecque du shopping ! Harrod's, King's Road, Carnaby's Street, Oxford Street… Les magasins sont même ouverts le dimanche !

— Heu, tenta Lily, vous ne croyez pas que c'est un peu tard pour chercher un séjour cet été ?

Au moment où elle prononçait ces paroles, une grosse goutte s'écrasa sur son nez.

— Au secours ! Il pleut ! s'écria Mélisande en se relevant brusquement.

Comme pour confirmer ses dires, le vent se leva brusquement et la température chuta de plusieurs degrés. Dans un bel ensemble, les filles se précipitèrent vers la maison.

— Zut, fit soudain Lily en revenant sur ses pas, le plaid !

D'un geste elle le rassembla et le coinça sous son bras avant de repartir au pas de course. Il était temps : d'un seul coup le ciel se mit à déverser un torrent de pluie. Sous le porche, les filles souriaient, soulagées.

— Tu vois, je t'avais dit que tes boucles ne craignaient rien, rappela Lily.

Mélisande repoussa une de ses mèches pour s'assurer que tout allait bien mais…

— Mes boucles ! Il m'en manque une ! Aaaah !

Et comme une furie, elle se jeta sous la pluie battante.

Ses trois amies se regardèrent, puis, avec un air fataliste, s'élancèrent à leur tour.

Plusieurs litres d'eau plus tard, elles finirent par s'en retourner, bredouilles et complètement trempées. Comme elles commençaient à frissonner, Lily les conduisit jusqu'à la petite salle de bains familiale où elle distribua généreusement une pile de serviettes. Mélisande se lamentait quand soudain Maëlle sourit.

— Vous savez quoi ? On a quand même eu de la chance : si un camion de la fourrière était passé par là, sûr qu'on se serait fait embarquer avec notre look de chiens mouillés !

Elles s'aperçurent alors les unes les autres, serrées devant le miroir avec leurs serviettes à la main, et elles éclatèrent de rire.

— Bon, dit finalement Lily, et si on allait surfer sur Internet pour voir ce qui se fait comme voyages linguistiques ?

Sa proposition fut acceptée avec enthousiasme par Maëlle et Mélisande mais Chiara resta silencieuse. « Bien sûr, songea la jeune fille, quelle idiote, je suis ! »

Mais il était trop tard pour revenir en arrière.

Quelques minutes plus tard, au rez-de-chaussée, Lily et Maëlle se partageaient le tabouret placé devant l'ordinateur tandis que leurs deux amies s'appuyaient sur leurs épaules.

— Flûte, flûte, et re-flûte, tempêtait Maëlle au fur et à mesure que le mot « Complet » apparaissait sur les différents sites consultés chaque fois qu'elle cliquait sur une date. Elles y crurent presque une fois : le mot fatidique ne s'afficha pas et ce n'est qu'en voulant faire une préréservation qu'on leur annonça qu'il ne restait que deux places.

Mélisande s'agaça :

— Mais qu'est-ce qu'ils ont tous ces gens à vouloir aller en Angleterre ?

— C'est vrai, quoi, ironisa Chiara, pourquoi ne peuvent-ils pas rester bien gentiment chez eux et nous laisser la place ?

Puis, comme ses trois amies la fixaient soudain, elle lâcha avec une grimace :

— Excusez-moi, c'est juste que de toute façon je n'irai pas.

— C'est vrai que c'est cher, reconnut Lily qui s'était elle-même secrètement inquiétée du montant exorbitant des séjours.

— Ça, je n'en parle même pas. Ce que je voulais dire, c'est qu'il n'est pas question que je laisse mon grand-père faire la récolte des abricots tout seul. Surtout cette année.

Un silence embarrassé s'installa. Ses amies, gênées d'avoir si vite oublié sa situation, ne savaient que dire et Chiara, elle, n'avait plus rien à dire.

C'est donc avec un soulagement certain que l'arrivée de Mme Berry fut accueillie. Une main derrière le dos, elle lança :

— Coucou, les filles ! Devinez ce que j'ai trouvé dans le plaid jeté en boule près de l'entrée ?

— Maman, protesta Lily, j'ai pensé à le rentrer avant la pluie ! C'est déjà ça…

— Mais oui, ma chérie, je sais quel exploit cela représente et je t'en suis extrêmement reconnaissante ! À vrai dire, je pensais même te remettre une médaille !

Pendant que Chiara et Maëlle riaient sous cape et que Lily faisait la moue, Mélisande s'exclama avec espoir :

— Une boucle d'oreille en pendentif ornée d'une rose en daim et de deux perles de nacre ?

— Oh ! Joli, fit Mme Berry avec une voix pleine d'admiration, avec une boule de cristal, tu ferais une Mme Irma tout à fait remarquable !

Mélisande tiqua, peu habituée à rire d'elle-même.

— Je plaisante, s'empressa de dire la mère de Lily.

Puis, tendant la main ouverte, elle lui rendit son bien.

— C'est vraiment très beau. Où les as-tu achetées ?

Mélisande s'empourpra.

— Je… heu…

— C'est elle qui les fabrique, Maman.

— Oh, félicitations ! Tu es une véritable artiste.

Mélisande accepta le compliment avec un sourire et oublia sa vexation.

À ce moment-là, Chiara, dont les longs cheveux étaient encore humides, frissonna. Cela n'échappa pas à la mère de Lily qui suggéra aussitôt :

— Et si je vous préparais une bonne tasse de thé ? Cela vous réchaufferait.

— Oh oui, répondit aussitôt la jeune fille brune, personne ne sait le préparer aussi bien que vous !

Maëlle, qui avait suivi l'échange d'une oreille distraite, parut soudain s'électriser. Se relevant d'un bond, elle s'écria :

— Tout n'est pas perdu, les filles !

Et se tournant vers la mère de Lily, elle s'exclama :

— Mme Berry, vous êtes prodigieuse !

Un instant stupéfaite, cette dernière finit par lui décocher un petit sourire en coin.

— Je te remercie, Maëlle, j'en suis convaincue depuis longtemps, mais c'est toujours agréable que d'autres le réalisent, même si je ne sais pas ce qui me vaut ces louanges.

— Je vous expliquerai tout autour d'une *cup of tea*, comme disent nos amis anglo-saxons.

— Avec grand plaisir !

Et comme Maëlle passait près d'elle, la mère de Lily lui murmura suffisamment fort pour que tout le monde puisse entendre :

— Mais s'il t'arrivait de répéter ce genre de propos en présence de mon mari et de mes autres enfants, je t'en serais très reconnaissante !

Les filles éclatèrent de rire et Lily passa son bras sous celui de sa mère en disant :

— Ma pauvre Maman, tu sais bien que l'on n'est jamais reconnu à sa juste valeur par sa famille !

Et se dressant sur la pointe des pieds, elle lui déposa un baiser sonore sur la joue en guise d'excuse.

Samedi 2 juillet, 20 h 35

— Eh bien, ma chère, tu en fais une tête ! Qui pourrait croire en te voyant que tu étais prête à tous les sacrifices, dont celui hautement ridicule de sortir avec le premier imbécile venu pour améliorer tes qualités d'actrice ?

Comme seule réponse à sa diatribe, Mélisande obtint un haussement d'épaules indifférent.

Chiara, costumée et maquillée en femme savante, était effondrée sur un tabouret dans un coin sombre des coulisses.

— Ne me dis pas que tu as le trac, chuchota son amie.

Nouveau haussement d'épaules désabusé.

— Oh, mais si, c'est bien ça ! constata-t-elle en plantant ses deux poings sur les hanches, tu es vraiment une fille compliquée, Chiara Palermo : tu nous as saoulées de citations, d'improvisations et d'imitations pendant des années et maintenant qu'il faut y aller pour de vrai, tu tires une tête d'enterrement. Vraiment, je ne te comprends pas : moi, je n'ai jamais le trac.

Cette fois, son amie ne réagit même pas. Mélisande la saisit alors par les épaules pour la secouer.

— Eh ! Tu as entendu ce que je viens de dire ? J'ai dit : « Moi, je n'ai jamais le trac ! » Là, tu es censée répondre comme la grande Sarah Bernhardt : « Ne vous inquiétez pas, ma petite, ça viendra avec le talent ! »

Elle commençait à s'inquiéter sérieusement : si Chiara n'avait pas mordu à un hameçon pareil, cela voulait dire qu'elle était vraiment mal. Elle l'entendit marmonner quelque chose.

— Quoi ?

— Je dis que je préférais le bac de français. Il y avait moins de monde.

La jolie fille rousse, dont les boucles cascadaient sur les épaules, secoua la tête et la força à se lever.

— Ben, ma vieille, si tu en es là, c'est vraiment grave. Mais comme tu le dis, il y a du monde. La salle est presque pleine. J'ai vu Lily et Maëlle dans le public, viens les voir, ça te fera du bien.

Comme un automate, Chiara se laissa conduire près du petit trou dans le rideau qui permettait d'observer la salle incognito. Mais à peine eut-elle placé son œil contre l'orifice qu'elle se rejeta en arrière.

— Oh non ! Il y a mon père !

— De quoi tu te plains ? C'est plutôt cool qu'il soit là.

— La dernière fois que j'ai joué devant lui, il m'a dit que je faisais le clown !

— C'était il y a plus d'un an et demi ! Laisse-lui une chance…

Et Mélisande songea : « En tout cas, lui, il est venu, au contraire du mien. » Sa mère, comme d'habitude, était en déplacement à l'étranger. Quant à Pauline, elle lui avait assené qu'elle n'avait aucune envie de venir perdre son temps à écouter une pièce complètement ringarde. Elle devait déjà en subir suffisamment contrainte et forcée par ses profs, au collège !

Mais bon, ce n'était pas grave. Mélisande de Saint-Sevrin avait l'habitude. De la distance, du détachement, et tout irait bien.

À ce moment-là, elle sursauta : Émilie venait de lui taper sur l'épaule. En se retournant, elle vit qu'elle tenait un bouquet de roses blanches.

— C'est pour toi, fit-elle, ce n'est pas vraiment le moment, mais la fille a terriblement insisté. Un vrai pot de colle !

Mélisande saisit les fleurs et une carte sur laquelle il était écrit :

« Surprise ! C'est nous ! Tu ne croyais quand même pas que j'allais laisser passer cette occasion de me moquer de toi ? »

Et c'était signé : « Pauline, ta sœur préférée. »

Une petite flèche indiquait qu'il fallait tourner le bristol. Au dos, il y avait un *post-scriptum* : « La carte, c'est moi. Les fleurs, c'est lui. Mais chut ! C'est un secret ! »

La jeune fille se précipita vers le rideau. Sur les sièges voisins de ceux de Lily et Maëlle se tenaient maintenant Pauline et… le seul garçon qui puisse venir au théâtre avec une pancarte sur laquelle il avait inscrit « ALLEZ MEL » comme s'il s'agissait d'un match de foot. Tout en se retenant de rire, elle pria que cet incorrigible Farouk ait l'idée de la faire disparaître avant le début du spectacle afin de ne pas déranger les spectateurs placés derrière lui. Le cœur soudain léger, elle allait s'en retourner près de Chiara quand son œil se posa par hasard sur un spectateur assis au fond de la salle.

— Ça alors, murmura-t-elle avant de se précipiter vers son amie.

Cette dernière se morfondait dans un coin, encore plus pâle qu'avant.

— Chiara, viens ! Il faut à tout prix que tu viennes voir !

— Oui, je sais, Maëlle et…

— Non, non, quelqu'un d'autre. Et crois-moi, cela va te motiver à jouer comme jamais.

Poussée par la curiosité, Chiara alla jeter un coup d'œil à son tour. Elle le reconnut instantanément.

— André Béranger !

— Je me demande ce qu'il fait là après toutes les horreurs qu'il nous a dites ! Mais on va lui faire voir, hein ?

— Oui, murmura Chiara, on va lui faire voir.

C'était pour elle qu'il était là. Ce n'était pas présomptueux de sa part. C'était juste une certitude. Et, oui, comme elle venait de le dire à Mélisande, elle allait lui faire voir… Un frisson la parcourut. Elle se redressa. Il était temps. William demandait à tout le monde de rejoindre les coulisses.

Un peu plus d'une heure plus tard, le rideau tombait sur la scène. Aussitôt, des tonnerres d'applaudissements éclatèrent. Un homme brun, grand et mince portant un costume strict fut le premier à se lever.

— Eh, fit Lily à Maëlle, tu as vu le père de Chiara ? Il va faire tomber les murs à applaudir comme ça !

Mais bientôt tout le monde suivit.

— Regarde, cria Maëlle pour se faire entendre à côté de Farouk et Pauline qui sifflaient et poussaient des « Hourra », il y en a un qui pleure derrière !

— C'est bizarre, fit Lily en jetant un coup d'œil à l'homme au crâne dégarni et aux yeux perçants que lui désignait son amie, ce n'était quand même pas triste !

Elle haussa les épaules sans chercher à en comprendre davantage.

— En tout cas, dit-elle encore, c'était vraiment génial ! Quel dommage que ce soit déjà fini !

Maëlle lui fit un clin d'œil complice.

— La pièce est finie, certes, mais souviens-toi : pour nous, l'aventure ne fait que commencer !

Le Livre de Poche s'engage pour l'environnement en réduisant l'empreinte carbone de ses livres. Celle de cet exemplaire est de :
300 g éq. CO_2
Rendez-vous sur www.livredepoche-durable.fr

PAPIER À BASE DE FIBRES CERTIFIÉES

« Pour l'éditeur, le principe est d'utiliser des papiers composés de fibres naturelles, renouvelables, recyclables et fabriquées à partir de bois issus de forêts qui adoptent un système d'aménagement durable. En outre, l'éditeur attend de ses fournisseurs de papier qu'ils s'inscrivent dans une démarche de certification environnementale reconnue. »

Édité par la Librairie Générale Française – LPJ
(58, rue Jean-Bleuzen, 92170 Vanves)

Composition PCA
Achevé d'imprimer en Espagne par Liberdúplex
Dépôt légal 1re publication : janvier 2019
49.6993.6 / 01 – ISBN : 978-2-01-703836-8
Loi n° 49-956 du 16 juillet 1949 sur les publications destinées à la jeunesse
Dépôt légal : janvier 2019